TAKE
SHOBO

スノーホワイトは恋に落ちない

一夜の過ちのはずが年下御曹司に迫られています

紺乃藍

ILLUSTRATION
小島ちな

CONTENTS

MITSU YUME

イラスト／小島ちな

スノーホワイトは恋に落ちない

一夜の
過ちのはずが
年下御曹司に
迫られています

第一章　スノーホワイトは恋に落ちない

ふわふわ、ゆらゆら、くるくる。

溺れるように酔っていたい。

人生は辛くて苦しいことが多いのだから、カクテルグラスの中ぐらい甘い方がいい。

嫌なことを忘れるぐらいに。明日のことさえ考えなくてもいいように。

とろとろに甘く、くずれて、ほどけてしまいたい――


「陽芽《ひめ》ちゃん、具合悪いならもう止めとけば？」

夢と現実を行き来するような心地のままグラスの中を見つめていると、バーカウンターの向こう側から声をかけられた。甘いカクテルの煌《きら》めきから顔を上げれば、心配そうな困り顔を向けてくるバーテンダーの環《たまき》と目が合う。

「ううん、まだ大丈夫」

陽芽子《ひめこ》が環の心配を拭うように笑顔を浮かべると、彼も苦笑いのまま頷《うなず》く。

酔ってない。まだ酔えない。――この程度じゃ。

「飲まなきゃ、やってられないもの」

「ほどほどにな」

環が呆《あき》れた声を出しつつチェイサーを用意してくれる。これで三杯目になる甘ったるいカクテルの連続に、胸やけしてしまわないように。

ここ「IMPERIAL《インペリアル》」はオフィス街の外れに佇《たたず》む会員制のバーだ。黒を基調としたスタイリッシュな内装とシェードランプに照らされたお洒落《しゃれ》なカウンター、微かに漂うジャズの音色には、大人だけが味わうことを許されたような特別な空気感がある。

バーの会員になるために財力や社会的地位は不要だが、代わりに既存会員からの紹介が必要らしい。陽芽子は二年前、そのシステムを知らずにたまたま目についたIMPERIALへふらりと足を踏み入れた。

最初は当たり前のように門前払いされた。けれど失恋直後で憔悴《しょうすい》しきっていた陽芽子は、傍から見てもぼろぼろの精神状態にあると思われたらしい。客の入りが少ない火曜日だったこともあってマスターの許可が下り、幸運にも美味しいお酒を口にすることができた。アルコールと一緒に、陽芽子は失恋の悲しみも呑《の》み込むことができたのだ。

このバーが会員制であることは、次の来店時にバーテンダーの環に聞いて初めて認識した。申し訳なさを感じて帰ろうとした陽芽子を呼び止めた環が、『いいから飲んで行きなよ』と再び美味しいカクテルを作ってくれた。

それ以来、このバーが陽芽子の行きつけになっている。陽芽子に既存会員の紹介がないことはマスターも承知の上だったが、対外的には環の知り合いということになっているらしく、結局はこうして常連になっている。

そんな陽芽子は今日もまたIMPERIALに足を運んでいた。初めて来店したときと同じ状況と心情で、また環の前でため息をついて。

失恋。今回は半年付き合った二つ年上の男性に『他に好きな人ができたから別れてほしい』とフラれてしまった。しかも新しい恋の相手は、陽芽子より五つも年下だという。

「若さには勝てない……」

何か悪いところがあったのなら、言ってくれればよかったのに。若さを理由にされたらどう足掻《あが》いても勝てっこない。それでも浮気をされたわけじゃないぶん、いくらかマシだと思いたい。そう思わなきゃやっていられないから。

もう一度深いため息をつく。グラスの中のカクテル「ル・ロワイヤル」が濁っているのは、自分がため息をつきすぎたせいなのでは、と思うほどに。

「陽芽ちゃんは、もう少し視野を広げてみたらいいと思うけどな」

陽芽子の愚痴と嘆きを聞いた環がいつものようにニコリと笑う。

「恋愛なんて条件でするものじゃないじゃん。恋には性別も年齢も、国籍も宗教も関係ないだろ?」

「それはそうだけど……」

環の言う通りだ。彼が常々口にしているように、恋愛に重要なのは条件じゃない。それはわかっている。

けれど陽芽子は早く結婚したい。可能なら今すぐでもいい。

三十二歳になった今、陽芽子が本気で結婚したいと思うのなら、条件や好みから外れた恋愛を悠長に楽しんでいる余裕はない。社会人になったばかりの頃は焦る必要なんてないと思っていたが、気付けば友人のほとんどが二十代のうちに結婚していた。会社でも同期どころか、後輩さえ次々に結婚していく。その現実を思い知っていたからこそ恋愛観の合う結婚適齢期の男性と付き合ったのに、また年齢を理由にフラれて、結局は結婚から遠ざかってしまった。

再びため息が零れる前にカクテルグラスを傾ける。

ル・ロワイヤルは、チョコレートリキュールと生クリームを合わせた甘いバナナ味のカクテルだ。忘れてしまいたい現実は、贅沢《ぜいたく》な甘さと一緒に喉の奥へ流し込むに限る。

大好きな甘いお酒を味わっていると、ふいに背後から、コン、コン、コン、と高い音が聞こえてきた。

グラスから唇を離して顔を上げると、目の前にいる環の視線が陽芽子の頭上を通過して、その後ろへ向けられていることに気付く。環が見つめる先を目で追い、陽芽子もバーチェアを少しだけ回して後方へ振り返った。

店内の中央でひときわ存在感を放つ、光沢と造形が美しい黒の螺旋《らせん》階段。上階へと続くその細い通路から、革靴の底を鳴らしながら一人の男性が降りてきた。

「はー……だる……。祖父《じい》さん、話長いっての」

と、陽芽子と同じように愚痴とため息を零しながら。

IMPERIALは入ってすぐのカウンター席の他に、奥にテーブル席がある。そして環に話を聞いただけで立ち入ったことはないが、テーブル席とは別にＶＩＰ専用の広い個室があるらしい。きっとその個室はこの階段の上に存在するのだろう……という認識はしていたが、実際に上階との間を行き来している人を見るのは初めてだ。

ここが会員制のバーであることを急に思い出し、自然と身体が硬直する。危ない業界の人だったらどうしよう、と身構えた陽芽子は、すぐ傍までやってきた人物の顔を直視しないようさり気なく視線を外して前を向いた。

「啓《けい》」

「たま、なんかスッキリしたいもん飲みたい」

声をかけられた男性と環は顔見知り以上の関係らしい。雑な注文にもかかわらず、環は文句も言わずにバーラックからコリンズグラスを取り出した。

陽芽子も近くに立つ男性の姿をちらりと見上げてみる。その横顔を確認した瞬間、少しだけ驚いた。

（若い……）

隣に立った男性は危ない業界の人には見えない。むしろモデルかアイドルではないかと思うほどの美男子だ。

薄暗い照明の中でもよくわかる、細い輪郭と薄い唇と整った鼻筋。目尻が上がった綺麗《きれい》な目。仕立てのよいスーツ。無地のボルドーのネクタイに、ゴールドのネクタイピン。

一見するとどこにでもいるビジネスマン風。けれどじっくり観察すれば、すぐに身に着けているものの質のよさに気が付く。ジャケットもスラックスも彼の身体のラインに綺麗に合っていて、肩や脇腹にゆるみや皺《しわ》はない。ダークネイビーの色も鋭利な印象の顔立ちをさらに秀麗に引き立たせている。

完璧に似合うように細部まで計算されていると感じるのは、それが彼の身体に合わせて仕立てられたオーダーメイドだからだろう。既製品でこうもぴったり身体に合うものを見つけることは難しい。しかもスーツを着崩しているわけではないのに、立ち姿にはどこか余裕と色気がある。初対面の相手に対してそう感じてしまうのは、照明のほどよい暗さのせいだろうか。

「ここ座っていい？」

「陽芽ちゃんがいいなら」

「ヒメちゃん？　隣いい？」

「えっ……あ、はい」

環を真似て名前を呼ばれ、スッと意識が現実に戻ってくる。普段こんなにも整った顔をお目にかかる機会がないので、ついじっと見つめてしまった。失礼なことをしたと反省しつつ、自分のグラスへ視線を戻す。

「さんきゅ、たま」

環に礼を言う男性の手元を見ると、コリンズグラスには透明の泡が弾け、底にはレモンとライム、細かく砕いた氷の上にはミントの葉が乗せられている。

彼のオーダー通りのスッキリしたカクテル、「モヒート」だ。

「ヒメちゃん、って名前?」

コリンズグラスの中身を眺めていたところに突然愛称を呼ばれ、身体ごと心臓が跳ねる。弾かれたように顔を上げると、男性の黒い瞳と目が合った。

「あ、はい。太陽の『陽』に、新芽の『芽』に、子どもの『子』で、陽芽子です」

バーカウンターの黒い木目の上に指先で漢字を記しながら説明する。もっとも紙とインクを使用しているわけではないから、そこに軌跡は残らない。けれど陽芽子の指先をじっと見つめていた男性は、すぐに柔らかい笑顔を見せてくれた。

そして陽芽子の目を見つめながら、自分の名前も教えてくれる。陽芽子の真似をして、木目の上に指先を滑らせながら。

「俺は啓五《けいご》。啓示の『啓』に、数字の『五』」

後になって思えば、そうやって漢字で名前を確認し合った時点で気付くべきだった。もしくはこのタイミングで彼の名字もちゃんと聞いておくべきだった。そうすればあんな後悔はしなかったのに。

けれどお酒に酔っていたせいか、陽芽子は彼の正体に辿《たど》り着くことができなかった。

——このときは、まだ。


「へえ、じゃあ陽芽子は恋人にフラれたんだ」

「ええ、そうです。うん……ははは」

なんで金曜の夜に一人で飲んでんの？　と聞かれたので、環に話した内容をもう一度繰り返す。経緯を聞いてもらっているうちに下の名前を呼び捨てにされていることはさておき。

先ほどまで飲んでいたル・ロワイヤルは空になり、グラスの中は「アプリコット」に代わっている。オーダーをする際に環に視線で止められたが、見ていた啓五が『飲ませてやればいいじゃん』と口を挟んだので、結局陽芽子の目の前にはアンズのブランデーとジンのカクテルが用意された。

しかし改めて現実を突きつけられると、乾いた笑いを零すしかない。啓五の手がモヒートのグラスに伸びるのを横目に、陽芽子も甘いカクテルで喉を潤す。

「私……早く結婚したいのにな」

いつの間にか愚痴に付き合わせていることを申し訳ないと思いつつ、ぽつりと呟《つぶや》く。そんな小さな願望は、ビタミンカラーの煌めきの中にほろりと落ちて溶けていった。

「結婚したい？　なんで？」

不思議そうに首を傾げた啓五の反応に、つい苦笑いが零れる。

そう、男の人は大抵そういう反応をする。世の中の男性たちは、結婚したいという女性の気持ちをなかなか理解してくれない。

もちろん陽芽子も、結婚が人生のすべてだとは思っていない。仕事は大変だが嫌というわけではなく、むしろやりがいがあって充実していると思う。だから仕事から逃れるために結婚して主婦になりたいと思っているわけではない。

ただ、普通に生きているつもりでも辛いときがある。どうしても人恋しい日や誰かに甘えて頼りたい日がある。いくつになっても両親が仲睦まじいことも、そう思う理由の一つかもしれない。その両親も陽芽子が高校を卒業する頃には共に海外へ渡ってしまい、寂しい思いをすることが多かった影響もあるだろう。

だからこそそんな寂しい日々から早く抜け出て、疲れをほぐすように癒して癒されて、互いを高め合っていける『自分だけの存在』がいてくれたら、と思う。

けれどそれが恋人という関係のうちは不安定な状態だ。本人たちや周囲の人だけではなく、法律にも認められる『家族』という関係にならなければ、安らかさや癒しは簡単に崩れてしまう。その現実をつい一週間ほど前に味わったばかりだから、余計に身に染みる。

「私だけに向けてくれる愛情がほしいから、かな」

酒に酔った勢いで願望を語る。もちろん親を安心させたいとか、女性の身体には出産のタイムリミットがあるとか、知人に気を遣われるとか、自分の感情以外の理由もある。

でもそれ以上に陽芽子自身が愛情を欲している。ただ自分だけに、他とは違う特別な感情を向けてくれる人がほしい。それも一時的なものではなくて、永遠のものを。

もっと若くて可愛い子がいい、陽芽子はなんでもできるから俺がいなくても平気だろ、一緒にいるとプレッシャーを感じる——なんて、一方的な理由を押しつけて離れて行かない人。本当は全然完璧じゃない自分を好きになって、大事にしてくれる人。

たった一人からの『ずっと傍にいよう』の言葉がほしい。ただそれだけなのに。

「でも私、可愛げないから……。きっと無理なんだろうなって……わかってる、の」

「……陽芽子？」

ぽろっ……と、自分でもよくわからない涙が零れ落ちた。

頭のどこかで馬鹿みたいな理由だと気付いている。泣くほどのことではないと理解している。相手が自分だけに愛情を向けてくれない原因が、強がってばかりで可愛げがないからだと知っている。

それでも涙を止められないのは、お酒に酔っているから。

今だけ、そういうことにしておいて。

無言で涙を流し続ける間、啓五と環は陽芽子をそのまま放置してくれた。離れた席でマスターと別の客が話す声と、低音で流れるジャズのリズムが遠くに聞こえている。たまに啓五がグラスの中身を飲む音も。

「陽芽子」

そうして十五分ほどが経過した頃、啓五に名前を呼ばれてハッと顔を上げた。また涙が出てくるのではないかと思ったが、彼と見つめ合った瞬間、不思議と涙は引っ込んだ。

「落ち着いた？」

「……うん」

鋭い印象の瞳が柔らかく微笑むので、陽芽子も素直に顎を引いた。

特に何かを言われたわけではない。けれど少しの時間放置してもらって好きに泣いたせいか、なんだかすごくスッキリした。ずっと我慢していた感情をちゃんと表に出して解放したことで吹っ切れたのかもしれない。人前で泣くなんて恥ずかしいと思うけれど、負の感情を放出することは大切なんだな、と気が付く。

環が用意しておいてくれたティッシュで涙と鼻水を拭いていると、隣に座っていた啓五の手が伸びてきた。長い指が陽芽子の横髪を掬《すく》い、そっと耳にかけてくれる。

「心配しなくても、陽芽子は可愛いよ」

「え……な、何？」

「それに綺麗だし」

指先が頬を撫《な》でる。その急な触れ合いに驚くことも身を引くこともできないまま硬直していると、啓五がゆっくりと微笑んだ。

「浮気されて、失恋して、自信なくしたんだろうけど。大丈夫、陽芽子は綺麗で可愛いから」

見つめ合った啓五が陽芽子の外見を褒めてくれる。つい一週間ほど前まで半年も付き合っていた恋人がいたにもかかわらず、褒め言葉を聞くのはかなり久しぶりだ。

だからつい照れてしまう。臆面もなく人前で他人を褒める啓五に驚き、その手から逃れようと身体を少しだけ後ろに引く。

「あり、がとう」

恥ずかしさから小さな声でお礼を言うと、啓五がカウンターに肘を付いた。そのまま顔を覗《のぞ》き込まれ、ふたりの身体がさらに近付く。

距離が近いよ、と指摘するよりも早く、艶を帯びた誘惑が陽芽子の耳に届いた。

「試してみる？」

切れ長の目をさらに細め、口の端を上げて熱を含んだように笑う。その表情と言葉の意味を、咄嗟《とっさ》には理解できなかった。

「え、と……何を？」

「俺と、してみる？」

人懐こい仔犬《こいぬ》のように首を傾げられて、今度こそ本当に驚いた。何かの冗談なのかと思った陽芽子は、ついぱちぱちと瞬きをしてしまう。けれど啓五の誘惑は、嘘《うそ》でも冗談でも聞き間違いでもなかった。

「早く立ち直って次の恋をするなら、自信なくしてる暇なんかないだろ？」

「そ、それは、そう……だけど」

「誰かに愛されることを思い出せば、すぐに次の恋がしたくなると思うけどな」

持論を並べた啓五が、陽芽子を懐柔しようと笑顔のままでさらに踏み込んでくる。

甘い夜の誘い。その口ぶりを聞いていると『遊び慣れてるなぁ』と思う。

陽芽子の驚きと呆れの表情に気付いたのか、啓五がすぐに悪戯っぽい笑みを浮かべた。

「というのは建前で、本当は陽芽子が可愛いから興味を持った……って言ったら、どうする？」

試すような言葉を聞いて、陽芽子は静かに息を呑んだ。

ちらりとバーカウンターの中を見るといつの間にか環の姿が消えている。どうやら奥のテーブル席の状況を確認するために、持ち場を離れたところらしい。小さな隙も見逃さず的確なタイミングで踏み込んでくる啓五の誘い方をズルイと思うけれど。

「……いいよ」

彼の提案を受け入れるように顎を引く。

啓五の言う通りにしたところで、恋愛に対する自信を取り戻せるとは思っていない。けれど陽芽子は、嘘でも冗談でも可愛い、綺麗、という褒め言葉が嬉《うれ》しかった。それがわかりやすい社交辞令だということにも気付いていたが、『もっと若くて可愛い子を好きになったから』と言われてあっさり恋人に捨てられた惨めな自分が、彼には受け入れられているように思えた。もしくは初対面ではわからない内面を下手に褒められるより、分かりやすく外見を褒められた方が真実味があると感じたからかもしれない。

なんにせよ、沈んだ気持ちがふわりと軽くなったのは紛れもない事実だ。

だから今夜は、理由なんてどうでもよかった。

「酔ってる、から」

自分でそう言い訳した台詞を最後に、断片的に記憶が飛んでいる。そこからどうやってIMPERIALを出たのか、どうやって移動したのかちゃんと覚えていない。気持ち悪さや吐き気はまったくなかったから、吐き戻したりはしていないと思う。

ふわふわ、ゆらゆら、くるくる――

甘く溶けるカクテルのような思考と視界の中で、一度だけ啓五と目が合ったことは覚えている。至近距離から彼の顔を見上げた陽芽子は、その目が三白眼であることに気が付いた。

＊＊＊

「陽芽子、水飲んで」

キャップをゆるめたペットボトルを手渡された瞬間、夢から覚めたようにハッと現実に戻ってきた。

ついさっきまでIMPERIALのカウンター席にいたはずなのに、今は見知らぬベッドの上に座っている。まるで瞬間移動でもしたのかと思うほど、その間の記憶が飛んでいる。

「え、っと……啓五くん？」

「ん？」

でもすべての記憶が消えているわけではない。目の前で時計を外しながら微笑む男性の名前はちゃんと記憶している。

薄暗いバーの中で見た啓五の姿には鋭利な色気が感じられた。その印象は明るい照明の下でも変わらない。むしろ目尻が上がった強気な瞳としっかり見つめ合えば、より鮮明にその鋭さを感じる。心臓の音が速く高く響いて、まるで肉食獣に捕らえられたように背筋がゾクリと震えてしまう。

「止めたくなった？」

受け取ったペットボトルの中身を飲んでいると、ギシ、とベッドが軋《きし》んだ。陽芽子の隣に腰を下ろした啓五が、再度顔を覗き込んでくる。

視線を合わせてみると、真珠を思わせる綺麗な白目の真ん中で黒曜石のような瞳が濡《ぬ》れている。その情欲の色と同じく、言葉にも獣のような獰猛《どうもう》さが見え隠れする。

「でもダメ、止めない」

陽芽子の微かな怯《おび》えなど気にもせず、笑顔の啓五がゆっくりと逃げ道を塞いでくる。肩に手が添えられたかと思うと、そのまま後ろに押し倒された。ぽすん、とベッドに身体が沈み、のしかかってきた啓五の指が顎先に触れる。

「んっ……」

驚く間もなく唇と唇が重なった。すぐにキスされていることに気付いたが、嫌悪は一切感じない。だから黒い瞳と再び視線が合う前に、急いで目を閉じてしまう。至近距離で見つめ合うなんて、酔っていても恥ずかしいから。

陽芽子の受け入れる態度を感じ取ったのか、毛足が短いワイン色のカーペットの上に、ゴトッと質量のある音が響いた。きっと啓五が靴を脱いだのだろう。確かに靴を履いたままベッドに上がるのはよくない。

「陽芽子」

アルコールに浸された脳の片隅でぼんやり考えごとをしていると、一瞬だけ唇を離した啓五に名前を呼ばれてすぐにもう一度口付けられた。優しい触れ合いに自然と唇が開くと、隙間から彼の舌が入り込んでくる。

ほんの一瞬だけ、モヒートに浮かべたスペアミントの香りがした。けれどその爽やかな感覚はすぐに消えてしまい、代わりにメープルシロップに似た甘い蜜の味が舌に絡まってくる。

「ん……ぁ……っふ」

甘さの正体をぼんやりと探っていると、熱の塊が口内を這《は》い始めた。舌の付け根から輪郭に沿ってすべてを辿られ、急に深く奪われる。緩急をつけながら激しくなっていく舌遣いに、このまま食べられてしまうように錯覚してビクリと身を竦《すく》める。

「あっ……ま、っぁ……」

激しい口付けが続くと考えごとをする余裕もなくなり始め、思わず胸をぐっと押し返す。呼吸の苦しさから生理的な涙がじわりと滲《にじ》むと、気付いた啓五が陽芽子の唇と舌を解放してくれた。

「可愛いな」

再び見つめ合うと、頬をするりと撫でられた。まるで飼い猫を愛でるような触れ方と言葉に、思いきり照れてしまう。じっと見下ろしてくる啓五の視線から逃れたくなり焦って顔を背けたところで、

「可愛い反応」

と再び揶揄《からか》われた。

「~~っ……わ、わざと言ってる?」

「ん? 何が?」

「かわいい、って」

ふと先程の会話を思い出す。確かに啓五は『男に愛されることを思い出せば、すぐに次の恋がしたくなる』と言っていた。けれどまさか、本当に可愛い可愛いと連呼されるとは思ってもいなかった。

褒められることは素直に嬉しい。でも無理に言わせても仕方がないと思うのに。

「まあ、意識的に言葉にしようとは思ってる。でも嘘はついてないし、ちゃんと本心だけど」

心にもないことを語り続けるのは大変だろうと申し訳なさを感じていたが、啓五はその考えを先読みして陽芽子の意見をさらりと否定してきた。

本心を意識的に口にしているという啓五の言葉を信じるならば、彼は本当に陽芽子を可愛いと思っていることになる。そんな馬鹿なと思いつつも、照れと羞恥で顔がぽうっと火照ってしまう。それも仕方がない。あまり褒められ慣れていないのだから。

真剣な言葉に照れているうちに、啓五の指がブラウスの上から胸のラインを辿ってきた。

「んん……っ」

ぴくんっと跳ねた身体と漏れた声を確認した啓五が、また楽しそうに笑い出す。まるで愛しい恋人に悪戯をして揶揄うように。

「感度いいな」

「っ……」

くすぐったい場所に触れられると、それだけで身体が過剰に反応する。けれど陽芽子は啓五の言うように感度がいいわけではないと思う。たぶん、感覚がほんの少し過敏になっているだけだ。

衣服越しに胸の周囲を撫でていた手が、今度は胸を揉《も》むように官能的に動き始める。性感を高めるような激しい手つきに、再び身体が反応した。

「あ……っ！」

最初と異なる激しさで胸を揉まれたせいか、身体が急に熱を持ち始める。だんだんと着ている服をすべて脱いでしまいたいほど全身が汗ばんでくる。

吐息と声が溢《あふ》れそうになり慌てて喉に力を入れる。そのわずかな抵抗に気付いた黒い瞳が、陽芽子の様子をじっと見下ろしてきた。胸の内を探るような啓五の視線が恥ずかしくまた顔を背けると、近付いてきた唇が耳元で何かを呟いた。

「陽芽子は、いつもそうやって声……我慢すんの？」

わざと低く掠《かす》れた声で囁《ささや》かれ、今度はぎゅっと目を閉じる。本当はすでに感じているけれど、気持ちよさを懸命に我慢していることは暴かれたくない。

あまりの恥ずかしさからふるふると首を横に振ると、啓五の指がブラウスのボタンにかかった。

「我慢しなくていいから、ちゃんと聞かせて」

子どもをあやすようにゆっくりと丁寧に諭される。陽芽子の強情な態度を包み込むようなその言葉にそっと目を開くと、ブラウスのボタンがすべて外されていることに気が付いた。そのまま前立てをぴらりと開かれ、下着も上へずらされる。あまり自信の無い胸を明るい部屋で露わにされると、さらなる羞恥心に襲われる。

隠すものが無くなった胸に直接触れる啓五の手は、意外にも温かかった。けれど急に触れられたせいで、つい敏感に反応してしまう。

「……っ、ふ……」

声が漏れたのは手の感触に驚いただけで、決して嫌なわけではない。啓五も拒否の意思がないことを確認したのか、そのまま緩急をつけて手と指を大きく動かし始めた。

最初は右胸だけだったのに、気が付けば左胸も包まれている。さらにいつ留め具を外したのか、黒いレースの下着が身体から浮き、首の下あたりで布の塊になっている。

空気に晒《さら》されることで生じた温度の変化と性感の高まりで、胸の先が少しずつ固くなってきた。普段はまったく認識していないのに、胸を揉み撫でる指先がたまにその場所に触れるので、嫌でも自覚してしまう。

「ん……あ、ぁ……っ」

「感じてる顔も可愛い」

「!?」

想像もしていなかった言葉を耳元で囁かれ、全身が再び熱く火照る。

「もっと見せて」

恥ずかしい言葉ばかりかけてくる啓五と視線が合うと、にこりと笑った彼からさらに恥ずかしい要求をされた。その言葉に返事をする前に、ぷくっと膨らんでいた胸の突起を左右同時にきゅっと摘まれた。

「な……ぁっ、ん！　だめ……！」

ぴく、ぴくんっと全身が跳ねる。過剰な反応を自分の意思では止められない。胸を包まれて先端を弄られる度に、どんどん思考が乱れていく。それにだんだん、胸だけではなく別のところが違う反応を始めている。背中がむずむずとくすぐったい。腰がびりびりと痺《しび》れる。下腹部がきゅうん、と収縮する。

その甘ったるい変化に身体をくねらせていると、啓五の両手が胸の上から離れた。

「服、脱がせていい？」

「……ん」

アルコールとキスと胸への刺激で思考がふわふわと揺れていたせいか、啓五の要望をあっさり受け入れてしまう。導かれるように頷くと、脱げかけていたブラウスとブラを剝がされ、穿《は》いていたスカートとストッキングとショーツも奪い取られた。

「陽芽子の身体、綺麗だな」

「そん、なこと……」

「……美味そう」

「っ⁉」

にやりと笑いながら放たれた言葉に、思わず全身が緊張する。色香を纏《まと》った鋭い目で捕食するような言葉を呟かれると、本当にこのまま食べられてしまうのではないかと思う。

わずかに残っていた羞恥心と戦っているうちに、啓五もジャケットとシャツを脱ぎ捨ててしまった。衣服の下から現れた身体は想像していたよりもしっかりと筋肉がついている。けれど筋骨隆々というわけではなく、むしろバランスよくしなやかに引き締まった印象がある。

男の人の身体、だ。相手の動きを封じることに適した——獣のような。

伸びてきた啓五の手が太腿《ふともも》の内側に這う。陽芽子の瞳を見つめながら、反応を確かめるように肌の上を撫でられる。

ゆっくりと上昇してきた手が足の付け根まで辿り着くと、細長い中指だけが閉じた花弁の隙間から股の中央へ侵入してきた。

「んぅ……っ！」

初めて、というわけではない。百戦錬磨で経験豊富というわけでもないが、人並み程度の経験はあるはず。なのに思わず、自分でも痛そうだと感じる声が漏れてしまった。

陽芽子の声を聞いて顔を上げた啓五が、少し困ったように首を傾げる。

「痛い？」

「……少し」

巧みなキスに思考も身体も翻弄されたせいか、指を挿《い》れられた場所は既に十分濡れていた。それでもわずかな不安と痛みを感じたのは、単純に久しぶりだったからだと思う。

「彼氏、下手だった？」

「え、えっと……どう、かな」

啓五は何気なく訊《たず》ねたつもりだろう。実際、その声音には『すでに過去になったどうでもいい男』というニュアンスが含まれていて、陽芽子が愚痴を言いやすい言葉選びをしてくれた気がした。だから陽芽子も、適当に「うん」と頷けばよかった。

でも言えなかった。それは元恋人に申し訳ないと思ったからではなく。

「身体……気に入ってくれなかった、から」

上手か下手かわかるほど、恋人らしい行為をしてこなかった。一応、一週間ほど前まで付き合っていた相手なのだが、最後に触れ合ったのはもっともっと前の話だ。そのせいか、身体が異性を受け入れることをすっかりと忘れている。指一本で痛みを感じてしまうほどに。

「……は?」

「あ、えと……するならもっと若い子がいいって言われちゃって……」

元恋人は陽芽子の身体を気に入ってくれなかった。いつも疲れているし肌にツヤがないから『その気』が削がれる――付き合い始めて日が浅いうちに言われた台詞は冗談めかしていたが、それが彼の本心だったのだと思う。

けれど陽芽子は、その言葉にも傷付いていた。たまたま仕事で慌ただしい状況が続いて心身ともに疲れていただけなのに、癒されるどころかむしろ心が折れるような言葉を投げつけられたことまで、一気に思い出してしまう。

あ、だめだ……泣きそう。

と思った瞬間に、再び唇を塞がれた。

「!」

そのまま丁寧に唇を舌で辿られると、驚きで涙も引っ込む。

「そんなことで、落ち込まなくていい」

離れた唇が優しい言葉をくれる。その後からほとんど身体を繋《つな》げることもなく、ずるずると付き合ってきた数か月を消し去るように。劣等感に支配されて沈んだ気持ちをふわりと引き上げるように。

「陽芽子の良さに気付けなかった男のことなんて、今すぐ忘れろ」

「ん……っ」

「忘れさせてやるから」

啓五の囁きが陽芽子の全身に染み渡り、荒んだ心を癒すように少しずつ馴染《なじ》んでいく。

彼の言葉に安心感を覚えていると、先ほどよりも優しく丁寧に秘部を撫でられた。キスで蕩《とろ》けた愛液を利用して、中を拡げるように慎重に動く。

「あ……んぅ……ぁ」

ぬるぬると滑りながら内壁を押すようにほぐされると、陽芽子を置き去りにした元恋人の顔などすぐにどこかへ消えていった。代わりに啓五の指遣いと息遣いが、思考のすべてを蜜色に染めていく。

「ちゃんと濡れてる。ゆっくり慣らせば大丈夫だ」

「あ……ぁ、ふぁ……っ」

蠢《うごめ》く指が何の準備をしているのかは、すぐに理解した。だからその先を想像して期待と緊張から無意識に声が漏れ出てしまうことが恥ずかしい。啓五に慰められて先ほどよりも感じていると知られたくないのに、指を前後に左右に上下にと動かされる度に、蜜壺《みつつぼ》からくちゅくちゅと濡れた音が溢れ出す。

「我慢しなくていいから、ちゃんと声出して。ほら……唇嚙《か》むなって」

羞恥心から懸命に耐えていると、耳朶《みみたぶ》を食《は》まれながら声を出すよう促された。啓五の言葉は抑圧された陽芽子の感情を解放して、ありのまま感じることを許してくれる。

「んっ……や、ぁ……」

「声も可愛いな」

「あぁん……ふぁ……っ」

指の動きを速めながら耳元でくすくすと笑われ、さらに「もっと聞かせて」と諭されると、我慢していた声が勝手に漏れ出てしまう。失恋の辛さも、強がってばかりの性格も、砂糖菓子のようにほろほろと砕けて崩れていく。

「あっ……あ、ぁ……」

蜜筒を十分に解されて広げられると、ちゅぷ、と抜けた指が別の場所に触れてきた。細長い指が閉じた恥丘を左右に開き、狭間に眠っていた萌芽《ほうが》を愛でるように擦り始める。その予期せぬ刺激に驚いて、思わずびくんっと飛び上がった。

「ひゃ、ぁっ……！　ぁあ……ふぁっ」

突然強い刺激を受け、身体が勝手に反応する。蜜孔を広げられて中を擦られるだけでも気持ちよくて困っているのに、敏感な花芽を愛撫《あいぶ》されれば言葉も上手く出てこない。

「一回ここで、気持ちよくなって」

「あ、ぁっ、んっ……」

誘うような問いかけとは裏腹に激しく陰核を擦られると、自然と腰が引けて逃げてしまう。しかし容赦なく刺激を与えてくる指遣いからは逃れられず、熟れて膨らんだ場所を執《しっ》拗《よう》に嬲《なぶ》られる。

「あ、ゃぁ……もぉっ……あっ、あ……っ」

「イきたい？」

「ん、うん……うん、っ……！」

指を動かされながら耳元で訊ねられ、こくこくと首を縦に振る。それが快楽に負けることを意味するとわかっているのに、下腹部でどろどろに混ざった快感を放出したい欲望から逃れられなくなってしまう。

はしたない感情を誤魔化すこともできず、縋《すが》るように啓五のスラックスを握る。すると指の動きが突然激しさを増した。

「ほら。いいよ、陽芽子」

「ふぁっ……あぁ、あぁッ」

指の腹で秘膜を剝かれて上下に擦られると、敏感な場所に強烈な快感が生まれて全身が痙《けい》攣《れん》する。太腿は啓五の手を締めつけるように閉じてしまうのに、背中は快楽を逃すように浮いて仰け反ってしまう。

「や、ぁあああ……っ……あ、あっ」

瞼《まぶた》の奥で白い火花が散る。

強すぎる刺激に堪えられなかった陽芽子は、誘導されるがまま激しく絶頂を迎えた。

「あぁ……はぁ……ぁ……っ」

「……ん。可愛いな」

肩で息をしながら閉じかけていた目を開くと、啓五に頭を撫でられた。まるで彼の思い描いた通りに達することができたご褒美のような……甘やかして可愛がるような触れ方に、そのまま意識が沈みそうになる。

「陽芽子。俺の名前、呼んで」

「……？ え……な、に？」

絶頂の余韻にまどろんでいると、思いもよらない要望を受けた。未だ残っていたアルコールが頭に回った心地でぼんやり視線を動かすと、すぐ近くにいる啓五の目と目が合う。

「陽芽子の声、気に入ったから」

鋭い視線と見つめ合ったことで、ゆっくりと意識が現実に戻ってくる。同時にまた少し照れてしまう。陽芽子の内心を見透かすような瞳に見つめられると、それが例え恥ずかしい命令でも聞いてしまいたくなる。

「……く、ん」

「聞こえない」

「啓五、くん」

「そう」

名前を呼ぶと、啓五が嬉しそうに微笑む。その表情が獲物を捕らえた獣のようにも、主人に褒められて尻尾をフリフリと揺らす仔犬のようにも見えるのが不思議だ。

目の前にあった啓五の胸板をそっと指先で撫でてみると、彼の身体も熱を帯びていることに気付く。その熱い肌と同じように確かな温度を宿した瞳が、もう一度陽芽子の顔を覗き込んできた。

「陽芽子……」

頬に口付けられたり見つめ合ったりしている間に、彼も準備を終えたようだ。何気なく視線を下げるといつの間にかスラックスと下着を脱ぎ、熱と勢いを持った屹立《きつりつ》には避妊具が被せられている。手慣れているのか、ずいぶんとスムーズだ。

「！」

密かに感心していると、薄く笑った啓五に腰を摑《つか》まれた。さらに太腿を持ち上げて左右へ思い切り開かれた瞬間、あまりの恥ずかしさについ自分の手で顔を覆ってしまう。

挿入のためとはいえ、今日初めて会ったばかりの人に秘部を見られるのはかなり恥ずかしい。おまけに一度絶頂を味わっているので、そこが濡れていることは見えなくても容易に想像できる。これ以上見られたくなくて股を閉じようとしたが、男の啓五の力に女の陽芽子が勝てるはずもなく。

「陽芽子」

「え？　……あ」

熱の籠った声で名前を呼ばれて、ようやく思い知る。

――この人は本気で、自分を抱こうとしている。

心のどこかでは冗談なのだろうと思っていた。自分より年上の男性に『もっと若い子がいい』とフラれた陽芽子が、それより年下と思われる男性をその気にできるはずがない。だから今この瞬間まで、啓五と本当に〝する〟と信じていなかった。現実味に欠けていた。

でもこの目は本気だ。真剣な眼差しとぬかるんだ蜜口に宛がわれた熱竿《ねっかん》の先端が、陽芽子が相手でもちゃんと欲情していると教えてくれる。

その事実だけで自然と心が満たされていく。砕けて割れた女性としての自信を少しだけ取り戻す。ネガティブな思考が、どこかへすぅっと消えていく。

「んっ……」

受け入れることにためらいはなかった。十分慣らされて蕩けていた場所へ、熱く奮い勃ったものの尖端《せんたん》が沈み込む。淫唇を割った直後にずぷ、と卑猥な音が聞こえて、身体がびくんと反応した。

「あ……ん、ぅっ……」

埋められる深さに比例して痛みと圧迫感も覚えたが、耐えられないほどではない。それに頭の中では無理かもしれないと思っていたが、身体は受け入れたがっている。

「ふ……ぁ、あっ……」

更に突き進んでくる固い塊に内壁を抉られると、奥からじわりと愛蜜が溢れてくる気配がする。啓五の熱を受け入れて、さらに奥へと導くような身体の反応が恥ずかしい。

「は……俺の方が、まずい……飛びそうだ」

「んっ……けいご、く……」

陽芽子の上で低く呻《うめ》く獣の名を呼ぶ。何かに堪えるような声を漏らしながらぐぐっ、と腰を突き込んできた啓五は、最奥に到達するとすぐに腰を引いてくれた。

「っ……ん」

「痛い？」

労わるように確認されて、ふるふると首を振る。

本当は少しだけ痛い。圧迫感もある。

だがそれよりも、気持ちいい。怖いぐらいに。

「あっ……ん、んっ……」

再び沈み込んで一番奥を突くと、熱の塊はすぐに中から抜けていく。その抽挿がだんだん速さと勢いを増し、次第に溺れるほどの激しさに変わっていく。

「んんっ……あ、ぁっ……！」

引き気味になっていた腰を掴まれ、より敏感な場所を狙い撃つように突き上げられる。その度に下腹部から快感が広がって、全身が満たされていく。

唇を重ねようと近付いてきた首に腕を絡める。

恋人同士のような距離感は勘違いの元だ。それは啓五ではなく、陽芽子にとって。だから今すぐこの腕を離した方がいいと頭では理解している。寂しさを埋められていくこの感覚に慣れてはいけないと、知っているけれど。

「あ、ぁっ……ぅ」

優しく涙を拭われて口付けられると、離し難くなってしまう。もう少しだけ、と甘えたくなる。

「いいよ、陽芽子。たくさん……気持ちよくなって」

「あ、ああっ……っぁん」

陽芽子の小さな願望を見抜いているのか、啓五はわがままな振る舞いを許してくれる。その手を振り解かずに、陽芽子のしたいようにさせてくれる。

だから今はめいっぱい甘えさせてもらうことにする。

「ああっ、んっ……っは、ぁあっ」

どうせ一夜だけの関係だから。今だけ、その優しさに縋ることを許してほしい。

「……く……ッ……ン」

埋められた熱竿に子宮口をトントンと突かれて、全身が快楽に震える。身体が敏感に跳ねる度に、啓五の喉からも微かな呻き声が漏れる。

「あ、ぁん……んっ」

何度も深い場所を貫かれているうちに、下腹部の奥に小さな快楽の渦が生まれる。その

存在を感じ取って身構える直前に、突然増幅した濁流の勢いに身体の自由を奪われた。

「あぁ、ゃっ……あぁぁ――っ」

「……っ……は、ぁ」

陽芽子の絶頂とほぼ同時に、陰茎が蠢く感覚と薄膜の中に熱を吐かれた気配を感じ取る。その脈動のおかげで、啓五もちゃんと達したのだとわかった。

「はぁ……は、っ……あ」

「陽芽子……」

感覚が麻痺《まひ》した蜜壺の中でゆるやかに腰を揺らされ、彼の吐精の長さを知る。熱を放出した陰茎が下腹部からずるりと引き抜かれると、陽芽子の身体からもようやく緊張が抜けていった。

首に回していた腕を離すと、何故か啓五の方が寂しそうな表情をする。彼は何か言いたそうな様子だったが、そのうち名残惜しそうに身を起こすと、鎮まった熱棒から避妊具を外して処理したものをゴミ箱に投下した。

その様子を見ていた陽芽子は、今のが行為の終わりの合図で、用が済んだ啓五はそのままシャワーにでも向かうのだと思った。だが啓五は起き上がるどころか陽芽子の隣に肘をつき、そのままじっと顔を覗き込んでくる。

「……可愛いな」

「……え？　あ、えっと……ありがとう？」

視線が、なんだか恥ずかしい。

男の人というのは、することが終わったら気が抜けたように静かになるものだと思っていた。少なくとも今まで付き合ってきた人はみんなそうだったし、ちょっと下世話なガールズトークで漏れ聞く友人の話なんかでも、大体そんな感じだった。

なのになんだろう、この甘ったるい空気は。恋人ですらない――いわゆる行きずりの関係だというのに、ベッドの中で陽芽子の身体を抱き寄せて頬やこめかみに口付けてくるのは一体どうしてなんだろう。

啓五は一夜だけの相手も存分に甘やかすタイプなのだろうか。うっすらと筋肉のついた二の腕に陽芽子の頭を乗せて、汗だくになった髪をくるくる指に巻いて遊ぶ表情はやけに嬉しそうだ。

そんな啓五の顔をぼんやりと眺めていて、ふと思い出す。

「……啓五くんの目って」

ここに移動するまでの間に一回、行為の最中には何度も見つめ合った瞳。アルコールが抜けた頭で冷静になって観察すると、やっぱり少しだけ珍しい。

啓五の瞳は黒目より白目の割合が大きく、相手に鋭い印象を与える『三白眼』だ。

ただし珍しいと言っても、会社や学校の中に一人や二人ぐらいならば普通に存在する特徴だろう。陽芽子自身、今までの人生で数人ほど見かけたことがある。けれどこんなにも整った顔とセットになっているパターンは初めてだ。

「ああ、睨《にら》んでるわけじゃねーんだけど……目付き悪くてごめんな」

「え、なんで謝るの？」

　ガシガシと後頭部を掻きながら罰が悪そうに視線を反らす啓五に、陽芽子の方が困惑してしまう。確かに彼の瞳には鋭い印象を感じるが、そこまで珍しいものではないし、まして謝ることではない。身体的な特徴を口にすることは対人関係におけるマナー違反だと思うが、陽芽子は決して彼の目を否定したいわけではない。むしろ逆だ。

「いいなーと思って」

「……は？」

「目が綺麗とか、目力があってかっこいいとか、言われない？」

　訊ねながらじっとその瞳を覗き込む。

　天然なのか染めているのかは分からないが、髪の色は真っ黒よりもやや色が薄く柔和な印象がある。けれど瞳の色は黒曜石のように深い黒で、視線の鋭さはネコ科の大型動物のような威厳さえある。

「いや、言われたことない……けど」

「そう？」

　困惑したように苦笑する啓五に、もう一度頷いて微笑む。

「でも啓五くんの目、きれいでかっこいいよ」

　陽芽子の甘えたい願望も、強がっているだけで本当は弱い心も見通している気がする。

それだけではなく、未来まで真っ直ぐに見据えるような意志の強さも感じられる。

もちろん陽芽子には彼の本当の感情などわからない。だが力強さと鋭さ、優しさを秘めた瞳は素直に綺麗で魅力的だと思えた。

整った顔立ちをしているから黙っているだけでもモテそうだが、さらにこの目で見つめられたらみんなすぐに恋に落ちてしまう気がする。なんて呑気《のんき》に考えていると、啓五が突然ベッドの中で身体を起こした。

「陽芽子。もう一回……いい？」

「は……え？　……なに？」

動きを封じるように再度シーツの上へ腕を押し付けられる。ホテルベッドの標準よりも少しだけ柔らかいマットレスに、身体が深く沈み込む。

唐突な行動に驚いて瞠目《どうもく》すると、啓五が妖艶な笑顔を浮かべた。

「一回だけじゃ、足りなかったから」

近付いてきた唇に耳元で囁かれ、快感を放出したはずの身体に再び熱が灯る。長い指がふわふわと胸を撫で、さらに膨らんだ突起をくにくにと捏《こ》ねられるだけで、また身体が反応を始めてしまう。

「あ……っぁ」

「ん。気持ちいい」

胸を撫でた啓五の呟きが、鼓膜を揺らして脳に響く。その言葉が彼の本心のように聞こえると、陽芽子も「嫌だ」と言えなくなってしまう。

「陽芽子……可愛い」

啓五はもう覚えてしまったのだろう。名前を呼ばれて可愛いと言われたら、この身体が反応してしまうことを。意思とは関係なく快感を追いかけてしまうことを。

だから彼はまた同じ言葉を口にする。陽芽子をその気にさせて、気が済むまで翻弄することを楽しむつもりなのだ。

けれどそれでも構わない。ささやかな戯れ言を受け入れて快楽に身を委ねることを、今夜だけは許されている気がしたから。

＊　＊　＊

白木《しらき》陽芽子、三十二歳。

知らない場所で目覚めたときの第一声が、

「わー……まつげながーい……」

だとは自分でも驚きだ。すぐに『いや、もっと他に言うことあるでしょ』と思ったが、実際は他に何も思いつかなかったのだから仕方がない。

視線を彷徨《さまよ》わせて自分の置かれた状況を確認する。少し身体がだるくて頭が痛いが、記憶までは無くなっていない。隣で寝こけている整った顔と長いまつげの持ち主にされた昨晩のあれこれも、しっかり記憶している。やたらと可愛いと連発されたことを思い出すと、つい恥じ入ってしまう。

酒の勢いだったとは言え、ずいぶん思い切ったことをした気がする。三十二歳といういい歳をして、と思わないことも無いが、逆にそれなりに人生経験を積んだいい歳だから羽目を外したくなったのかもしれない。

自分でそう結論付けると、眠っている啓五を起こしてしまわないよう腰に絡みつく腕をそっと外してベッドを出る。改めて見回すと部屋はかなり広い造りだ。思いがけずずいぶんな贅沢を味わっていることを実感したが、それよりもまずシャワーを浴びたい。

脱がされて放り投げられていた下着とバッグの中のメイク道具を手にしてバスルームに向かう。脱衣場の端に用意されていたアメニティから必要なものを選んで浴室へ入ると、シャワーのコックをキュ、と捻った。

一回分のクレンジングでメイクの残りを撫で落としながら、もう長い間『可愛い』とか『綺麗だ』なんて言われていなかったことを思い出す。半年も付き合ってきた恋人にフラれたのはつい一週間ほど前なのに、元恋人からの褒め言葉はほとんど記憶に残っていない。

背中まである長い髪を温水で洗い流し、手のひらでシャンプーを泡立てる。シトラスの香りのきめ細かな泡を見つめているうちに、自分が身を置く現状をふと思い出した。

陽芽子は勤めている今の会社に新卒で入社し、最初の二年は経理部にいた。その後三年目で異動になってからはずっと同じ部署で、現在すでにお局様状態。いや、お局どころか鬼上司の位置付けだ。

自分で言うのもなんだが直属の部下には慕われていると思う。ただ、他部署の人は陽芽子の扱いに困っている節がある。

ボディーソープで全身を撫でながら、ふと二週間ほど前に立ち聞きしてしまった噂《うわさ》話を思い出す。それは偶然耳にした、陽芽子を『トラブルやクレームなど意に介さないほど神経が図太い』と揶揄《やゆ》する、女子社員からの陰口だ。本当はその場で『こちらがトラブルを招いているわけではない』『大きなお世話だ』と言ってやりたかったが、波風を立てたくないので結局は聞かなかったふりをした。

温水で十分に身体を温めて髪の水気を絞ると、触り心地がいいタオルで肌に流れる水滴を吸い取る。嫌なことばかり思い出しているはずなのにあまり気分が落ち込んでいないのは、きっと啓五のお陰だろう。

ドライヤーの轟音《ごうおん》に紛れて、またあの甘ったるい囁きが聞こえた気がする。陽芽子の身体も、反応も、感情さえも認めてくれるような強い眼差しと優しい言葉が。

「なんか……恥ずかしい」

あんなにいっぱい可愛いと言われた経験はない。啓五は一晩に同じ台詞を何回呟いたのだろう。気まぐれや冗談だとわかっていても、陽芽子は恥ずかしい気分ばかり味わった。

そんなことを思い出しながら髪の乾燥と簡単なメイクを済ませてバスルームを出る。扉が開く音に反応したのか、それとも最初から起きていたのか、ベッドに近付くと啓五がのそりと身体を起こした。

「陽芽子」

まだ少し眠そうな低い声に名前を呼ばれると、自分の名前にさえ身体がぴくっと反応する。昨日たくさん名前を呼ばれた状況を無意識のうちに思い出したからかもしれない。

「ごめんなさい。起こしちゃった？」

「いや、いいよ。いま何時？」

平静を装いながら笑顔を作ると、啓五が時間を訊ねてきた。視線を彷徨わせてサイドボードに嵌《は》め込まれている木製の時計を確認すれば、現在の時刻は午前十時。一般的なビジネスホテルならもうチェックアウトの時間だ。

「朝食は終わってるか。ここの、美味いんだけどな」

「そうなんだ」

くぁ、と猫みたいな欠伸を噛み殺す啓五の呟きにふむふむと頷く。その台詞から彼が以前もこのホテルを利用していることと、チェックアウトの時間にさほど焦っていないことが窺《うかが》い知れた。

陽芽子は啓五の正確な年齢を知らないが、言動からは遊び慣れた印象が感じられる。女性を物怖じせずホテルに誘うことからも、女性を丁寧に扱うことからも。

うーん、侮れない……なんて苦笑していると、啓五の手が伸びてきた。肌が触れ合ったことに気付くよりも早く腕を引っ張られ、そのまま裸の腕にポスンと抱かれてしまう。

「えっ、ちょ……何？」

「陽芽子……昨日、可愛かった」

唐突に告げられた言葉に、びっくりするよりも先に恥ずかしい感情が湧き起こった。思わず顔が熱くなる。

「っ、あ……りがと……？」

「照れてんの？　可愛いな」

視線を合わせないように顔を背けると、つむじの辺りにくすくすと笑う声が落ちてくる。だから、どうしてそんなに『可愛い』ばかり言うのだろう。啓五は照れくさくないのだろうか。言われているこっちはかなり恥ずかしいのに。

恐らく真っ赤になっているだろう顔を隠すため、さっさとベッドから降りようとする。しかし逃げようとする動きを読んでいたのか、陽芽子の行動は簡単に妨げられた。

「陽芽子」

名前を呼ばれたので、ゆっくりと顔を上げる。昨日たくさん見つめ合ったはずの三白眼と再び目が合うと、そこにわずかな熱が宿っていることに気が付いた。

「俺と恋人にならない？」

「……へ？」

ふと耳に届いた言葉に、思わず変な声が出る。たっぷり三秒は見つめ合って、ぱちぱちと瞬きする。それから思わず、笑ってしまう。モデルかアイドルなんじゃないかと思うほどの強い存在感と目力を持つくせに、意外な冗談を言うものだから。

「えー？　思ってないでしょ」

「いや……結構、本気なんだけど」

怪しい間を残したままポツリと零す言葉に、直前まで感じていた恥ずかしさはあっという間に消えてしまう。成人男性に対して失礼だと思うが、可愛いなぁ、と感じてしまう。

「俺は、絶対に浮気なんてしないから」

さらに続いた言葉とその口調は、少しだけ必死だった。その理由はすぐに理解する。

「ふふっ……啓五くんは、優しいね」

啓五は陽芽子の失恋の傷を癒して、励まそうとしてくれる。陽芽子が恋愛に対する前向きな気持ちと自信を取り戻すために協力してくれる。その思いやりが単純に嬉しかった。

「でも大丈夫だよ。昨日いっぱい慰めてもらったから、もうちゃんと元気出た」

陽芽子は昨日、彼の優しさに十分すぎるほど甘えた。背中を押されて癒された。だからもう、心配しなくても大丈夫だ。

「ありがと。また頑張って、恋してみるね」

「……そう」

最後の呟きが本気でつまらなさそうに聞こえたのは、きっと陽芽子の気のせいだった。

啓五に支払いは不要だと言われたので、それが男のプライドなのだろうと考え、ありがたく受け取ることにした。

シャワーを浴びると言う彼と部屋で別れて、エレベーターで一階に降りる。

途中までは浮かれ気分の陽芽子だったが、扉が開いた瞬間、ロビーの空気感が自分の知るビジネスホテルのものとはかなり異なると気が付いた。

やけに広い開放感のあるエントランス。こちらに気付いて、にこりと笑顔を浮かべながら頭を下げるコンシェルジュ。ラウンジでゆったりと過ごす人々の身なりや表情。土曜日の午前、けれど決して早い時間ではないのに昨日と同じスーツ姿の自分――明らかに場違いであることはすぐに理解する。

慌ててロビーから外へ出たところで驚愕《きょうがく》の事実を知る。首を動かしてホテルの名前を確認した陽芽子は、驚きのあまりその場で三センチほど飛び上がってしまった。

国内でも有数のハイエンドホテル。一般庶民が思いつきで急に宿泊できるような場所ではない、紛れもない高級ホテル。陽芽子はただの一般庶民だが、ホテルの格付けぐらいは理解している。

(あの人、いったい何者……？)

――なんだか、狐《きつね》につままれた気分だ。

＊　＊　＊

うららかな陽の光を受けた木々の間から、桃色に染まった小さな欠片がはらはらと舞い降りてくる。アスファルトのところどころに落ちている桜の花びらが地面に模様を描いていて可愛らしい。そこから視線を上げて胸を張った陽芽子は、勤務する会社のエントランス前でゆっくりと深呼吸をした。

月曜の朝なのに気分がすっきりしていて清々しい。その理由はわかっている。

自分でも驚くほど、今回は失恋から立ち直るのが早かった。悲しい気持ちをさっぱりと忘れて、新たな心境で新年度を迎えることができた。失恋したこと自体をすっかり忘れてしまうほど、今の気分は晴れやかだ。

株式会社クラルス・ルーナ。

入口に掲げられた社名を一瞥《いちべつ》すると、そのまま歩を進めてエレベーターを待つ社員の列に並ぶ。とはいえまだ早い時間なので、さほど待たずに搭乗できるだろう。

クラルス・ルーナ社の母体であるルーナグループは、農水産物の生産や加工、食品の製造・販売、飲食店およびホテル内レストランの経営、輸入食品の販売や自社製品の輸出など飲食業界に幅広く参入し、そのいずれの年商も黒字決算を更新し続ける巨大な企業グループだ。

系列四社のうち、クラルス・ルーナ社は主に食品の製造や販売を担っている。扱う品目は多岐に渡るが、特に加工食品や菓子や飲料などは、スーパーやデパートの食品売り場、コンビニエンスストアに行けばどこでも入手できるほど有名なものばかり。

陽芽子の所属部署は、その製品パッケージに書かれている電話番号の向こう側——コールセンター内のお客様相談室だ。しかも肩書はお客様相談室、室長。役職で言えば係長に相当するが、部署名がお客様相談『室』なので便宜上『室長』と呼ばれている。

「おはようございます、室長」

「おはようございます～」

「おはよう。二人とも早いね」

IDカードでロックを解除してコールセンター内へ足を踏み入れると、部下の蕪木《かぶらぎ》と鈴本《すずもと》が既に出社して雑談を交わしていた。同時に声をかけられたのでまとめて返事をすると、二人がブースの仕切り越しに顔を見合わせた。

「室長、機嫌いいですね？」

「何かいいことあったんですかぁ？」

自分では特に感情を出したつもりはない。けれど部下たちには目聡《めざと》く悟られてしまったようで、興味津々に話しかけられた。

「別に何もないわよ」

笑顔を浮かべてその疑問を適当に受け流す。二人は不思議そうに首を傾げていたが、陽芽子が何も言わずにいるとそのうちまた雑談に戻っていった。

いつもの空気に軌道修正できたことを確認すると、ほっと胸を撫で下ろす。自分のデスクに腰を落ち着けながら、あまり感情を表に出さないようにしなければ、と再度気を引き締めた。

精神統一を図ったあとは、朝の作業を開始する。やることは先週のチェックや今日の予定の確認などルーティン化されたものばかり。けれど今日は年度の初めなので、いつもより少しだけ確認事項が多く、おまけに新年度の朝礼にも出席しなければいけない。

お客様からの要望を聞き受けるお客様相談室、通信販売サイトの操作案内やポイント制度の補助を担うシステムサポート係、季節の品や冠婚葬祭の品など贈答物への問い合わせを担当するギフトセンターの三部門を合わせた『コールセンター』は、陽芽子の部下を含めて正社員より派遣社員が多い。しかも定刻になると電話回線を開けるので、基本的に部署長以外は朝礼への出席を免除されている。だから通常は、コールセンター課長である春《はる》岡《おか》以外は朝礼に出る必要がない。

けれど今日ばかりはそうもいかない。何故ならクラルス・ルーナ社には、本日付で新しい副社長が就任する予定となっている。普段は構わないが、経営陣が変わるのであれば最低でも役職に就いている者は朝礼に出席するのが暗黙の了解だ。よって今日は陽芽子も朝礼に出席しなければならない。

確認作業をしているうちに朝礼の時間が近付いてきたらしく、課長の春岡から声をかけられた。

「おはよう、白木」

「春岡課長。おはようございます」

「ん？　どうした、何かいいことでもあったのか？」

また言われた。普通に返答したつもりだったのに上司にまで楽しげに問いかけられ、陽芽子は言葉に詰まった。一応「いいえ」と笑顔を浮かべるが、仕切りの向こうから蕪木と鈴本がこちらの様子を窺っている。

もう、ほっといてほしいのに。


システムサポート係長の機械オタク男子・野坂《のさか》と、ギフトセンター長の温和なマダム・澤本《さわもと》と共に、四人で大ホールへ足を運ぶ。立ち位置が決まっているわけではないので揃《そろ》って適当な壁際に立っていると、間もなく朝礼が始まった。

代表取締役社長である一ノ宮《いちのみや》怜四《れいじ》は、明朗快活な語り口調と要点をおさえた内容の挨拶で、いつも話が短い。社員たちの忙しさも把握しており、延々と無駄話が続けられないのはありがたい限りだ。

例のごとく新年度の挨拶をさらっと済ませると、続いて新しく就任するという副社長と立ち位置を交代する。

陽芽子は登壇する新副社長の後ろ姿を遠い場所から眺めて、ひとり微笑ましい気分になった。事前に聞いていたように、新副社長はまだ若い年齢らしい。若々しさだけではなく、初々しさも感じられる。

微笑ましい。——なんて思ったのはほんの数秒だけ。

「えっ」

登壇して振り返った新副社長の顔を確認した瞬間、陽芽子の喉から驚きの声が漏れた。そのまま悲鳴をあげそうになって、慌てて自分の手で自分の口を押さえる。おかげで大声が出ることはなかったが、心臓はドキドキと速い音を立て始めた。

（まさか……いや、だって――。え、何これ……？　もしかして、ドッキリ？）

誰が陽芽子を脅かせて得をするのだろう。わかってはいるのに、口元を押さえたままどこかにカメラがあるのではないかと視線を彷徨わせてしまう。けれどありもしない想像をしてしまうのも無理はない。

登壇して振り返った人物は、確かに見たことがある顔だった。

発した声と名前にも、聞き覚えがあった。

「本日よりクラルス・ルーナ社の代表取締役副社長に就任しました、一ノ宮啓五です」

丁寧な口調でマイク越しに告げられた挨拶に、陽芽子の全身からサッと血の気が引く。

ケイゴ。三日前の金曜日の夜、恋に破れて失意の底にいた陽芽子を慰めてくれた人。鋭い目付きや低い声とは裏腹に、優しい言葉と丁寧な指遣いで陽芽子のひび割れた心を潤してくれた人。もう会うこともないと思っていた、一夜の相手。

その人と似た姿で、偶然にも同じ名前。

いや、違う。偶然の一致じゃない。姿が似ていて、名乗った名前までたまたま同じわけじゃない。遠目からでも見間違えるはずがない。

陽芽子はもう気付いている。登壇して本日から副社長に就任すると宣言した人が、紛れもなく陽芽子と一夜を過ごした、あの〝啓五〟だということに。

思えば彼は、会員制バーのＶＩＰルームから降りてきた。身に着けた衣服や装飾品はオーダーメイドの上質なものばかりだった。庶民が簡単に宿泊できるとは思えない高級ホテルをごく当たり前のように利用していた。ルーナグループ全社の経営を己の一族のみで行う一ノ宮家の者に共通する特徴――名前に漢数字が含まれていた。

酔っていてすっかり流していた微かな違和感と、登壇して挨拶を述べている人物の姿がぴたりと重なる。一夜の相手と新しく就任した副社長が同一人物だと、唐突に理解する。

「……っ！」

確信した瞬間、心臓がバクバクとさらなる早鐘を打ち始めた。そのままどんどん大きくなっていく心音が周囲に漏れ聞こえるのではと焦り、無意識にブラウスの上から胸を押さえる。

けれどその程度でこの驚きは治まらない。むしろ時間の経過とともにどんどん現実が明瞭になってきて、余計に焦ってしまう。思わずヨロリと後退する。

偶然が、怖い。

「どしたの、白木ちゃん」

「白木さん？　具合悪いの？」

「い、いえ……！　大丈夫、なんでもない、です……！」

野坂と澤本にこそこそと話しかけられ、慌ててぶんぶんと首を振る。始業時間前から変な汗をかいている感覚と、先には立たない後悔を覚えながら、白木陽芽子はひとり思う。

人生には落とし穴がある。現実世界には優しくてえっちが上手な御曹司は存在するが、神様なんてものは存在しないらしい。


「室長、具合悪そうですね？」

「何か嫌なことあったんですかぁ？」

朝礼を終えてやっとの思いで部署へ戻ると、蕪木と鈴本が今朝と同じテンションで真逆のことを聞いてきた。この二人も、後から出社してきていた夏田《なつた》も、芹沢《せりざわ》も、平子《ひらこ》も、朝礼の短時間で何が起こったのかは分からないだろう。陽芽子としてはただ乾いた笑いを零すしかない。

「何でもない。ミーティング始めるわよ」

うん、一旦忘れよう。どうせ昼休み以外はコールセンター内に引きこもっているので、陽芽子が社内で啓五に会う可能性はほとんどない。そのうち遭遇する機会もあるかもしれないが、そのときには啓五の方が陽芽子のことなど忘れているはず。

なんせ啓五はあの〝一ノ宮〟の御曹司なのだ。歴代の経営陣は揃いも揃って浮き名を流してきた美男美女ばかり。一族の誰を見ても優れた容姿を生まれ持ち、地位も権力も栄光もほしいまま。

遊び相手など掃いて捨てるほどいることは想像に容易い。なんなら陽芽子のことなど、すでに綺麗さっぱり忘れているかもしれない。むしろそうあってほしい。できれば遭遇しても視線すら合わないぐらいの状態が望ましい。とにかく面倒事には巻き込まれたくないのだ。

そんなことを考えながら、朝礼での社長の挨拶の内容、新しい副社長の就任、社員食堂の価格改定と喫煙所の使い方の再確認、さらに先週の要注意案件を全員に伝達して共有する。

ミーティングとテストコールが終わると、すぐに電話回線を開ける時刻になる。仕事の時間が始まれば、陽芽子には他のことを考えている余裕なんてなくなるのだから。

＊　＊　＊

案の定、昼休みの社員食堂は新しく就任した副社長の話題で持ちきりだった。

一緒に昼休憩に入った夏田が、

「室長。新しい副社長ってそんなにイケメンなんですか？」

と聞いてきたので、

「イケメンじゃない一ノ宮の人間なんて存在しないわよ」

とだけ答えておく。

我ながら適当な返答だと思ったが、夏田にはその説明でもちゃんと通じたらしい。経営者一族が見目麗しい人々ばかりであると知っている彼女は「ですよねぇ」と笑みを浮かべた。

食堂内できゃあきゃあと騒ぐ女性社員たちは、まだ新副社長の詳細な人物像を摑んでいないらしい。飛び交う噂話の大半は彼の外見とプロフィール上のスペックについてだ。

しかしその中に、一つだけ陽芽子が気になる噂話があった。

ルーナグループにおける社長および副社長には、専属の秘書が二人配属されることになっている。これは一般的な会社よりも経営陣の移り変わりが激しく、かつ膨大な仕事量をこなす必要があるため、サポート役が一人では不足だと判断されるからだ。その慣例にならい、新副社長に就任した啓五にも二人の秘書が配属された。

一人目は吉本大貴《よしもとひろたか》。五十代前半のベテラン男性秘書で、落ち着いた雰囲気と寡黙な姿は秘書というより執事という表現の方が似合う。彼は前副社長の秘書も務めていた人物なので、そのまま引き継ぐ形となったのだろう。

そして二人目、鳴海優香《なるみゆか》。彼女は二十代半ばの若い女性秘書だが、数多くの資格を有し秘書課の中でも特に有能だともてはやされている。確かに鳴海は秘書としての技量に加え、愛嬌《あいきょう》があり外見も華やかなので、経営陣の秘書にふさわしいといえよう。

（鳴海さんか……。そういえば、辞令の確認してなかったな）

昼休みを利用して銀行に行くと言う夏田と別れ、エレベーターを待ちながらぼんやりと考える。

新年度に先駆け先週の半ばには辞令が公開されていた。しかし定期異動にほぼ無関係の陽芽子は、その内容をしっかりと確認していなかった。だから食堂に居た女性社員たちの噂話で初めて認識した、鳴海の新副社長第二秘書への抜擢《ばってき》。

周りが含みのある噂をするのも無理はない。何故なら鳴海秘書はこの二年、連続で社長秘書と企画部長秘書への打診を断っているという過去を持つ。理由は自身の体調不良と身内の介護らしいが、彼女が有給休暇を利用したのはほんの数日だけ。あとはほぼ通常通りに出勤していたので、本当に辞令を断るほどの理由が存在していたのか？　と噂されていたのだ。

さらに鳴海には、後輩の秘書を徹底的にいじめて辞めさせたというまことしやかな噂がある。聞くところによると、来訪した系列他社の若い社長が後輩秘書の丁寧な応対を褒めたことが気に入らなかった、という理由らしい。これについての真偽は定かではないが、少なくとも彼女が穏やかな人物ではないことだけは確かだった。

どうやら鳴海は、ルーナグループを経営する一ノ宮家との結縁を狙っているらしい。陽芽子の目から見ても、その噂はあながち間違っていないと思う。何故なら以前、彼女がパウダールームで『私は玉の輿《こし》にしか興味がないの！』と力説している姿を見かけたことがあるからだ。

最短ルートで一ノ宮の玉の輿に乗るために未婚の経営陣の秘書になることを希望し、他の仕事は体よく断る。大胆すぎるやり方はいかがなものかと思ったが、そのときはさらりと聞き流していた。

けれどここにきて、新副社長である啓五の秘書への抜擢。今回は断らずにちゃんと辞令を受け取ったことが噂の信憑性《しんぴょうせい》をぐっと高めている。啓五が鳴海のお眼鏡に適ったということだろう。

（よかったわね、副社長！　まあ、うん……頑張って）

陽芽子にはそれ以上言いようがない。言いもしない。心の中でエールを送るだけだ。

ふう、と息をついてやってきたエレベーターに乗り込む。コールセンターがあるのは社員食堂階の三つ上の階なので、健康のためには歩いた方がいいと思う。けれどこの後も仕事で体力と神経を使うのだから、多少は楽をしたって許されるはずだ。

そんなことを考えながら目的階のボタンを押した瞬間、閉じかけていた扉が何故か再び広く開いた。

あれ？　と思って顔を上げる。どうやら閉まる直前に、誰かが外からボタンを押したらしい。他に乗り込む人がいるとは思っていなかったので、慌てて『開』ボタンを押す。

「⁉」

開いた扉の向こうから乗り込んできた人物の姿を認めた瞬間、陽芽子は自分の心臓が停止したように錯覚した。どうか会いませんように、と願っていた人物の突然の登場に顔を隠す間もなく、エレベーターからさり気なさを装って出ることもできず——そもそもそんな発想を持つことすら間に合わず、ばっちりと目を合わせてしまう。

同じ会社に所属していることを知られたくなかった相手、一ノ宮啓五の、黒い瞳と。

「えっ」

目が合った瞬間、その目をまん丸にした啓五が驚きの声を発した。

最初は小さな声で。そして数度瞬きをした後、今度は明確に名前を呼ばれる。

「陽芽子⁉」

驚愕の反応は当然だった。陽芽子は今朝の朝礼で啓五の存在を知っていたが、啓五は陽芽子がクラルス・ルーナ社の社員であることを今この瞬間まで知らなかったのだ。あわよくば存在ごと忘れていてほしいという陽芽子の願望は空しく、啓五の記憶には名前までしっかり残っていたようだ。彼の目が、三白眼どころか四白眼なのではないかと思うほど大きく見開かれる。

「なんでここにいんの？」

エレベーターに乗り込んできたときの啓五の顔には、就任初日で慌ただしいのかやや疲労が浮かんでいた。けれど陽芽子に会ったことがよほど意外だったのか、啓五の態度がわかりやすく変化した。

「え……あ、あの」

まるで旧知の友にでも会ったかのような声音の軽やかさに、陽芽子よりも啓五の隣にいた彼の秘書――鳴海が怪訝《けげん》な顔をした。

（す、すごい睨まれてる……！）

陽芽子は鳴海に敵視された瞬間を明確に感じ取った。あからさまな悪意の視線は一切隠されることがなく、痛いほどに陽芽子の身体に突き刺さる。

たった三階の移動なので、エレベーターはすぐに目的階へ到着した。扉が開いたことを確認した瞬間、慌ててそこから飛び降りる。本当はそのまま立ち去るつもりだったが、さすがに無反応は失礼だと思ったので一応会釈を付け加えた。

「失礼いたします」

「って、おい！　陽芽子！」

「副社長、扉閉まりますよ」

箱の中からは陽芽子の名前を呼ぶ啓五の声が聞こえていたが、鳴海の台詞と閉じていく扉にすべて掻き消された。

たぶん、鳴海の行動は秘書として間違っている。上司がまだ要件を終えていないのに強制的に扉を閉めてしまう行動は、非常識かつ誤った対応だろう。そこだけ切り取れば彼女はまったく優秀な秘書ではない。でも陽芽子は助かった。

「……バレるの、早すぎでしょ」

数日で綺麗さっぱり忘れているかもしれないと思ったが、啓五は陽芽子の顔も名前も忘れていなかった。陽芽子としては遭遇しても視線すら合わないぐらいの状態を望んでいたが、出会い頭に目が合ったのだからもう逃れようがない。

とりあえず全力で知らないふりをした。鳴海が傍にいる以上、他にどういう反応をすればいいのかわからなかったのだ。

（でもこれ……どうすればいいんだろ）

思わず頭を抱えてしまう。どうシミュレーションしても穏便に乗り切れる展開が想像できない。これから自分の身に起こるであろう面倒な状況を悟り、陽芽子は誰もいない廊下でがっくりと肩を落とした。

＊　＊　＊

わかっている。ただ一ノ宮家に生まれてきたというだけで、副社長の地位にまで上り詰められるわけがない。人並み以上の努力を重ねてきたからこそ、啓五は若くして経営陣に名を連ねているのだろう。

わかってはいるが、それにしても仕事が早すぎると思うのだ。

啓五も就任初日で忙しいはずなのに、すでに陽芽子の所属部署まで調べがついたらしい。今日は早く帰ろうと光の速さで残業を終わらせたのに、終了とほぼ同時に内線で呼び出しを受けた。召喚の呪文は一方的に告げられ、陽芽子が返事をする前に電話は切れてしまった。

逃げられる隙など一ミリもなく。

「遅い」

「申し訳ございません」

呼び出された副社長室に入ると、開口一番文句を言われた。反射的に謝罪を口にして頭を下げる陽芽子の姿を確認した啓五が、控えていた秘書に奥の部屋へ下がるよう命じる。

鳴海も頭を下げて指示に従ったが、顔を上げて目が合った陽芽子の顔はしっかりと睨み付けてから退室していった。……怖い。

「白木陽芽子、三十二歳。クラルス・ルーナ社コールセンター内お客様相談室、室長」

鳴海の退室を見届けた啓五が陽芽子の個人情報を淡々と並べ始めた。名字も、年齢も、所属部署も、肩書も、陽芽子はすでに丸裸同然だ。

あつらえられた立派な椅子から立ち上がった啓五が、革靴を鳴らして陽芽子にゆっくりと近付いてくる。活動停止状態の頭を使って懸命に返答の台詞を考えるが、あいにくなんにも出てこない。これが仕事だったら、せめて相槌《あいづち》ぐらいは発することができるのに。

「しかも〝死なない白雪姫〟とか〝魔女〟とか言われてんの？」

「……」

啓五の唇から笑みが零れる様子を見上げて、そのまま言葉を失う。

一体どこまで調べたのだろう。彼はデータとして記録されている個人情報以上に、陽芽子を取り巻く現況をしっかりと把握している。

『毒りんごで死なない白雪姫』

『お客様相談室の魔女』

陽芽子はあまり関わりのない社員に、陰でそう呼ばれている。コールセンター業務の実態を知らない社員にとって、お客様相談室は『クレームを処理する部署』で、そこに電話をかけてくる相手は厄介な人ばかりだと認識しているからだろう。

確かに、激昂《げきこう》した人から電話を受けることもある。しかしコールセンター業務に携わって以来毎日似た案件への対応を繰り返していれば、怒った人の相手にはそのうち嫌でも慣れてくる。それに文句を言う相手にも言い分が存在するので、根気よく耳を傾けていれば問題解決の糸口は必ず見えてくる。だが大抵は最初の時点で嫌がられ、厄介だと思われてしまうのだ。

そしてそんな厄介な人たちの相手をしても平然としている、お客様相談室の室長。

クレームで死なない白木陽芽子《どくりんごでしなないしらゆきひめ》。お客様相談室の魔女。

可愛らしくないあだ名そのものは陽芽子もさほど気にしていない。けれどまさか、就任初日の啓五の耳にまで入ってしまうとは。

「陽芽子がうちの社員だったなんて、知らなかった」

一人で恥じ入っていると、啓五がさらに距離を詰めてきた。顔を上げるとあの夜と同じ瞳が陽芽子をじっと見つめている。

「私も、あなたが新しい副社長になる方だとは存じ上げませんでした」

その瞳を見つめ返しながら、そろりと一歩後退する。電話越しに怒られることには慣れているが、面と向かって怒られることにはあまり慣れていないから。

「先日はご無礼をいたしまして大変申し訳ございません。処罰はお受けします」

「処罰？　なんの？」

陽芽子の言葉を聞いた啓五が、不思議そうに首を捻る。会うのは今日が二回目なのだから、先日と言えば陽芽子の謝罪が示すものは分かるはずだ。しかし啓五は本当にピンときていないようで、自分の顎を撫でながら本格的に考え込んでしまう。

「っていうか、なんで敬語？」

だが直前まで考えていた内容はどうでもいいことだと判断したらしい。啓五にはそれよりも大事な確認があるようで、少し考えた後で、

「俺の名前、もう忘れた？」

と顔を覗き込まれた。

距離が縮んだことに驚いているうちに、次は手首を掴まれる。逃がさない、とでも言うように。

「あの、副社長……」

「陽芽子。名前で呼んで」

痛みを感じたわけではない。けれどこれ以上彼に近付けば危険であることは、本能で理解している。だから陽芽子は啓五の求めを拒否するために静かに首を横へ振った。

「申し訳ございません。その要望はお受け致しかねます」

「いや……俺、客じゃねーんだけど？」

啓五が呆れた声を出す。しかし冷静になろうとすればするほど、電話応対のときと同じ口調になってしまう。その事務的な態度に距離や壁を感じると言われてフラれた経験もあるのに、感情を抑えようと意識するとどうしても堅苦しい言葉ばかり出てきてしまう。自分でも、これがある種の職業病であることには気が付いているのだけれど。

「さっきも、なんで無視した？」

「いえ、あの……」

「無かったことにしようとしてんの？」

摑まれた手首にさらに力が入る。この手から逃げられない気配をひしひしと感じ取る。

「いち社員と副社長の間に特別な関係があると、他の者に勘違いされては困りますので」

だから首を振りながら、問いかけそのものを否定する。さらに身体の距離を空けようとして腕を動かすと、面白くないとばかりに啓五の眉間に皺が寄った。

丁寧に断ったつもりだったが、断り方を間違えたのかもしれない。そんなことを考えていると、ふと笑みを浮かべた啓五が急に耳の傍まで顔を近付けてきた。

「なら勘違いじゃなくて、本当に特別な関係があればいい？」

「⁉」

特別な関係――想像もしていなかった甘美な言葉を聞いた瞬間、あの日の出来事を鮮明に思い出す。必死に忘れようとしていたことを強引に思い出させるような言葉をかけられ、全身がかぁっと火照り出す。

抗議のつもりでその目をキッと睨むと、至近距離で視線が合った啓五がようやく摑んでいた手を離してくれた。

「じゃあもう呼び出しはしない」

「……呼び出し『は』？」

「その代わり一緒に食事に行こう。陽芽子の好きなものでいいから」

楽しそうな笑顔を向けられて、ついドキッとしてしまう。啓五は鋭い目付きが印象的だが、笑うと意外にも無邪気な少年のようだ。

その笑顔に惹《ひ》かれてつい頷きそうになるが、絆《ほだ》されている場合ではない。

「申し訳ございません。勤務時間外はプライベートの時間ですので、どうかご容赦下さい」

これ以上啓五に近付いてはいけない。いち社員でしかない陽芽子と経営陣の一人である啓五では、あまりに立場が違い過ぎる。一緒にいる姿を誰かに見られでもしたら、面倒事に巻き込まれることは目に見えている。

「会社で話しかけるな、プライベートでも誘うなって？」

直前まで楽しそうだった啓五の表情と言葉が、陽芽子が誘いを断ったことで急激に曇った。傷付けてしまったかもしれない、と胸が痛んだ直後、啓五の秘書の顔が脳裏に浮かんできて、やはり危険な行動は避けるべきだと思い至る。鳴海の鋭く威圧的な態度に目をつけられるのは面倒だ。女の勘と経験則が、不用意に関わるべきではないと警告している。

だからこれで話を終えるつもりだったのに、啓五はどんどん不機嫌になっていく。落胆の色に満ちる表情を見ていると、陽芽子も困惑してしまう。何故自分は、副社長とその秘書の間で板挟みになっているのだろうか。

「あ、あの……。IMPERIALには、たまに足を運びます」

「……わかった」

仕方がなく数日前に出会ったバーの名前を出すと、顔を上げた啓五が静かに頷いた。これは最大限の譲歩だ。陽芽子は約束をしたわけではない。バーに赴く日付や時間を申告したわけではない。待っているとも、待っていてほしいとも言っていない。今のはただ、自分のプライベートの行動を呟いただけだ。

けれどその一言で啓五の機嫌が戻ったことは感じ取れた。

「それでは、失礼いたします」

これ以上話すことはないし、啓五も何も言わない。だから話は終わったのだと判断し、丁寧に頭を下げて踵《きびす》を返す。そしてドアノブに手をかけた、その瞬間。

「陽芽子」

後ろから伸びてきた啓五の手が、陽芽子の手の上にそっと重なった。びっくりして首だけで振り返ると、至近距離で啓五の瞳と目が合う。いつの間にか抱きしめられるほど距離を詰められ、すぐ背後に啓五の体温が迫っていた。

「な、何ですか?」

「いや、必死に逃げようとする陽芽子が可愛くて……つい？」

「……っ、し、失礼します！」

急に甘い言葉をかけられたことに驚き、裏返った声で挨拶を残すと慌てて副社長室を後にする。そのまま誰もいない廊下を早足で駆けながら、陽芽子は自分の発言をすでに後悔し始めていた。

おそらく啓五は社内で陽芽子に会ったとしても、もう過剰な反応は示さないだろう。けれどああ言ってしまった以上、IMPERIALで会う可能性はある。

そのとき陽芽子は、一体どんな顔をすればいいのだろうか。

（私、もしかしてコミュニケーション下手なのかな……？）

自分の疑問が当たっているとしたら、お客様相談室室長が聞いて呆れる話だ。

幕間――啓五視点　一

「はぁー……」

ため息が止まらない。ここ数週間、ずっと同じことで悩んでいる。

啓五が副社長として就任したクラルス・ルーナ社での仕事は、おおよそ順調と言えた。配属された秘書たちはなかなか優秀で、何をするにも円滑にことが運ぶ。就任からひと月にも満たない今の時期ならば、方々への挨拶と雑務に追われて寝る暇もないほどの忙しさになるだろうと想像していた。だが意外にもプライベートの時間を確保する余裕はある。週末、行きつけのバーに足を運べる程度には。

しかし順調な仕事と反比例するように、気持ちはどんどん沈んでいく。日に日に焦っていることは自分でも自覚している。

「どうした、啓。元気ないな?」

目の前で不思議そうに首を傾げるバーテンダーの環と目を合わせたが、またすぐにカクテルグラスの中へ視線を戻す。「マティーニ」の底に沈むオリーブの実は、啓五の憂鬱な心情を表しているようだ。

「なぁ、たま。陽芽子って、いつここにくんの？」

「ん？　陽芽ちゃん？」

心に余裕がない理由。なんとなく元気がない原因。

白木陽芽子――啓五が副社長に就任したクラルス・ルーナ社のコールセンターに勤務する、三つ年上の可愛らしい女性。

「あれから全然、会わねーから」

啓五はひと月ほど前、そうとは知らずに陽芽子と一夜を共にした。恋人にフラれて自信を喪失していた彼女に慰めという大義名分をぶら下げ、軽い気持ちでベッドへ誘った。けれどその軽い気持ちはすぐにどこかへ消え去った。

顔立ちや身体つきはもちろん、弱さを見せまいと振る舞う健気な姿も、快楽に流されまいと押し殺した声も、だんだんと官能に溺れていく身体の反応や表情の変化も、何もかもが好ましかった。陽芽子に言い聞かせるよう告げた台詞はすべて本心で、素直に彼女が可愛いと思えた。

自分の好みが揃った女性……それだけで振り向かせたいと思うほど惹かれていたのに、陽芽子は啓五の〝目〟を褒めた。ほんのりと頬を染めながら『きれいでかっこいい』と呟いた。

そのときの小さな衝撃は、今も忘れていない。

啓五が生まれ持ったこの目は、黒目に対して白目の割合が高いことで相手に鋭利な印象を与えてしまう、いわゆる三白眼だ。実際はしっかりと見つめ合いよく観察しないとわからないほど軽微なものだが、印象的なこの目は吉凶に影響する。人相学では人間関係の構築に不利だと言われていて、願かけや験担ぎを重んじる一ノ宮家の一部からは疎まれる特徴だ。

母親譲りのこの目のせいで、啓五は幼少期から不遇だった。周囲の大人たちからは『大企業のトップには相応しくない容姿だ』と陰口を言われて育ってきた。一ノ宮には要らない存在だと暴言を吐かれたこともあった。

生まれ持った身体的特徴だけで人生のすべてが決まるなど、あまりにも馬鹿げている。そもそもその人相学というのもただの統計でしかなく、個人の素質を測る絶対的な理由にはならない。何かの問題になるような特徴ではない、ただの個性だ。

だが何度そう説得しても、占術や験担ぎを重視する大人たちの意見は結局変わらない。だったらその凝り固まった時代遅れの常識を、口先だけではなく行動で覆してやる。大企業である一ノ宮の頂点に立って、自分を見下した上の世代の連中を実力で見返してやる。

そう心に決めたのは、啓五がまだ高校生になる前のことだった。

先頃『副社長就任が決まった啓五の門出を祝いたい』と、ルーナグループの名誉会長である祖父に呼び出された。昔から啓五を可愛がってくれていた祖父から、祝いの言葉と共に『その目に負けるなよ』と激励されたことには少しだけ驚いた。

だがそれよりもっと驚いたのは、陽芽子の口から聞いた疎ましい特徴への褒め言葉だった。彼女は仔猫のような甘い声と優しい表情で、啓五の目をかっこいいと褒めた。偏った一ノ宮の人間とそれに媚《こ》びへつらう人々の中で生きてきた啓五は、そんな言葉をかけられた経験などただの一度もなかったのだが。

その瞬間、彼女を手に入れたいと思った。もっと傍にいてほしくなった。またその声で褒めてもらいたかった。だから啓五は、真剣に口説いたつもりだったのに。

フラれた。割とあっさりと。

失恋した女性を慰めたら自分が失恋するという展開は初めてだった。とはいえ陽芽子が啓五を気に入ってくれなかったのなら仕方がない。新しく始まる仕事に備えて、自分の中に生まれた一夜の熱にはどうにか踏ん切りをつけた。それで終わるはずだった。

けれど何の偶然か、新しい会社で陽芽子とあっさり再会した。本人に事情を聞こうとしたら猫のようにするんと逃げられてしまったので代わりに秘書に調べさせたところ、彼女がクラルス・ルーナ社のコールセンターに勤務する社員であることが判明した。

ささやかな偶然が嬉しかった。陽芽子を振り向かせるチャンスが巡ってきたと思えたから。

だが副社長室に呼び出して以降、陽芽子には一度も会えていない。こんなに近くにいるはずなのに。

「それでここ最近、来る回数が多いのか？」

環が再び首を傾げる。それならIMPERIALで会えばいいという思考は、短絡的すぎて環にも簡単に見抜かれた。啓五が曖昧に返答すると、茶色の瞳が大きく見開く。

「まさか啓、マジで陽芽ちゃんと寝たの？」

「……」

陽芽子とここで出会ったとき、環には軽率な行動を慎むよう視線で制止されていた。しかし環に『送っていく』と言い残しておきながら、実際は陽芽子をホテルに誘っていた。

実の兄より慕っている環に胡乱《うろん》な目を向けられ、つい言葉に詰まる。

「お前な……酔ってて、しかも失恋で弱ってる相手に最低だろ」

環のごもっともな説教が始まる。

陽芽子は泥酔して昏睡《こんすい》状態だったわけではないし、本人の合意なく行為に及んだわけでもない。だからもちろん犯罪ではないが、姑息《こそく》だと言われればぐうの音も出ない。

「まあ、終わったことは仕方がない。でももう手は出すなよ」

「なんで？」

「だって陽芽ちゃん、結婚したいって言ってただろ？　結婚適齢期の女の子をお前の気まぐれで振り回して、挙句サヨウナラなんて可哀想すぎるじゃん」

啓に結婚する気があるならいいけど、と釘《くぎ》を刺され、再びため息が零れてしまう。

今まで付き合ってきた女性の中にも結婚を望んでくれる相手はいた。けれど啓五には結婚の意思や願望がなかった。

まだまだやりたいことが多く、相手の都合にスケジュールを合わせられると約束できない。そこまで本気にもなれない。そして何より、面倒な一ノ宮家の事情に他人を巻き込みたくない。複雑に絡み合う悪意の前に、無関係の人間を晒したくなかった。

環の言うように、そういう意味では啓五には覚悟が足りない。だから今は、結婚なんて考えられないけれど。

「その気がないなら止めろよ。陽芽ちゃん、気が強くて何でもできそうに見えるけど、本当は純情乙女なんだから」

いやいや、純情乙女がその日会った男の誘いに乗るか？　と言うつもりはなかった。誘い出した啓五が言うべき言葉ではない。

でも確かに、反応はよかった。可愛らしい印象や恋人との交際期間から勝手に男慣れしているのかと思っていたが、意外にも触れたときの反応は初々しかった。むしろ快感に慣れていない印象さえあって、それが余計に可愛かった。

陽芽子のことを思い出すとまたあの夜に戻りたくなる。見つめ合って、触れ合って、名前を呼んでもらいたくなる。もう一度、会いたいと思ってしまう。

「ていうか、たま。陽芽子がうちの社員だって知ってただろ。何で先に言わないんだよ」

「え？　だって陽芽ちゃんの勤務先、クラルスだろ？　お前次はグランって言ってなかったっけ？」

「グラン・ルーナは新卒のときに行った」

「なんだ、相変わらず一ノ宮はややこしいな」

環が困ったように肩を竦める。その様子を見て再び零したため息が、半分まで減ったマティーニの中に溶けていく。

ルーナグループは取り扱う商品や業態によって四つの会社に分化しており、しかも主な経営陣は一般的な会社よりも早いスピードで入れ替わる。かくいう啓五もグラン・ルーナ社、アルバ・ルーナ社、ヴェルス・ルーナ社の順に各社を巡り、その内情を叩《たた》き込んだ上でクラルス・ルーナ社の代表取締役副社長になった。

このプロセス自体は一ノ宮の人間にとってはさほど珍しくないが、他人にとってはわかりにくいのかもしれない。とはいえ、陽芽子が同じグループ会社に所属しているのは確実に知っていたのだ。会った時点で教えてくれてもよかっただろ、と言いたくなる。もちろんバーテンダーが客同士の会話に積極的に口を挟んでこないことは、理解しているけれど。

「じゃあ詫《わ》び代わりに、ひとつだけ教えてやるよ」

それでも内心面白がりながら黙っていたことを、多少は申し訳ないと思ったようだ。

「陽芽ちゃん、普段は金曜日にはこないぞ？」

「いや、だからなんでそれを先に言わないんだ⁉」

にやにやと告げられ、つい眉間に皺が寄ってしまう。ただでさえ鋭い目付きの自分が相手を睨めば、過度に威圧感を与えてしまうと理解している。けれど四十度のアルコールが回った頭では、慣れ親しんだ環相手に気を遣う余裕もなかった。

「じゃあ、何曜日にくんの？」

「それはお客様の個人情報だから内緒」

「……あっそ」

上手くかわされてしまったので、環を懐柔することは諦めるしかない。項垂《うなだ》れてため息をつくと、環がニマニマと笑みを浮かべた。まるで弟の恋の話を面白がる兄のように。

「本気なんだ?」

「……」

認めればよかった。黙り込まずに「そうだ」と明言しておけばよかった。陽芽子が気になっている。もう一度プライベートの時間を一緒に過ごしたいと思っている。このとき環にそう宣言して相談しておけば、もっと早く陽芽子に会えたかもしれない。

陽芽子の恋愛相談を聞いて後悔することなど、なかったかもしれないのに。

第二章　スノーホワイトは王子様を探してる

「たまちゃんのバカー！」

いつものようにIMPERIALのカウンター席に座って、大好きな甘いカクテルを口に運ぶ。けれどその合間に文句を言うことも忘れない。

二か月ほど前、陽芽子は偶然ここで出会った男性に失恋の傷を慰められた。甘い言葉と優しい指遣いで丁寧に労られたおかげで、大きく沈み込まずに立ち直ることができた。半年も付き合った人に一方的にフラれたというのに、思ったよりも傷が浅く済んだのだ。

しかし問題はその男性の正体である。陽芽子はその相手が次年度から自社の副社長に就任する人物であることを知らなかった。もし事前に知っていたら、お酒と空気に流されてはるか雲の上の上司と一夜を共にすることなどなかったのに。

「もう、ほんとにびっくりしたんだからね！」

「だから、ごめんって」

目の前でからからと笑うバーテンダーの環は、二人が同じ企業に所属する者同士であることを最初から把握していたらしい。知っていたのなら、先に教えてほしかったのに。

後から聞いた話によると、環は二人が店を出る瞬間は目撃していなかったとのこと。でもファーストコンタクトの時点で教えてくれれば、陽芽子も自分で判断できたのに、と思わずにはいられない。

頬に空気をためてじっと環を見つめると、悪びれもなく肩を竦められた。やはり面白がられているようだ。

「まぁ、もういいよ。しょうがないから許してあげる。それよりたまちゃん、私の話聞いてくれる?」

陽芽子はもうあの夜のことを忘れると決めた。幸い副社長である啓五には、呼び出しを受けた日を最後に一度も遭遇していない。業務上始業から終業までほとんど部署内に留まっているためか、社内で偶然会うこともない。だから不満を言い続けても仕方がない。

それよりも、陽芽子にはもっと大事なことがある。

「私、真面目に婚活しようと思うんだ」

バーカウンターの向こう側にいる環に宣言すると、グラスを磨いていた手の動きがぴたりと停止した。

「同僚がパンフレットくれたの」

「なんの?」

「結婚相談所」

「けっ……こん、相談所ぉ?」

「うん」

陽芽子の同僚であるコールセンター課ギフトセンター長の澤本は、身内に結婚相談所に勤める人がいるらしい。しかもその結婚相談所は規模が大きく全国展開している企業で、会員数も成婚率も業界内トップクラスだという。以前雑談をした際に、『白木さんに興味があるなら資料もらってきてあげる』とおすすめされていたのだ。

「パンフレット見る？　あ、ここで出したらだめ？」

「いや、いいけど」

邪魔ならしまうから、と付け加える前に環が興味深げに頷いた。

通勤用のバッグからもらってきたばかりのパンフレットを取り出すと、カウンターの向こうの環に手渡す。受け取った冊子をパラパラめくると、環がふむふむと納得したような声を出した。

「へー、こういうシステムなんだな」

「プランも色々あるみたいだよ」

環の詳しい恋愛事情はわからないが、陽芽子の持ち込んだ資料を熱心に見ているあたり、彼にも興味があるのかもしれない。中性的な外見の環ならモテそう、なんて呑気に思っていると、店の入り口から突然声をかけられた。

「陽芽子！」

名前を呼ばれて驚いたせいか、バーチェアの上でびくっと飛び跳ねてしまう。

何事かと思って振り向くと、そこに驚いたような顔をした啓五が立っていた。

（と、とうとう会ってしまった～～！）

思わず顔が引きつる。あれから二か月間まったく遭遇していなかったので、完全に油断していた。

「……お疲れさまです」

どう反応していいのかわからず、とりあえず無難な挨拶をする。

副社長室に呼び出された日、陽芽子は啓五からの食事の誘いを拒否した。プライベートの時間を一緒に過ごしたいと言われたが、万が一にもその姿を他人に目撃されたくなかったので、その場で丁重に断った。その代わり、不満そうな顔をした啓五に『IMPERIALに足を向けることはある』と伝えてやり過ごした。だからそのうち会うかもしれないとは思っていたが、それが今日だとは思っていなかったわけで。

「……火曜日だったのか」

啓五がほっとしたように息をつく。

陽芽子は「なんの話？」と首を傾けたが、環には笑って誤魔化された。

「たま。俺、ジントニックで」

そう言いながら隣に腰かけてきた啓五に、陽芽子は静かに硬直した。

これは、だめな流れだ。今までこのバーで会社の人に遭遇したことはないが、ただの社員と副社長が隣り合って座っている状況を目撃されていいことなど何もない。ちょうど陽芽子の飲んでいた「レッド・サングリア」も空になったところだ。

「じゃ、たまちゃん。私、帰るね」

「は？」

バーチェアから下りた瞬間、啓五が不機嫌な声を出した。顔を上げてみると眉間に皺を寄せた啓五と目が合う。

「なんで帰んの？　俺が来たから？」

「あ、いえ……そういうわけでは……」

不満げな表情で問いかけられ、慌てて視線を逸らす。陽芽子としてはトラブルを回避するために関わりたくないのが本音だが、あっさり「そうです」と認めるわけにもいかない。明言はできず、けれど次の言葉を紡ぐこともできずにいると、啓五がムッとした声を出した。

「せっかく会ったんだから、少しぐらい付き合ってくれてもいいだろ」

「……かしこまりました」

手にしたバッグを元の場所に戻し、しぶしぶと座り直す。ここで断ったからといっていきなり職を失うことはないと思うが、それでも相手は自社の副社長だ。お酒に付き合ってほしいと言われて、理由もないのに無下にすることは躊躇《ためら》われる。まして一度食事の誘いを断り、その際にここで会う可能性はあると言ってお茶を濁したのだ。再度逃げたことでまた副社長室に呼ばれては、避けようとした意味がない。

「たまちゃん。私、ベリーニ」

啓五の目の前に「ジントニック」を用意した環に、次のオーダーを告げる。その言葉を聞いた途端、啓五の動きがぴたりと停止した。

「そんなに警戒しなくてもいいだろ」

啓五はそこまで物知らずではないらしい。アルコール度数の低いカクテルを注文すると、隣からまた不機嫌な声が聞こえた。

桃のピューレと可愛らしい色の柘榴《ざくろ》シロップにスパークリングワインを注いだ「ベリーニ」は、あなたの前で酔うつもりはありませんという意思表示。もちろんノンアルコールカクテルをオーダーすることもできるけれど、お酒に付き合ってほしいと言われてソフトドリンクを注文するほど失礼なことはない。

不服そうな啓五に向かって曖昧な笑みを浮かべると、静かにため息をつかれた。

「何これ？」

無言のままジントニックを一口飲んだ啓五が、ふと疑問の台詞を零した。その声に反応してカウンターの上に視線を向けると、環に見せるために出していた結婚相談所のパンフレットが置いたままになっている。直前のやりとりをすっかり忘れていたことに気が付いても、彼の手から冊子を奪い取るにはもう遅い。

「け、結婚相談所の、パンフレット……です」

「は？　結婚相談所……⁉」

後の祭りを嘆きつつ説明すると、先ほどの環よりもよほど驚いたような声が店内に響いた。

「陽芽子、そんなに結婚したいの？」

「う……。えっと……はい」

驚きの表情を見るに、陽芽子の結婚願望の話など忘れていたのだろう。必死になっていると改めて認識されるのも恥ずかしいが、ここで誤魔化して後から改めて知られるのもかなり恥ずかしい。どうせ恥ずかしい思いをするなら、と諦めて頷くと、啓五の眉間にぐっと皺が寄った。

「副社長はまだお若いですから、ご興味ないかもしれませんが……」

ぽつりと呟くとベリーニを喉に流し込む。爽やかな甘酸っぱさが弾けると同時に、自分で口にした言葉が小さなざわめきとなって胸の奥に広がった。

社内報のプロフィールによると、啓五は現在二十九歳。まだ二十代で、しかも副社長に就任したばかりという働き盛りの彼に結婚願望があるとは思えない。

「こんなの入会しなくても、結婚相手なんてすぐ見つかるだろ」

まあ、あなたはそうでしょうね。と言い返しそうになって、急いで口を閉じる。

案の定、啓五には結婚願望などないらしい。仮に願望があったとしても、無駄に整った外見や遊び慣れた様子から、相手に不自由がないことは容易に想像できる。その気になれば結婚なんていつでもできるのだろう。恋愛で失敗してばかりの陽芽子とは違って。

「条件は？」

「え？」

「陽芽子が結婚相手に求める条件」

ため息をつく直前で啓五に顔を覗き込まれた。はっとして視線を合わせると、カウンターの上に肘をついた啓五が何故か怒ったような顔をしていた。その必死な表情の意味がわからず、つい言葉に詰まってしまう。

「地位と財力と若さならそれなりにある。あとは何が足りない？」

「え？　え……っと」

啓五の真剣な表情から逃れるべく、そろりと視線を外して黒いバーカウンターの上を見遣る。するとそこにベリーニのピンク色がキラキラと輝いているのが見える。鮮やかな煌めきを横目に眺めつつ、陽芽子は必死に最適な解答を模索した。

「啓」

困り果てていると、環がそっと声をかけてきた。

二人同時に視線を向けると、環がフッと笑みを浮かべる。

「出禁にするぞ」

「何でだよ！」

きっぱりと宣言された啓五がガタンと音を立ててバーチェアから立ち上がった。そのまま「まだ誘ってねーだろ」「横暴すぎる」と環に向かって文句を言い始める。そんな啓五を唖然《あぜん》と見上げた陽芽子は、ブラウスの上から自分の胸を押さえつつ細く長いため息をついた。

(びっくり、した)

ベッドに誘われたわけではない。明確に愛の言葉を囁かれたわけでもない。けれど鋭い瞳の奥に、あの日と同じ色が宿っていると気付いてしまう。陽芽子が本腰を入れて結婚相手を探し始めたことが面白くない、とでもいうように。

(いやいや……)

だが啓五にとって陽芽子は恋愛対象外のはずだ。それは陽芽子にとっても同じで、啓五は恋愛対象にはならない。

副社長という雲の上の存在で、結婚願望のない、年下の男性。

――啓五とだけは、絶対に恋に落ちない。

だから冗談はやめてほしい。陽芽子は遊びや気まぐれではなく、自分だけを本気で好きになってくれる人を探しているのだから。

＊　＊　＊

怖い。目が合ったから挨拶をしたのに、そっぽを向かれて無視された。

「鳴海秘書、ご機嫌ナナメだったんでしょうか?」

「ど、どうだろ……？」

一緒に昼休憩に入っていた鈴本が、エレベーターの扉が完全に閉じたことを確認してからそう訊ねてきた。何か面白い発見をしたように笑う彼女は、自分の存在を無視されたことも、挨拶に対する返事がなかったことも、特に気にしていないようだ。

副社長への就任初日以来、社内では一度も啓五に遭遇していない。当然その秘書である鳴海にもほとんど遭遇しておらず、接点など一切ない。それにも関わらず、彼女はエレベーター内で偶然鉢合わせた陽芽子と鈴本の挨拶にフンとそっぽを向いて、澄ました顔のまま上階へ向かっていった。

どうやら鳴海は本格的に陽芽子を敵視しているらしい。原因は啓五と陽芽子の関係を疑っていることにあると思われる。だが陽芽子と啓五は鳴海が心配するような間柄ではない。だからもし文句があるのなら、啓五に直接言ってほしいと思う。ただの挨拶ですら無視されるなんて、怖すぎるから。

「副社長の秘書が挨拶すらできないとか、終わってますよね？」

「ちょ……それ本人に聞かれたらまた無視されるわよ」

「別に痛くもかゆくもないですよ～。だって私、派遣ですもん」

「え、イヤよ？　鈴が辞めることになったら、私の癒しが無くなるじゃない」

「し、室長ぉー……！　大好きぃぃー！」

「あーん、鈴うぅ」

「二人ともイチャついてないで、さっさと入って下さい」

　エレベーターを降りてすぐの自動ドア前でじゃれ合っていると、後ろから不機嫌な声をかけられた。振り返ると部下の蕪木が呆れた顔でこちらを見ている。どうやら用を足すために離席していたところらしい。

　コールセンター入口の電子ロックに三人続けて社員証をかざすと、揃って中へ足を踏み入れる。ふと後ろからついてくる蕪木の疲労を感じ取った陽芽子は、歩きながら首だけで後方へ振り返った。

「もしかして、また来たの？」

「ええ、一回だけですが」

「ウィスも反応しない？」

「ダメですね。非通知でした」

「そう……」

　淡々とした報告に、陽芽子も重いため息をつく。鈴本の顔を見ると彼女も落胆の表情を見せているし、まだ半日しか経っていないのに蕪木もひどく疲れた顔をしている。

　けれどその気持ちはよくわかる。正直関わりのない副社長秘書の冷たい態度よりも、こちらの方が何倍も疲労する。コールセンターに勤めていると、時折出会うことがある厄介な案件。非通知で日に何度もかかってくる、いやがらせの無言電話だ。

「陽芽子、今日は元気ないな」

疲労の理由の一つはあなたですよ……と言えるはずもなく、陽芽子は乾いた笑いで啓五の言葉を受け流した。

彼は知らないだろう。自分の秘書が他の女性社員に冷たい視線を向けて、密かに牽制《けんせい》していることを。その睨み顔が、実はとっても怖いことを。

本音を言えば鳴海の態度はそちらで改善してほしいところだが、啓五本人に陽芽子から告げ口するほどのことでもない。面倒なだけで実害はないし、言わなければ彼は知らないままでいられるのだから。

＊　＊　＊

再びIMPERIALで会ったことをきっかけに、啓五と会う機会が増えてしまった。

陽芽子が仕事終わりにIMPERIALへ足を運ぶタイミングに火曜日を選んでいる理由は、月曜日と火曜日の仕事の疲労を一時的に発散し、残りの三日間をお酒の勢いで乗り切るための、いわば中間助走だ。

本当は週の真ん中がいいが、水曜日は環が出勤しない曜日である。だから環と他愛のない雑談を楽しむためにあえて火曜日を選んでいるのに、ここ最近ずっと啓五に割り込まれている気がする。

とはいえ慣れたルーティンを崩してまで現在の曜日から他の曜日に変える気持ちもない。

結果、いつもの席で甘いカクテルを味わっていると隣に啓五がやってくる火曜日を、三回ほど繰り返していた。

「仕事、忙しいのか？」

「えっと……いつも通りといえば、いつも通りですけど……」

心配するような言葉をかけられ、つい曖昧な笑みを浮かべる。陽芽子を案じてくれるのは嬉しいが、あまり親密に踏み込まれても返答に困る。

それに忙しいというのなら、啓五の方がよほど忙しいのではないだろうか。ただでさえ経営者は多忙だと思われるのに、彼はまだ就任して数か月だ。社内報によると啓五はルーナグループの各社に所属経験があるが、これまで取締役に就任した経歴はない。まだ慣れない仕事に追われて大変な時期のはずなのに、火曜日の二十一時になると自然な動作で陽芽子の隣に座ってくることは、単純にすごいと思う。

（努力家……なんだろうなぁ）

コーヒーとミルクのほろ苦くて甘いカクテル「カルーア・ミルク」に口をつけながら、ちらりと隣を確認する。啓五の顔に疲労の一つでも浮かんでいるのなら、早く帰って寝ることを促す材料になるだろう。そう思っていた陽芽子だが、視線を移動させてみると何故か啓五も陽芽子の顔をじっと見つめていた。

「え……えっと……？」

いつからこちらを見ていたのだろうか。カウンターに頬杖《ほおづえ》をついた啓五は、陽芽子がカクテルを口にする様子をずっと眺めていたらしい。視線が合うと嬉しそうな笑顔を向けられてしまう。

鋭い目が柔らかく微笑む。その表情の意味がわからない。

「あの、副社長……」

「陽芽子」

あまりじっと見ないでほしい、と言いたくて口を開いたが、抗議の台詞を発する直前に言葉を遮られた。

「プライベートで、副社長って呼ぶの止めようか？」

わずかに声のトーンが落ちたことに気が付き、慌てて口を噤《つぐ》む。

陽芽子がそうであるように、啓五にとっても今はプライベートの時間だ。役職で呼ばれることは不快に感じるのかもしれない。

それに個人情報にも関わる。会話を聞いた他の客に副社長という重役に就いていることを知られてしまうと、何らかのトラブルに発展する可能性もあるかもしれない。

自分の浅慮を恥じた陽芽子が「申し訳ありません」と頭を下げた瞬間、

「俺の方が年下だから、敬語もダメ」

と悪戯っぽい声が落ちてきた。

思考が停止した頭を上げて、啓五と目を見合わせる。懸命に彼の言葉の意味を考えたが、結局理解できずに「はい？」と間抜けな声が出た。

「最初のときみたいに接して」

「え……いえ、それは……」

唐突に突き付けられた無茶な要求に、ついたじろいでしまう。最初というのは、啓五の正体を知らずに軽い口調で話し、下の名前に『くん』を付けて呼んでいたときのことだ。

啓五は陽芽子に、あの夜のように接してほしいと求めてくる。

けれどそれは無理な話だ。彼が自社の副社長だと知ってしまった以上、軽い口調で話しかけることはできないし、下の名前を馴れ馴れしく呼ぶこともできない。しかしルーナグループに名を連ねる経営陣はほぼ全員の名字が『一ノ宮』なので、名字で呼ぶこともややこしい。となると下の名前に役職をつけるのが最も間違いのない呼び方だが、啓五は役職では呼ぶなという。

「じゃなきゃ俺も、陽芽子のこと白雪姫って呼ぶけど？」

「⁉」

難しい要求に頭を抱えていると、何故かさらなる条件が加えられてしまう。呆気《あっけ》にとられて啓五の顔を見上げても、彼は楽しそうな笑顔を浮かべるばかり。

「あと俺も敬語を使わせて頂きますけど、それでもよろしいですか？　白雪姫」

「お、なんか一気に下僕っぽくなったな、啓」

やりとりを見て笑いを堪える環にニヤリと笑顔を向けた啓五が、再び陽芽子の方へ向き直る。他人に丁寧な言葉を使う機会があまりないのか、やや不自然な敬語の使い方と言い回しだ。しかし陽芽子を混乱させるためだけなら、破壊力としては十分である。

「どうなさいますか、白雪姫？　俺はどちらでも構いませんけど」

「わかった！　啓五くん！　お願いだからその口調と呼び方やめて！」

白雪姫と呼んで喜ぶ啓五に、陽芽子はあっさりと白旗を上げた。啓五の目の前に手のひらを突きつけて彼の発言を断ち切ると、すぐに楽しそうな笑い声が聞こえてくる。

「ははっ……俺の勝ちだな？」

その表情は部下に対する揶揄《からか》いでもあり、親しい友人に向ける悪戯でもある。

「陽芽子」

半ば諦めた心地で肩を落としていると、ふと啓五に名前を呼ばれた。

つい「なんですか？」と聞きそうになるが、すぐに思い直して、

「……なに？」

と、言い直す。啓五との間に壁を作ると、白雪姫なんて恥ずかしいあだ名で呼ばれる可能性がある。副社長という立場の相手から家来のような口調で話しかけられる可能性もある。そんなことは許されないし、いたたまれないし、恥ずかしいから回避しなくてはいけないと必死だったのに。

啓五はただ、陽芽子を揶揄いたいだけのようだ。

「いや。焦ってんのが、可愛いなって思って」

「!?」

そうやって蜜夜の記憶を呼び起こすような台詞も、止めてほしいのに。

＊　＊　＊

「無言電話なぁ」

先日から迷惑案件がずっと続いている状況を、上司である春岡と再度共有する。コールセンター課長に就いて数年が経過している春岡には一言でその厄介さがわかるらしく、後頭部を掻きながら困ったように肩を竦められた。

「暑くなってきたし、ヘンなのが湧いてくる時期だよな。アハハハ」

「課長、笑いごとではありません」

クラルス・ルーナ社お客様相談室の応対可能時間である九時から十八時までの間、一時間ごとにかかってくる無言電話は、今日で四日目に突入している。入電の間隔は時報を聞きながらかけているのではないかと思うほど正確だ。

室長である陽芽子はトラブルが生じたときに指示を出す役割を担うため、ファーストコンタクトで受電することは滅多にない。だから実際に無言電話を受けているのは、陽芽子の大事な部下たちだ。

在籍する七人はすでに相当参っているようで、朝から全員、表情が死んでいる。無言電話そのものは地味だが、小さな積み重ねは確実に彼らを蝕《むしば》んでいるのだ。

「もう簡易報告でいいぞ。キリないだろ、こんなの」

「ありがとうございます」

陽芽子や部下たちの心情を察したのか、春岡が記録の簡略化を許可してくれた。

電話応対の内容は、終話後すぐに記録システムへ入力する規則になっている。そして時間や手間がかかるこのデータ入力の最中は、記録漏れやミスがないよう他の電話を取ることができない。

この四日間、せっかく他の顧客から入電があっても、待たせすぎて受電前に切れてしまう状況が散見されている。無言電話かどうかは実際に受電してみるまでわからないが、結局ただのいたずらだった場合でも、そこに回線も時間も手間も取られてしまうのだ。まさに迷惑電話である。

だから日に何度も入電する無言電話の詳細を記録しなくていいのはありがたい。ほっと安心した陽芽子の背中に、ふと誰かが声をかけてきた。

「お話し中、失礼いたします」

聞き慣れない女性の声に驚いて振り返ると、陽芽子のすぐ後ろに副社長秘書の鳴海が立っていた。春岡との話に真剣だった陽芽子は、彼女がコールセンターへ入室してきたことにまったく気付いていなかった。――いや、それよりも。

「お越し頂きありがとうございます、副社長」

「こちらこそ、時間をとらせて申し訳ない」

一ノ宮啓五副社長の登場により、その場に小さなざわめきが起こる。電話応対中の数名を除くコールセンター内の全員の視線が啓五の元へ集中する。

「白木。副社長就任に伴う問い合わせの件だ」

「あっ、はい。先日の報告書ですね」

春岡に促され、陽芽子も啓五がここにきた理由をハッと思い出した。

経営陣の入れ替わりが激しいルーナグループは、トップマネジメントの就任を逐一メディアに報告していない。それにも関わらず一体どこから情報を手に入れるのか、『新しい経営者はどんな人ですか？』とお客様相談室に確認してくる人が一定数存在する。中には一般人を装った競合他社の調査もあるのかもしれない。

だが問い合わせに対する陽芽子たちの対応は常に同じだ。公式ホームページに記載がある情報のみを正確に伝え、それ以上は取材とみなして広報部への問い合わせを案内する。お客様相談室ではそれ以上は伝えようがないし、大抵はそれで納得してくれるのだ。

まあ、わざわざ電話をしてまで内情を聞いてくる人は、よほどクラルス・ルーナ社のファンか、もしくは相当暇なのだろう。と思うことにしている。

「こちらが副社長就任に関する問い合わせ報告書と受電記録で、もう一つは応対時の音声データです。報告書は共有システムにもデータがありますので、もしバックアップが必要でしたらそちらからお願いします」

「ありがとうございます」

陽芽子が書類と記録メモリを差し出すと、すぐに鳴海が受け取ってくれた。そのまま互いに軽く会釈するが、一瞬だけ目が合った鳴海の瞳は冷え切っていて感謝も愛想も一切感じられない。

彼女の冷たい目から視線を外すと、今度は啓五に声をかけられる。

「ありがとう、白木さん?」

「……いえ」

わざとらしく微笑む啓五の顔を直視できず、自然な動作でネクタイの結び目に視線を落とす。本人は目線が合わないと感じるだろうが、そこを見つめていれば他人にはちゃんと向き合っているように見えるはずだ。

「オペレーターの数は、意外と少ないんですね」

コールセンター内に足を踏み入れるのは初めてなのだろう。啓五は興味深げに頷いているが、陽芽子は早く副社長室に帰ってほしいと思ってしまう。しかし就任して間もない副社長に社内の環境や業務内容を伝えるのも部署長の大事な役目だ。啓五の関心を悟った春岡がゆっくりと頷く。

「コールセンター業務は離職率も高いとか?」

「精神的にハードですからね。特にお客様相談室は、熱の籠ったお言葉を頂くこともありますし、時間をかけてお叱りを受けることもありますよ」

「……大変そうだな」

春岡は言葉を選んだが、説明を聞いた啓五にもその過酷さが伝わったのだろう。綺麗な顔が歪《ゆが》む様子を間近で見た春岡が、苦笑と共に陽芽子の方へ振り返った。

「けど白木が責任者になってから、オペレーターの離職率が格段に下がりました。本人の応対スキルもさることながら、部下の教育とコントロールが上手なんですよ、彼女」

「へえ」

上司に急に褒められ、陽芽子の背筋がしゃんと伸びた。人差し指で自分の顎を撫でた啓五が、陽芽子の顔を見つめて少しだけ驚いたような顔をする。

「ふうん。白雪姫と従者の小人か」

「⁉」

感慨深げに頷く啓五と目が合うと、陽芽子の手には無意識に力が入った。

（その呼び方、止めてって言ったのに！）

先日IMPERIALで啓五に会った時、白雪姫と呼ばないでほしいと訴えた。啓五もそれに同意してくれた……と思っていたのだが。

楽しそうに笑う口元を見て、次会ったら覚えてなさいよ～！　と具体的な仕返し方法を思いつけないいままさらに固く拳を握る。

「白雪姫……久々に聞きますね」

誰にも気付かれないよう啓五を睨んでいると、隣にいた春岡が急に笑い出した。

今でこそ『毒りんごで死なない白雪姫』『お客様相談室の魔女』と不吉なあだ名で呼ばれ

ているが、入社したばかりの頃の陽芽子は、一部の社員に本当に白雪姫と呼ばれていた。春岡にそう呼ばれたことはないが、経理部にいた頃のあだ名自体は知っているのだろう。

上司まで余計なことを言い出すのではないかとハラハラしていると、春岡が再び陽芽子を褒め出した。

「ですが王子様が迎えに来て連れ去られるのは困りますよ。白木がいなくなったら、ここの業務は崩壊してしまいますからね」

啓五を介した上司の褒め言葉に、陽芽子は数秒停止した後でそっと照れてしまう。

お客様相談室の室長だった春岡がコールセンター課長に昇進すると同時に、当時主任だった陽芽子が次の室長へと昇進した。あれから早三年。正社員であることと経験年数だけで昇格したとばかり思っていた陽芽子は、上司の賛辞を今この瞬間初めて耳にした。

「課長にそのようなご評価を頂けるとは光栄です」

「なんだ、いつも褒めてるじゃないか」

「えー？　褒められたのなんて初めてですよ」

「そうだったか？」

思いがけない言葉に照れて俯《うつむ》くと、傍にいた啓五の手がピクリと動いたことに気が付いた。何気なく顔を上げてみると、何故か啓五が春岡の顔をじっと睨んでいる。

(え……お、怒ってるの？)

至近距離で鋭い視線を見つけた陽芽子は、その場で氷のように固まってしまった。ただでさえ目力の強い啓五の視線に、さらに冷たい色が含まれていると感じたからだ。

しかし今の流れのどこに怒るポイントがあるのだろう。確かに話は少し脱線してしまったけれど、啓五が視察を兼ねてここにきたというのなら、これまでの経緯も含めての『現場の状況』だと思うのに。

「では、我々はこれで失礼します」

「ご足労頂きありがとうございました」

不機嫌に踵を返したことも、眉間に皺が寄っていることも、他の者にはわからないだろう。啓五はもともと端正な顔立ちをしている上に、目付きが鋭い。少しぐらい冷たい言動があったとしてもそれが彼の性格だと判断されるだろうし、ましてこの場にいる大半の者が初対面のはず。だから啓五が不機嫌になってしまったことには誰も気付かないはずだ。

――そう、陽芽子以外は。

「かっこいいですよね、副社長」

「身長高いし、スタイルいいし。なんか芸能人みたいじゃないです？」

「いいなー、俺もあんな顔に生まれたかったな」

「ちょっと、声大きいわよ。業務中でしょ」

啓五と鳴海が立ち去ったことを確認すると、陽芽子もようやく自席へ戻った。そこでワイワイと盛り上がっていた部下たちを軽く叱責する。

今は誰も電話応対中ではないが、業務中に無駄話をすることに慣れてはいけない。オペレーターの雑談を電話機が拾ってしまうなど、万が一にもあってはならないのだから。

陽芽子の注意を受けてペロリと舌を出した部下たちに、陽芽子も苦笑いを零す。性別も年齢も様々な仕事仲間は、陽芽子を慕ってくれる素直で可愛い部下たちだ。

「ていうか、室長。鳴海秘書めっちゃ睨んでましたね？」

「……やっぱりそう思う？」

忘れた頃にポツリと呟いた鈴本の言葉を聞いて、啓五の傍に控えていた鳴海の様子を思い出す。無言の圧が怖すぎるので途中から存在しないものとして会話を進めてしまったが、鳴海の敵意に満ちた視線は常に陽芽子へ向けられていた。

皆が啓五の登場に色めき立っている間、鈴本はその様子に気付いて鳴海の表情をずっと観察していたらしい。ニマニマと笑いながら陽芽子の顔を眺めてくる彼女は、すぐに悪戯を思いついたような顔をした。

「室長、鳴海秘書から食べ物もらっちゃだめですよぉ。白雪姫への届け物がりんごだけとは限らないんですからね～」

「……」

陽芽子の可愛い部下は、今日も陽芽子を揶揄うことに余念がない。

＊　＊　＊

コールセンターを訪れた啓五が不機嫌な表情だったので、次にIMPERIALで会うまでは陽芽子も妙な緊張感を覚えていた。しかしプライベートで会う啓五は先週までの態度となんら変わらず、濃いめの「ハイボール」を口にしながら陽芽子の横顔を楽しそうに眺めるばかり。

どうして啓五は無言でじっと見つめてくるのだろう。言いたいことがあるのなら言ってくれればいいのに、何も語らずただ視線を向けられるのはどうにも気恥ずかしい。

「啓。そういえば、ダーツ直ったぞ」

じっと見られている右頬に熱っぽさを感じていると、環が思い出したように話しかけてきた。

「じゃあ久しぶりにやるか。陽芽子、俺と遊ぼ？」

「……うん？」

ハイボールのグラスを手にしてバーチェアから立ち上がった啓五が「ほら」と陽芽子を誘い出す。言っている意味はわからなかったが、啓五のご機嫌につられるように陽芽子も「クランベリークーラー」のグラスを手にして席を立った。

陽芽子のいつもの指定席は、カウンター席の奥から二番目だ。背後の通路の向こうにテーブル席があることは知っていたが、一人で来店するため利用したことは一度もない。

初めて入る店の奥は想像よりも広く、ゆったりと座れる大きな椅子とテーブルのセットがいくつも並んでいる。その場には二組の利用客がいたが、どちらも陽芽子と啓五を気に留める様子はない。

奥まで進んだ啓五が、置いてあったハイテーブルの上へグラスを乗せながら小さく首を傾げた。

「何賭ける?」

「え……賭けるの? 私、ダーツなんてやったことないのに?」

「大丈夫だって。線から身体が出ないように、的に向かってこれ投げるだけだから」

テーブルの上のダーツを手にした啓五が、壁際の機械に電源を入れる。すると上部に設置された画面が、派手な光と音を発しながら動き始めた。

「面積が広いところに刺さったら書いてる通りの点数で、外側の小さい枠が点数二倍。内側の小さい枠が点数三倍。一回三投を八周繰り返して、点数が多い方の勝ち。簡単だろ?」

「う、うん」

その説明を聞いて、なんとなくルールを把握する。要するに二十四回ダーツを投げて、相手より高い点を取れば勝ちということだろう。

しかしダーツなどやったことがないのに、遠い的に投げて上手に当たるものだろうか。そもそも届かなかったらどうしよう、と考え込んでいると、ただでさえ薄暗いフロアの中で視界がさらに暗くなった。

ふと視線を上げると、すぐそこに啓五の顔が迫っている。急な接近に驚く暇もなく、啓五が耳元に唇を寄せてきた。

「俺が勝ったら、陽芽子にキスしてもらおうかな」

「ええっ……やだよ⁉」

思わぬ要望に驚き、つい大きめの声で拒否してしまう。その瞬間、せっかく忘れていたあの夜のことをまた思い出す。耳元で何度も可愛いと囁かれて乱されたことまで思い出し、そのまま後退ってしまう。

「よーし、絶対勝たないとなー」

「し、しないってば！」

尻込みする陽芽子に対し、ジャケットを脱いで肩を回す啓五はやけに楽しそうだ。

「陽芽子は何賭ける？」

にやりと笑うその表情はゲームに夢中な少年のようだ。とても本気でキスをほしがっているようには見えない。

だからすぐに気が付く。きっと啓五は陽芽子を揶揄って楽しんでいるだけなのだ。

ならば陽芽子も気負わなくていい。確かに彼は上司だが、プライベートの時間は上下関係を気にしなくていいと言われている。もちろんその言葉をすべて鵜呑《うの》みにするわけではないが、今の啓五は陽芽子の上司ではない。ただの年下の飲み友達……のようなものだ。

「じゃあ、このお店で一番高いカクテルを奢《おご》ってもらう」

「いーよ？」

啓五は陽芽子と遊んでいるだけ。本気でキスしてほしいなんて思っていない。もし仮に本気で望まれたとしても、いざとなったら頰にキスぐらいで誤魔化せるだろう。たぶん。

啓五からダーツを受け取り、最初だけ持ち方と投げ方を教えてもらう。脳内でダーツを投げる動作をシミュレーションし、まずは三本のうちの一本を的に向かって投げてみる。

するとヒュッと空を切った針先が、的の角に勢いよく突き刺さった。

「お、上手いじゃん」

啓五の言葉に「うーん」と首を傾げる。上手いといっても刺さった場所は得点の対象外だ。これでは勝てないので、次はもう少し中央に寄せるように意識して投げる。二本目も的の外で得点にはならなかったが、三本目はどうにか加点のある場所に刺さった。

投げたダーツを回収して啓五と順番を交代すると、彼の初投は十点のダブルに刺さった。上部の画面にも二十と表示されている。

「わぁ、すごい！」

賭けていることをすっかり忘れ、つい啓五の腕前を褒めてしまう。さすがに慣れているらしい啓五は簡単に点を得たが、陽芽子が褒めた後からは二点と五点しか加点できなかった。

再び自分の番になった陽芽子は、ラインのギリギリに右足を置くと左足を後ろに引いてみた。さきほど啓五が投げるフォームを見て気付いたが、線に対して平行に立つよりも前後の重心移動に遊びがあった方が上手く投げられるらしい。

物の試しにその姿勢で投げてみると、今度は十五点の場所に刺さった。

「陽芽子、実は運動神経いいだろ」

「えー、どうだろ？」

やはりこの体勢の方が、適度に力が抜けて上手く飛んでくれるらしい。それに正面を向いて投げるよりも肘の位置が下がるので、腕がブレずに軸が安定しやすい。

啓五の投げ方や姿勢や得点の狙い方を観察し、自分が投げるときは少しずつ姿勢と軌道を修正していく。五週目を終える頃にはなんとなく狙ったところへ刺さるようになってきたが、啓五に勝つためにはまだまだ点数が足りない。

やっぱり初心者が経験者に勝つのは無謀かもしれない、なんて考えながら投げると、突然得点の画面が派手に光り出した。

「ブル⁉」

「……ぶる？」

ハイボールを口にしていた啓五が、驚いたような声を出した。

聞こえた言葉を反復すると、啓五が、

「真ん中に当たったら五十点」

と肩を竦めながら教えてくれた。確かに陽芽子の投げたダーツは中央の黒い点に刺さっている。さらに上の画面には一気に五十点が加算されており、あっという間に啓五の点数を抜き去っていた。

ビギナーズラックで高い点を得た陽芽子とは対照的に、今日の啓五はあまり調子がよくないらしい。

「やべ……外した！」

啓五は二十点の三倍で六十点になる箇所を狙っていたようだ。確かにそこに命中すれば高い点数が得られるが、結局外してしまったので高得点にはならない。

調子が悪い。もしくはお酒に酔ってうまく当てられないのだろうか。ゲーム開始直後は調子がよかったように見えていたので、ちょっとだけ申し訳ない気分になったが、

「これじゃ、陽芽子にキスしてもらえないな」

と呟かれた瞬間、やっぱり調子が悪いぐらいで丁度いいかも、と思ってしまう。

「って、負けたじゃん」

「やった、私の勝ちー！」

結局二十四投目も狙った通りの場所に刺さらなかったらしく、最終的に表示された得点を見ると、啓五の得点よりも陽芽子の得点のほうが十点ほど高かった。

「なんだ、キスはお預けか」

「しませーん」

ふっと笑った啓五に、勝ち誇った笑みを返す。

しかし冷静になって考えてみると、啓五は最初から負けるつもりだったのかもしれない。本気でキスしようと思っていたわけじゃないから、陽芽子を楽しませるためにわざと負けてくれたのかもしれない。

（そっか、それはそうだよね）

啓五が陽芽子のキスを本気で望んでいるとは思えない。だからダーツの経験がない陽芽子に、揶揄いながらもちゃんと遊び方を教えてくれた。そして新しい遊びを覚えた陽芽子は、楽しい時間を過ごせた——と思ったのに。

「じゃあもうひと勝負」

「え……またやるの？」

「いや、ダーツじゃなくて」

大人の遊びはまだ終わらず、第二ラウンドへ突入するらしい。

「上の階にビリヤードがあるんだ」


環にビリヤードを使いたいと申告すると、思いのほかあっさり許可が下りた。

「えっ、上がっていいの……？」

上階にはVIPルームがあると聞いている。そんな特別な場所に、陽芽子のような一般人が立ち入ることは許されないだろうと思っていた。黒い螺旋階段を上がろうとする啓五におそるおそる訊ねると、不思議そうな声が返ってくる。

「ん？　別にいいだろ、誰もいないし。ほら」

挙動不審になった陽芽子に手を差し出した啓五が、段差にヒールが引っかからないよう丁寧にエスコートしてくれる。だから陽芽子も大人しくその手に掴まって、慎重に階段を上がっていった。

「広い……！」

螺旋階段の先はテーブル席の真上に相当する場所らしく、構造は下の階とほぼ一緒だった。しかし壁が黒く床と天井が白いフロアには、黒塗りの大きなテーブルが一つあるだけ。あとはその周りを取り囲むように一人掛けの豪華な椅子が五つ、一番奥には見るからにふかふかな三人掛けのソファが置いてある。

さらに今は誰もいないが、下の階にあるものとまったく同じバーカウンターとバーラックが壁際に配置されている。天井にはヨーロッパのどこかの城から持ってきたのではないかと思うほど豪華なシャンデリア。

なるほど、確かにここは間違いなく『無駄に贅沢な部屋《VIPルーム》』だ。

「やっぱりちょっと違和感あるよね」

「ん？」

「だってオフィス街にあるただのバーにしては、豪華すぎるよ？」

「まあ、ここは祖父さんの隠れ家みたいなもんだからな」

啓五が自分で発した言葉に呆れたように笑う。その言葉の裏に何か事情があるらしいことは理解できたが、ささやかな疑問はすぐに消えていった。

奥にあったビリヤード台に寄りかかった啓五が、視線で陽芽子を誘うから。

「私、ビリヤードはやったことあるよ」

その挑発に乗るように、陽芽子も啓五に笑顔を向ける。ダーツのときは啓五にルールと遊び方を教えてもらったが、今度はちゃんと理解している。だからもし簡単に勝てると思っているのならそうはいかないから、なんて闘争心に火が灯る。

「じゃあまた賭けるか」

「えー、もう何も思いつかないよ？」

先ほどのダーツで勝利を収めた陽芽子は、IMPERIALで一番高いカクテルをご馳走《ちそう》になる権利を得た。けれどもう、勝利にふさわしい褒美が思い浮かばない。

「思いついたときでいいよ。俺が負けたら、陽芽子のお願いをなんでも一つ聞くから」

陽芽子が悩む様子を見た啓五が、戦利品については後から決めてもいいと言ってくれる。じゃあ別の日に違うカクテルを……なんて呑気なことを考えていると、啓五が再び笑顔を向けてきた。

「俺が勝ったら、今夜は陽芽子に添い寝してもらおうかな」

「ちょ、なんでハードル上がってるの⁉」

思いがけない提案に驚いて、またも大声を出してしまう。確かにキスも困るが、頰に口付けるぐらいなら一瞬で終わる。けれど添い寝となると拘束時間も長いし密着度も高い。眠るまでずっと傍にいるなんて、恥ずかしくてできるわけがない。

啓五の提案に文句を言うと、「あ」と何かに気付いたような声を出された。

「やっぱり今夜じゃなくて週末にするか。次の日、陽芽子とゆっくり寝てたいし」

「そこじゃない！」

しかも添い寝といっても、啓五が寝たらお役御免になるわけではないらしい。朝まで同じベッドで過ごしたいと提案され、これは本当に負けられない、と思う。

仕方がないので壁のホルダーに立ててあったキューを手にすると、そのまま踵《かかと》を浮かせてヒールを脱ぎ捨てる。

「へえ、脱ぐんだ？」

「だって真剣勝負だもん！　絶対負けない！」

もちろん陽芽子も土足が基本の店内で、しかもＶＩＰルームという場所で靴を脱ぐことがはしたない行動であることは理解している。けれど高いヒールを履いたままでは動きにくい。それに勝負を受けたからには負けられない。負けるつもりはない。

幸いクリスタルホワイトの床はしっかりと掃除が行き届いていて綺麗だし、ストッキングの替えはバッグに入っている。ここには啓五以外に誰もいないので、マナー違反を咎《とが》める人もいない。

本当は賭けの褒美を変えてもらえばいい話だが、負けたときのことを見越してハードルを下げているとは思われたくない。ダーツのように遊び方を知らないならともかく、知っていると言ってしまった以上はもう引っ込みがつかない。

「じゃあ、俺も本気でやらなきゃな」

クスクスと笑った啓五が、的玉を収めたラックをフットスポットへ滑らせた。そして余った手玉を陽芽子の方へ転がしてくる。

台の上に手玉と身体を固定した陽芽子は、狙いを定めて白い球を思いきり撞《つ》いた。

カコンッ――と小気味のいい音を響かせて、九つの的玉と白い手玉が方々へ弾け散っていく。ガコン、ゴトン、と球が落ちる音に乗って啓五の楽しそうな声が届いた。

「上手いな」

ビリヤードという遊戯は、経験がなければ手玉を真っ直ぐに撞くことさえ難しい。もちろん陽芽子に経験があると知っているから賭けを持ちかけてきたのだろう。だが啓五の口調から察するに、彼は陽芽子がもっと下手だと高を括っていたようだ。

そんな陽芽子の一挙手一投足を観察するように、啓五がじっと姿を見つめてくる。

「あんまり見られるとやりにくい……」

「まぁまぁ、気にしなくていいから」

わざと陽芽子の正面に立った啓五に抗議するが、にこりと笑って誤魔化された。その笑顔に意識を持っていかれたのか、同時に落とそうと思った球は一つしか落ちてくれず、次の手でも落としきることができなかった。

啓五の番になったので、陽芽子は台の反対側にトコトコと回り込み、その場にすっとしゃがみ込んだ。そこは丁度、啓五が手玉を狙うキューの先だ。

獲物に狙いを定めていた鋭い視線と、ちらりと目が合う。その瞬間、陽芽子はわざとらしい甘え声を出した。

「ねぇねぇ、啓五くぅーん？」

「ちょっと待て。それはずるい」

一度構えた啓五が台から身体を離して立ち上がる。見れば顔が少し赤くなっているので、心理作戦は成功したようだ。

もう一度構えた啓五が連続で二つの球を落としたところですぐに陽芽子の番になった。

しかし。

「ひゃあっ！　ちょっ……なんでお尻触るの⁉」

啓五が突然、背後から陽芽子のお尻を撫でてきた。実際にはお尻というより腰に近い位置だったが、陽芽子が驚いて飛び上がるには十分際どい場所だった。

「フォームが綺麗だったから、つい」

「つい、じゃない！　それセクハラだし、反則でしょ！」

いくらなんでも相手の身体に触るのは反則だ。露骨な直接攻撃に緊張したせいで手元が狂ったのか、陽芽子が狙った的玉は啓五の勝利に都合のいい場所で止まってしまった。

これはまずい。このままだと負けてしまう。ふるふると震える陽芽子をよそに、勝ち誇った顔をした啓五が最後の的玉に狙いを定める。

「わっ‼」

「⁉」

焦った陽芽子が大きな声を出すと、キューの先が白い球の端をつるっと掠めた。当然勢いなど一切つかなかったので、転がった球はわずか数センチ進んだ場所ですぐに停止してしまった。

「びっくりした？」

「そりゃするだろ！　反則！」

「やだ、さっきの仕返しだもん～」

啓五には文句を言われてしまったが、陽芽子はぷいっとそっぽを向いて聞かなかったことにした。でも〝間違って〟大きな声が出てしまったことよりも、相手の身体に触れる方がよほど大きな反則だと思う。

「やった、私の勝ち！」

啞然としている啓五の目の前でさっさと最後の的球を落とす。一方的に勝利を宣言して脱いだヒールを履き直していると、我に返った啓五が盛大に噴き出した。

「あーあ、陽芽子に添い寝してもらいたかったんだけどなぁ」

「だめです～」

本当に残念そうにため息をつく啓五に、べ、と舌を出す。もちろん大人げないやり方だとは思っているが、勝ちは勝ちだ。啓五も、プロセスはどうあれ決着してしまった勝負にあれこれ文句を言うつもりはないらしい。

諦めの台詞を聞いた陽芽子は内心ほっと息をついた。この勝負に負けていたら啓五の抱き枕になるところだったのだ。いくらなんでもそれは恥ずかしすぎる。

「木曜と金曜、朝から晩まで会議続きなんだ。疲れた後は陽芽子に癒されたかったのに」

「いやです～、他あたって下さ～い」

陽芽子に執着しなくても、啓五ならもっと可愛くて抱き心地のいい女性がいくらでも見つかるはずだ。今までも可愛い女の子とこうやって美味しいお酒を飲みながら、ちょっと大人な勝負をして、楽しい時間を過ごしてきたのだろう。たぶん、きっと、これからも。

「……何言ってんの？」

そんな想像に小さなモヤモヤを感じていると、再び啓五の不機嫌な声が聞こえた。

「他なんて要らない。陽芽子じゃないと意味がない」

急激に低下した声色に驚いて、思わず「え？」と声が出る。

「えっと……冗談、だよね？」

「……冗談？」

変に間が空いて気まずくなる前に、どうにか質問を紡ぐ。そうやって軽い口調で訊ねれば、啓五も笑って流してくれる。冗談を、ちゃんと冗談にしてくれるはずだ。

「本気に聞こえてなかった？」

そう期待していたのに、逆に真剣な声で聞き返されてしまう。

低い声音にはふざけた感情が一切含まれていない。むしろその質問こそが不満であるとでも言いたげな表情に、陽芽子は今度こそ本当に何も言えなくなってしまった。

「おいしい〜！」

カウンター席に戻って『このお店で一番高いカクテル』を注文すると、陽芽子の目の前には「ミモザ」が用意された。オレンジジュースに冷えたシャンパンを注いだカクテルは、甘酸っぱいバレンシアオレンジとほのかに香る上品な白ブドウの組み合わせ。喉の奥に感じる爽やかさに、陽芽子の頬は自然とゆるんだ。

「そりゃそうだよ。それ、うちに置いてるシャンパンの中で一番高いんだから」

高いカクテル、と注文すると環が困った顔をして唸《うな》り声をあげた。単純に高価なウイスキーやワインを使えば高いカクテルにはなるが、それが陽芽子の好みであるとは限らない。

三人で相談した結果、一度開けると炭酸が抜けてしまう高級シャンパンをボトルごと買い、それを使ったカクテルを作ってもらうことで話が落ち着いた。

「わざわざ混ぜなくても、普通に飲めばいいのに」

「俺はこのまま飲む」

陽芽子の勝利報酬は一番高い『カクテル』なのだから、普通に飲むのは約束が違う。しかし啓五はそのままシャンパンとして飲むらしい。いつも強いお酒ばかり飲んでいるイメージがある啓五だが、陽芽子一人でボトル一本すべては飲みきれないので、今日は消費を手伝ってくれるようだ。

「値段聞きたい？」

「いや、いい」

環が意地悪な顔をして啓五の前に身を乗り出しても、彼は至って冷静だった。帰りに金額を請求されたときにさぞ驚くのかと思ったが、この様子だとさほど反応がない可能性の方が高い。

高級シャンパンボトル一本の値段など陽芽子には想像もつかないが、もっと想像がつかないのは啓五の金銭感覚だ。陽芽子より三歳若い啓五だが、一ノ宮の御曹司で大企業の副社長ともなれば、涼しい顔をしてカードで支払って終わるのだろう。

そう思うと、勝負には勝ったのに別の何かに負けた気分になる。

「ま、ゲームには負けたけど、陽芽子が嬉しそうだからいいか」

対する啓五は勝負に負けたはずなのに得したような顔をしている。陽芽子の感情とは正反対だ。

「ベタ惚《ぼ》れだなぁ」

ぼそりと呟いた環の言葉は、一生懸命聞かないふりをする。啓五も返事をしなかったが、ちらりと横顔を盗み見ると表情はいつになく嬉しそうだった。

「なぁ、陽芽子。まだ結婚相手、探してんの?」

「う、うん……」

フルートグラスの中身を味わっていると、啓五にそう質問された。中身を飲み干して指先でグラスのルージュを消すと、問いかけにそっと顎を引く。「へえ」と興味深そうに相槌を打つ啓五も、「入会したの?」と首を傾げる環も、少し前に話題にしていた件について知りたいらしい。

だが残念なことに、結婚相談所にはまだ入会していない。仕事の忙しさとお高い初期費用に躊躇《ためら》っているうちに無言電話の案件が発生したせいで、すっかり忘れていたのだ。

けれど忙しくなればなるほど、癒しがほしいと思ってしまう。ここ最近の陽芽子は、気分もお肌の調子もすっかり荒んでいた。

「早く入会して、いっそ十歳とか二十歳とか年上の人を紹介してもらおうかなぁ」

癒しが足りない日々が続いているからか、包容力のある人がいいなぁ、と思ってしまう。仕事でへとへとに疲れても、嫌なことがあってヘコんでも、頭を撫でて抱きしめてくれるような人がいい。それにうんと年上の相手なら、その分だけ自分も若いお嫁さんになれる。

その考えいいかも、と名案を閃《ひらめ》いた気分でいると、隣から不機嫌そうな声が聞こえた。

「……なんで余計に遠ざかるんだ」

啓五がぼそぼそと何かを呟いたことには気が付いたが、内容までは聞き取れなかった。首を傾げると、カウンターに頬杖をついた啓五がつまらなさそうな視線を向けてくる。

「陽芽子、そんなに年上がいいの？」

「え……定職に就いてて浮気しない人なら、同い年でもいいけど……？」

瞳の色がいつも以上に冷たい気がして、陽芽子もドギマギしながら答える。するとその返答を聞いた啓五が、さらに面白くない出来事に遭遇したようにぐっと眉間を狭めた。

「ハードル低すぎるだろ。それなら誰でもいいじゃん」

「……うん、誰でもいいよ」

怒ったように確認されて、陽芽子も戸惑う。

でも啓五の言う通りだ。厳密に言えば誰でもいいわけではないが、広い意味ではその表現も当たっている。

「私のことを『好き』って言ってくれる人なら」

誰でもいい。心の底から好きだと言って愛してくれる人なら。一方的にさよならを告げて離れていかない人なら。陽芽子をちゃんと甘えさせてくれる相手なら。

「なら、なんで年下はダメなんだ？」

「え、えっと……年下の人と付き合ったこともあるんだけど、私より若い子に浮気されて。その浮気相手におばさん、って言われたのが、ちょっとトラウマで……」

また苦い過去を思い出してしまう。

若くして係長の役職についた陽芽子に『完璧な人だから自分にはもったいない』と言って離れていく年上の男性がいる一方で、『年齢が上がれば偉くなるのは当然だ』と言って離れていく年下の男性もいる。最初と何も変わっていない年の差を一方的に広げて、本当は恋人に甘えたいと思っている陽芽子の気持ちを嘲笑うかのように、ひどい言葉をかけられたこともある。

同年代や年上の男性は波風を立てるのを嫌うからか、別れる相手を傷付けないようちゃんと言葉を選んでくれる。けれど年下の男性は容赦なくおばさん扱いして辛辣な言葉を投げつけてくる。そんな暴言を使わなくても、引き際ぐらい悟れるのに。

「可愛げないんだ、私」

最後まで話したらまた落ち込みそうになる。だからこれ以上思い出すのは止めにして、二杯目のミモザのグラスを口にする。

「そんなことない。陽芽子は可愛いよ」

「……啓五くんは、優しいね」

視線の鋭さと対照的に、啓五は意外と話しやすくて優しい。陽芽子の話を聞いてくれて、ちゃんと女の子のように扱ってくれる。

けれど陽芽子と啓五は、特別な関係にはなれない。啓五は年下で、同じ会社に所属しているにもかかわらず社内で一切会うことがないほど、陽芽子とはかけ離れた存在である。

それに啓五とは結婚に対する考え方が違う。陽芽子はすぐにでも結婚したいと思っているが、啓五は以前『結婚なんて』と言っていた。彼の恋愛観や結婚観が陽芽子と根本的に異なっていることは言うまでもない。

そもそも啓五は陽芽子を女の子として扱ってくれるし、時折誘うような言葉をかけられるが、別に好きだと言われたわけではない。かなり前に『恋人にならない？』と軽い口調で誘われたことはあるが、好きだと言われたわけじゃないのだ。

付き合って結婚するなら、好きだと言ってくれる人がいい。なんて、いい歳をして乙女思考な自分に苦笑していると、啓五の低い声に再度名前を呼ばれた。

「年下が絶対ダメ、ってわけじゃないんだよな？」

「え？　う、うん……まぁ」

やけに真剣に確認されたことに戸惑って、つい曖昧に頷く。陽芽子の返答を聞いてほっとしたように息をつく啓五にどう反応していいのか分からず、さり気なく話題を逸らした。

「啓五くんは？」

人の恋愛観を根掘り葉掘り聞いておいて、啓五自身はどうなのだろう。以前の会話から今の彼に結婚願望がないことは知っていたが、生涯に渡ってまったく結婚する気がないというわけでもなさそうだ。

時折、陽芽子に対して興味があるような素振りも見て取れる。けれどそれは陽芽子の勘違いかもしれないし、仮に興味を持たれていたとしても、実際に選んだり選ばれたりする可能性は低い。お互いに。

だからそういう『もしかして』の話ではなく、現実的な話として啓五の婚姻事情はどうなっているのだろう、という素朴な疑問。

「親が決めた許嫁とかいそう」

「いや、いないけど」

陽芽子の疑問は即座に否定された。啓五には一ノ宮家が決めた相手はいないらしい。

「でもいいところのお嬢さん？　と結婚するんだよね？」

「何それ、どういう妄想？」

次に浮かんだのは政略結婚だった。けれどそれもないらしい。

由緒ある一ノ宮家の御曹司なら、周囲の人に結婚相手を決められていてもおかしくはない。育ちも学歴も完璧で見目麗しく、婚姻が互いにとってメリットとなるどこかの令嬢と結婚する――そんなドラマみたいな人間関係を勝手に想像していたが、啓五には婚姻の制限もないという。

「恋愛も結婚も自由だよ。俺はな」

「……『俺は』？」

安心して、と諭すような表情を向けられ、一瞬だけ心を奪われる。しかし優しげな笑顔に意味深な言葉がくっついてきたので、思考はすぐに元の場所へ戻った。

「さすがに本家の跡継ぎは、自由に結婚とはいかないだろうけど」

啓五が苦笑するので、やはり一ノ宮家には普通とは異なる事情があるのだと察する。本家や分家というのも陽芽子にはよくわからないが、自由な恋愛や結婚が認められない人も存在するらしい。

事情を聞いて頷いていた陽芽子は、そこでふと『ある噂話』を思い出した。

「そういえば前から気になってたんだけど、一ノ宮伝説って本当なの？」

陽芽子の問いかけに、啓五と環の視線が同時に集中した。

一ノ宮家の名前が出たことで思い出した。実はルーナグループには、まことしやかな都市伝説が存在する。それはここ数年のうちに入社してきた若手社員にはあまり知られていないが、勤続年数が長い者であれば皆知っている話だ。

「一ノ宮伝説？」

「あれ？　たまちゃん、知らない？」

環が首を傾げるので意外に思う。環は啓五と付き合いが長そうなので、てっきり知っていると思っていた。

「一ノ宮家の人ってみんな名前に漢数字が入ってるんだけど、結婚して子どもが生まれたら、その子に自分の次の数字を入れた名前を付けるの」

陽芽子が勤めるクラルス・ルーナ社の社長の名前は怜四。そして副社長が啓五。前の副社長は四月《しづき》という女性で、他の例を見ても陽芽子が知る限り全員の名前に漢数字が入っている。

「これを何世代も繰り返して一番早く『十』の名前に到達した人が、創始者が隠した巨額の遺産を相続できる、っていう都市伝説があるんだ」

「何それ、マジで⁉」

まことしやかな都市伝説。それは創始者から数えて一番早く十代目に到達した人物が、初代の残した莫大《ばくだい》な財産を手に入れられるというおとぎ話。

この都市伝説が現在あまり語られない理由は、現社長の怜四が『迷惑な噂話だ』と不機嫌に一蹴して以来、表立って口にする者がいなくなってしまったからだ。だが数年前まで、一ノ宮の繁栄の先には巨万の富が存在する、というのが社内での共通認識だった。

「まぁ、本当なんだけどな」

「え、都市伝説じゃなくて⁉」

「巨額の遺産、手に入んの⁉」

社長がそう言うのだから、本当にただの都市伝説なのだろうと思っていた。だがなんとなく聞いてみた話を副社長の啓五があっさりと肯定してしまう。

これには陽芽子も驚いた。もちろん環も、珍しく大声を出して身を乗り出している。けれど確かに、社長は噂話に迷惑しているとは言ったが、その噂が嘘か本当か明言はしていなかった。

「啓五くんは興味ないの？」

「ん？」

「莫大な財産」

怜四は迷惑だと切り捨てたようだが、啓五はどう思っているのだろう。もしも一ノ宮伝説が本当ならば、啓五は莫大な財産とやらに興味はないのだろうか？

「まあ、まったく興味がないとは言わないけど、俺『五』だぞ？　仮に下の世代が全員二十歳で結婚してすぐに子どもが産まれていったとしても、『十』の名前が付くころには俺も百十歳だ。それ死んでる可能性の方が高いだろ」

「あ、そっか……」

確かに啓五が莫大な財産を拝むには少し厳しい条件だ。それにもし巨万の富とやらを目の当たりにしたとしても、都市伝説の通りならそれを手にするのは『十』の名前を持つ者だけ。啓五には関係ないと言えば関係のない話である。

「それより俺は、もっと別のことに興味がある」

ふと啓五の瞳の奥に小さな光が宿る。その一瞬の輝きを発見した陽芽子は、啓五の横顔を見つめてそっと首を傾げた。

「陽芽子は、ルーナグループの経営陣が頻繁に入れ替わる理由を知ってるか？」

「え……知らない……」

急な話題の方向転換に、ぽかんと口が開く。ちょっと間抜けな声も出る。

「ルーナグループは今、会長職とは別に系列四社を束ねる『統括ＣＥＯ』のポストをつくろうとしてる」

「と、統括ＣＥＯ……⁉」

またスケールの違う話が飛び出し、思わず声が裏返る。

都市伝説の次は、経営戦略。

しかしつい大きな声が出てしまったが、内容そのものは青天の霹靂《へきれき》ではない。

ルーナグループはグループと謳《うた》っている割に横の繋がりが希薄で、系列会社であることのメリットを活かしきれていない印象がある。扱う商品やサービスに差異はあれど同じ食品関係の会社なのだから、もっと商品や情報を共有して然るべきなのに、互いに協力しようという空気が感じられない。まして各社のトップが全員一ノ宮一族ならば、やり方はいくらでもあるはず。ただの平社員である陽芽子でさえそう感じているのだ。

啓五の口振りから察するに、華麗なる一ノ宮一族の裏側は全員の仲がいい美しい世界ではないらしい。きっと他人からは見えないしがらみもあるのだろう。しかし巨大グループの中には無駄の多い現状を打開し、より良い企業へ発展させようとする動きもあるようだ。その初動として、会長や相談役とは異なる統括役を配置するつもりなのだろうか。

「統括役には、全社の経営状況を熟知した上で上手くコントロールする技量が必要だ。だから俺たちの世代は大学卒業から二年ごとに全社を回って、現場を知りながら経営状況と社内情報を頭の中に叩き込む訓練をする」

啓五がシャンパングラスに口を付けながら語る言葉に、極秘情報を聞いているような心地で聞き入る。この話、私なんかが聞いてもいいのかな、と思いながら。

「その後は社長もしくは副社長のポストに腰を据えて、一つの会社を適切に運営できる能力があるのかどうかを試される」

「試される……？」

「そう。つまり今の俺たちはルーナグループの全責任を背負う立場に相応しいかどうか、狸親父《たぬきおやじ》どもに査定されてる真っ最中ってことだ。まぁ、具体的に統括役を置く時期はまだ決まって……どうした？」

淡々と語る言葉に聞き入っていたが、話を聞く限り啓五は見えているよりもずっと大変な状況にあるようだ。その一部を垣間見て、陽芽子と環はつい言葉を失ってしまう。

「いや、やばい一族だなと思って……」

「啓五くん、ダーツなんてやってていいの……？」

「息抜きは必要だろ」

確かにそれはそうだ。こんなにも過酷な環境で仕事ばかりしていれば、そのうち身体を壊してしまうのではないかと心配になる。

けれど陽芽子や環の心配を余所に、啓五本人は至って平然としている。あまりに飄々《ひょうひょう》としているものだから、こっちが拍子抜けしてしまうほどだ。

「一ノ宮の本家は代々長男が跡を継いでいくと決まってるから、次男の息子の俺にはどうしようもない。伝説についても俺には確認不可能だろうから、あまり眼中にない」

「……」

「けど、やり方次第で手に入る統括役の座は別だ。今後そこが一ノ宮の〝頂点〟になるなら、俺はその椅子を目指す」

「……啓五くんって、意外と野心家なんだね」

真剣な語り口調とグラスの中を見つめる横顔を見て、ふとそんな印象を抱く。

一ノ宮という良家に生まれ、与えられた役職にふんぞり返って、金に物を言わせて悠々自適に遊んでいるだけの御曹司だなんて思っていてごめんなさい。

いや、そこまでは思っていないけれど。きっと努力家なんだろうなぁ、と感じていたけれど。でもそれほどの事情と熱意があるとは思っていなかったから、少しだけ意外だった。

「陽芽子は、必死な男は好きじゃない？」

穿《うが》った見解を反省していると、バーチェアを動かした啓五に顔を覗き込まれた。その黒い瞳がいつも以上に真剣な気がして、心臓がどくんと跳ね上がる。

「ううん。自分の夢や目標に向かって頑張れる人は、かっこいいと思うよ」

野心家なのは決して悪いことではない。明確な目標を持って高みを目指す決意ができることはある種の才能だし、才能を活かすには努力も必要だ。

啓五はその二つを兼ね備えている。そしてその強い意志に惹かれている自分の心にも、本当はもう気が付いている。それに。

「俺は、自分がほしいものは必ず手に入れる。――奪ってでも」

「……啓五くん？」

彼が夢中になって情熱を注いでいるのは、きっと仕事だけではない。最後の言葉が自分へ向けられている気がしたのも、たぶん陽芽子の気のせいではなかった。

幕間――啓五視点　二

すっかりとぬるくなり泡が消えかけたシャンパンを口にしながら、自分で語った内容を少しだけ後悔する。

(喋《しゃべ》りすぎたか……)

ルーナグループや一ノ宮家の事情は、無関係の人間にとってはさぞ重たい話に感じるだろう。環は一ノ宮家がややこしい一族であることを知っているが、陽芽子は啓五を取り巻く状況がこんなにも複雑かつ厄介であることを知らなかったはずだ。

引かれたかもしれない――そう思う一方で、陽芽子には知っておいてほしかった気持ちもある。

何故なら陽芽子は、啓五の人生に必要な存在だから。誰よりも自分の傍にいてほしいと思う人だから。どんな手を使ってでも自分に振り向いてほしいと、初めて本気で思えた相手だから。

環と話している陽芽子の楽しそうな横顔をぼんやりと眺める。

今まで啓五に近付いてきた女性は、本当の意味では誰も本気になってくれなかった。

ダーツもそうだし、ビリヤードもそう。むずかしいよぅ、できないよぅ、と猫撫で声を出して、それほど上手くもない遊戯の腕をわざとらしいほど大袈裟《おおげさ》に褒める。彼女たちはそれが女の役目だと思っていて、啓五自身も今まではそんなものか、と思っていた。

けれど陽芽子は違った。純粋にゲームを楽しんで、勝負に本気になってくれる。女性の象徴とも言えるヒールを脱ぎ捨てて、負けず嫌いな子どものように真剣になってくれる。ただのゲームでも啓五との時間を楽しんでくれる。そこには社会的地位も、年齢も性別も、一ノ宮も関係ない。

楽しい時間を一緒に過ごすうちに、いつの間にか啓五も本気になっていた。ゲームだとわかっているのに負ければやっぱり悔しかった。

自分も夢中になっていたと気が付くと同時に、啓五の目を『きれいでかっこいい』と褒めた陽芽子の言葉を思い出した。

あの言葉は陽芽子の本心だったと思う。本当にそう思って口にしたとわかるからこそ、また同じ言葉を聞きたいと思ってしまう。その目を自分だけに向け続けてほしいと願ってしまう。

「たまちゃん。私、次はムーラン・ルージュがいいな。さくらんぼ無しでいいから」

「はいはい」

勝利の美酒を「ムーラン・ルージュ」なる別のカクテルにしようと無邪気にオーダーを告げる陽芽子の姿に、つい気が抜けて笑ってしまう。環の後ろにずらりと並ぶリキュールの瓶《びん》を見つめてきらきらと目を輝かせている姿が、なんだか無性に愛おしくて。

「ムーラン・ルージュ？　何それ？」

「えっとね、ブランデーをパイナップルジュースで割って、シャンパンを入れるの」

陽芽子は甘い酒が好きみたいだ。いつもワインベースかリキュールベースの甘い酒ばかり飲んでいる。啓五はどちらかと言えばラムやジン、ウイスキーをベースにした強い酒を好むので、それだけで可愛いと思ってしまう。

「甘そう……」

ぼそっと呟いたのは酒の話ではない。きっと今陽芽子にキスしたら甘いんだろうな、なんて、中学生みたいな妄想が口に出てしまっただけだ。

「えー、甘いかな？　啓五くん、パイナップルきらい？」

仔猫のように小さく首を傾げる陽芽子の仕草に、会話の内容を一瞬見失う。まるで自分のことをきらい？　と聞かれているように錯覚して、

「好きだよ」

と口にしてから、自分でも驚く。思ったことをそのまま口にして、勢いで愛の告白をしてしまった気がしてハッと我に返る。

けれど陽芽子のご機嫌は相変わらずで「じゃあ後で飲んでみて」と微笑むだけだ。

「後で？　陽芽子のやつ一口飲ませてくれたら、それでいいけど」

「え、やだ。自分で頼んで」

下心を隠すように悪戯めいた言い方をすると、陽芽子がぷいっとそっぽを向いた。うっすらと淡く色付いたミルクティー色の爪先が、啓五からカクテルグラスを遠ざけようとバーカウンターの上で動く。

人のグラスを奪ってまで味見をするつもりはないのに、大事なカクテルを渡さないようにと頑張っている姿を見つけると、また恋に落ちた気分を味わう。

「陽芽子」

「ん？　なに？」

この笑顔を自分だけに向けてほしい。他の誰にも見せたくない。何の約束もない週に一度の逢瀬《おうせ》じゃなく、本当は毎日会いたい。飲み友達の関係から脱却して、陽芽子を自分だけのものにしたい。触れ合って、キスをして、その先のこともたくさんしたい……それが許される関係になりたい。

陽芽子が結婚相談所に入会してまで結婚相手を探している事実は、確かに面白くない。けれどそれ以上に面白くないのは、上司の顔を見上げたときの陽芽子の表情だった。

『褒められたのなんて初めてですよ』――そう口にしたとき、彼女の頰は少しだけ赤く染まっていた。自分には最初の夜にしか向けてくれなかった、柔らかな笑顔。自分には一度も向けられたことがない、照れと歓喜を含んだ声。

喉の奥で苦い感情が渦を巻いた。胸の奥に黒い感情が生まれた気がした。

（やっぱり、あの上司に惚れてるんだろうな……）

陽芽子が惚れていると思われる、彼女の上司。春岡由人《よしと》、三十七歳。既婚者。

そう、彼は既婚者だ。陽芽子がどんなに好いていても、法的には絶対に結ばれることがない相手である。

（見向きもしない奴のことなんか、好きになってもしょうがないだろ）

もちろんそれは自分自身にも言えること。陽芽子にとって自分が恋愛対象外であることは、最初からわかっていた。だから見向きもしない人を好きになってもしょうがないという台詞は、まるでブーメランのように自分の元へ返ってくる。

それでも啓五と陽芽子は絶対に結ばれないわけではない。自分たちは法的に許されない立場じゃないし、可能性がゼロなわけじゃない。恋愛対象外だと言うのなら、その対象になればいい。

（結婚したいんだろ？　……俺なら、陽芽子と結婚できる）

陽芽子が頷いてくれるなら、今すぐ結婚してもいいと思っている。そのぐらい惹かれている。いつの間にか陽芽子のことばかり考えてしまう。

結婚なんて今まではまったく興味がなかったし、自分の目標を達成するまでは恋愛すら適当でいいと思っていた。でも今は焦っている。のんびりと結婚相手を探し始めた陽芽子よりも、結婚なんて眼中になかった自分の方がよほど焦っている自覚さえある。

取られたくない。他の人の隣で笑う姿など見たくない。上司への想いを諦めた反動で、他の誰かとの結婚を急に決めてしまうかもしれない。そんな危うい状況を黙って見ているつもりはない、と強く思っているのに。

「いや……なんでもない」

「？」

まだ言えない。一度あっさりフラれているから、今度はちゃんと好きになってもらってからじゃなければ踏み込めない。

別に告白なんて何度してもいいと思うけれど、言えば言うほど安っぽい言葉になって信憑性が薄れる気がする。以前年下と付き合って傷付いた経験がある陽芽子に若さゆえの遊びだと一度でも思われたら、もう修正ができないと分かっている。

もちろんまったく意識されていないわけではないと思う。ちゃんと啓五が向けている感情に気が付いていて、それを拒否しないということは完全に『なし』ではないと思う。でも本気にはされていない。啓五の想いを本気だと思っていない。ゲームには真剣に付き合ってくれるのに、啓五のアプローチは冗談だと言って取り合ってくれない。一番本気になってほしいことだけ、いつも上手くかわされてしてしまう。

啓五の陽芽子への想いが本物であることを知ってもらうためには、なんの確約もない週に一回の逢瀬じゃない――もっと意識してもらえるような、明確なきっかけがほしいのに。

「酔ったなら早く帰って寝た方がいいよ？　今週、会議多いんでしょ？」

ほら。あっさりと帰って寝ろなんて言われてしまう。

＊＊＊

「おーい、副社長～」

急にドアが開いたので何事かと驚く。しかしよく考えれば、ノックもせずに副社長室へ入室してくる人など社内に一人しかいない。

幼少時代から呼び慣れている下の名前ではなく、ちゃんと役職で呼んできたのはいい。けど中の様子も確認せずに入ってきて、もし来客があったらどうするつもりなのかと呆れてしまう。

「啓五、ライター持ってねぇ？」

叔父である怜四が、ガタイのいい身体から右手を挙げて問いかけてくる。直前まで『副社長』と呼んでいたのに、あっさり下の名前に呼び変えて。

手にしていた書類をデスクの上に放り投げて、はぁ、とため息をつく。組織的に言えば啓五の唯一の上司である『社長』のお気楽な言動に、集中力を乱されたから。

「持ってるわけないだろ。俺、煙草吸わないって」

「吉本は？　アイツなら持ってるだろ？」

「確認して参りますので、少々お待ち下さい」

秘書の鳴海が啓五の傍を離れて頭を下げる。そのまま部屋続きになっている秘書執務室へと消えた背中を見て、啓五はそっと感心した。

啓五のサポート役として配属された吉本と鳴海は、実に優秀な秘書たちである。啓五の思惑に先回りすることはあれど、遅れをとることはほとんどない。

最初は秘書なんて二人も必要ないと思っていたが、実際に動き出してみればありがたいことこの上ない。今も啓五が処理しなければならない書類は鳴海が準備し、最終チェックは隣の部屋で吉本が行っている。秘書一人で準備と確認を行う場合と比較すれば、速さは倍以上違うし、三人が携わることでミスも確実に潰していける。

これなら今日も早く終われる。と思った矢先に怜四の来訪。ため息をつくしかない。

怜四は喫煙者だが、彼の秘書二人には喫煙習慣がない。そのためどこかにライターを置き忘れると束の間の一服もできなくなるらしい。さてどうしたものかと考えた結果、啓五の秘書の吉本が愛煙家であることを思い出し、ここへやってきたようだ。

「へえ、あれが鳴海か」

傍へ歩み寄ってきた怜四が興味深げに頷くので、啓五は静かに首を傾げた。

「知ってんの？」

「そりゃ知ってるだろ。二年前、俺の秘書になるのを拒否したヤツなんだから」

「……は？」

さらりと告げられた言葉に驚き瞠目する。

秘書になるのを拒否した？　――そんなことが可能なのだろうか。

会社という組織の中では、よほど理不尽ではない限り業務命令に従う必要がある。もちろんクラルス・ルーナ社は社員を問答無用で服従させるような悪辣な企業ではないが、秘書課に所属していて秘書業務を拒否するとはどういうことだろう。

「まあ、それは別にいいんだけどな」

考え始めた啓五の疑問を打ち消すように、怜四がひらひらと手を振る。そんなことより、と強制的に話を収めた怜四が、別の話題を切り出してきた。

「お前、社内恋愛中ってマジ？」

「はぁ？」

思いもよらない質問をされて、思わず声が裏返る。またくだらない冗談でも聞かされるのだろうと油断していたからか、驚いた拍子に椅子から転がり落ちそうになった。

「なんで知ってんだよ」

「そりゃ、風の噂だろ。ま、俺もさっき耳にしたとこだけどぉ」

啓五のデスクに寄りかかってニヤニヤ笑う叔父と数秒見つめ合い、再び深いため息を零す。まさか噂になっているとは思わなかった。というより、啓五と陽芽子の関係を知っている人間が社内にいるとは思わなかった。

陽芽子と会社の中で遭遇する機会はほとんどない。偶然でも会えないかと廊下やエレベーターではついその姿を探してしまうが、どうやら彼女は業務開始から終了までコールセンターからほとんど出てこないらしい。唯一昼食のときは食堂へ赴いているようだが、陽芽子が昼食を摂るのは十三時半から十四時半とかなり遅い時間のようだ。

社内で会うことはない。だから完全に失念していた。

「誰も知らないと思ってた。ほんと、噂ってすげーな」

最初にこの部屋に陽芽子を呼び出したとき彼女が必死に逃走しようとしていた心境も、頑なに誘いに乗らなかった理由も、今なら理解できる。陽芽子は社内恋愛で噂になることがいかに面倒くさいのか知っているのだろう。

ということは、陽芽子は過去に社内恋愛の経験があるということか。それはそれで面白くない。啓五はまだスタートラインにすら立てていないのに。

そんなことを考えてつい舌打ちをすると、見ていた怜四に大笑いされて余計に面白くない気分を味わった。

「女子社員も多いからな。そういう話は回んの早いぞー」

「なんでだよ。社内で一緒になることなんてほとんどねぇのに」

「……ん？」

「ん？」

悪態をつく啓五だが、その不満を聞いた怜四がふと不思議そうに首を傾げた。疑問の音を聞いた啓五も、つい同じ音を出してしまう。

「あ？　ちょっと待て、相手は鳴海じゃないのか？」

「は？」

怜四の問いかけに、再び間抜けな声が出た。

……鳴海？　どうしてそこで鳴海が出てくる？

「いや、違うけど」

「……」

確かに一緒にいることは多いが、それは単純に鳴海が啓五の秘書だからだ。業務上共にいるというだけで、もちろん付き合っているからではない。

啓五としては当たり前のことだが、怜四は怪訝《けげん》な顔をする。その表情を見る限り、怜四の中では『啓五の噂の相手は鳴海』ということになっているらしい。たぶん彼だけではなく、この噂を知る全員の中で。

「……はーん、なるほど。わざと流してんのか。やることが小賢しいねぇ」

唐突に合点がいったように、怜四が頷く。

さらに穏やかではない言葉ばかりを羅列し、ククと喉で笑われる。

「お前、狙われてんだなぁ」

「誰に？」

意味不明なことばかり口にする怜四の顔を見上げる。狙われてる、と言われて、最近観たスパイ映画のワンシーンを思い出す。脳内で見知らぬ男に狙撃される自分の姿を想像して『なんでだよ』と思ったが、怜四の表情は実に愉快そうだった。

「それで？　別のヤツと付き合ってんの？」

啓五の質問には一切答えず、巧妙に話をすり替えてきた怜四にはほとほと呆れてしまう。

だが正直なところ、鳴海と噂になっていることよりもそちらの方が由々しき問題だった。少なくとも啓五にとっては。

「今のとこ、完全に俺の独り相撲だよ」

「へぇぇ」

ため息混じりに報告をすると、怜四が興味津々と言った様子で感嘆した。瞬間的に余計なことを話してしまったと思ったが、すでに後の祭りだ。

一ノ宮怜四という人物は、人から情報を引き出すことが天才的に上手い。目線、唇の動き、手足の動き、姿勢、相槌、声の抑揚、話題の選択、言葉選び、間合い。これらを自在に操って相手の心の隙間にするっと入り込んでくる。その能力がずば抜けている。

そのせいか、彼を前にすると言わなくてもいいことまでつい口にしてしまう。上手く誘導されていると気付いていても、結局はあっさり心情を吐露してしまう。

「恋愛話なんて、自分の息子とすればいいだろ」

「ヤダヨ。あいつらの相手すんの疲れるし、つまんねーもん。それに比べれば啓五は素直で楽なんだけどなぁ」

「楽って言うな」

甥《おい》を相手に失礼だろ。いや、甥だからこそ明け透けにものを言うのかもしれないが。

「でもお前、変わったよ。少し前までは目付き悪いだけのクソガキだと思ってたからな」

「悪かったな」

昔を懐かしむような怜四の言葉を聞いて、啓五もつい無愛想な言葉を返してしまう。だが粗雑な言葉とは裏腹に、怜四は愛情深い人だ。実の息子たちだけではなく、甥である啓五のことまで気にかける余裕と度量がある。

けれどその事実に気が付いたのは、つい最近のこと。副社長という安定した地位に就くまでは、啓五もがむしゃらだった。自分でも心に余裕がないことを自覚できるほど、一ノ宮の人間を敵視していた。

それほど焦っていたのだと思う。自分に負けそうになっていたのだと思う。

「まあ、俺も……今までは自分の目、あんまり好きじゃなかったな」

今までは。陽芽子がこの目を褒めてくれるまでは。

でも今は違う。陽芽子の言葉を聞いた夜を境に、驚くほど気持ちが楽になった。実際にはさほど珍しくもない、けれど一ノ宮にいる限り疎まれ続けるこの特徴的な目を、陽芽子ならありのまま受け入れてくれる気がして。

「へえ、運命のお姫様に出会ったワケか」

また数か月前の夜にトリップしていると、怜四の楽しげな声が聞こえてきた。

「それなら尚更、お前が守ってやんねぇと」

「だから何が？」

怜四は、狙われてるとか、守るとか、意味がわからないことばかり言う。もし啓五が知らない何らかの事情を知っているのならちゃんと教えてほしい。知らないことには対処のしようがない。

そう思ってさらに踏み込もうとした瞬間、秘書執務室の扉がガチャ、と開いた。

戻ってきた鳴海の姿を確認した怜四が、何故か突然静かになってしまう。それに気付いた啓五も同じく黙るしかない。

怜四には謎の不安を植え付けられただけだ。啓五は彼の言動に不満と違和感を覚えたが結局は何も聞けず、ライターを受け取って去っていく姿をじっと見送るだけだった。

第三章　スノーホワイトは恋を認めない

毎日の無言電話はもうすぐ三か月目に突入する。いやがらせが始まった時点でコールセンター課長である春岡には相談していて、二か月目に入った時点でサービス事業部長とも情報の共有は行っていた。

だがこれ以上問題が長引けば、部署内だけの案件として留められなくなってしまう。上層部の手を煩わせる前に何とか解決したいし、何より部下たちのストレスも蓄積している。春岡の判断で記録作業は減ったが、彼らの疲労は明らかだ。

こうなったとき、直接受電することがない責任者にできることは限られている。陽芽子は今日も部下たちが退社したあとのお客様相談室で、録音された通話記録を聞き続けていた。

「白木！」

「ふわっ⁉　はい！」

聴覚に集中していて現実に意識がなかった陽芽子は、左肩を叩かれてその場に思い切り飛び上がった。耳に入れていた両方のイヤホンを引き抜いて勢いよく顔を上げてみると、すぐ隣に心配そうな顔をした春岡が立っていた。

「課長……びっくりした、脅かさないで下さいよ！」

「驚いたのはこっちだ。何度呼んでも反応がないから、死んでるのかと思ったぞ」

「死んでません。寝てもいません」

「さっきから何してるんだ？」

驚くから急に声をかけないでほしいと思うが、両耳にイヤホンを入れたまま集中しすぎていたのは陽芽子が悪い。バクバクと早鐘を打つ心臓を鎮めると、訝《いぶか》しげな視線を向けてくる春岡に応対記録の管理画面を見せる。

「ああ、無言電話のか」

春岡の問いかけに「はい」と頷く。

今の陽芽子にできることは、録音されている音声の内容を聞いて、そこから解決の糸口を探ることのみ。これが刑事ドラマでよく見る逆探知などのシステムを使えるのならば、相手を特定して相応の対処をすることも可能だろう。だが一企業のただのコールセンターにはそんな権限も設備もない。だから今は録音された音声をひたすら聞き続けて、そこから手がかりを見つけるぐらいしかできないのだ。

「何かわかったか？」

「いえ、特には」

業務時間中に過去の音声を聞いている暇はない。だから業務終了後の静かな時間にこうして根気のいる作業を続けているが、今のところ目ぼしい手掛かりは掴めていなかった。

「ただ、相手はおそらく男性だと思います」

「ほう？」

「二週間ほど前の音声に、ほんの少しですが咳《せき》払いのような音が入っていました」

オペレーターの平子がマニュアル通りに電話口へ呼びかけている合間に、ごく小さな音だが咳払いをする音声が記録されていた。平子も応対中は気付かなかったようだが、すべての音声をくまなく聞いた陽芽子は、つい最近になってこの事実に気が付いた。

「どれ」

興味深いと頷いた春岡が、近い場所にあったワークチェアをゴロゴロと引っ張り出してきて陽芽子の隣に腰を下ろした。そして陽芽子のイヤホンを借りた春岡が、短いコードでも届くようさらに身体の距離を近付けてくる。そのまま再生を何度か繰り返すと、彼も陽芽子の意見に同意して深く頷いた。

「そうだな。女性の咳ではなさそうだ」

「ですよね」

やはり春岡も陽芽子と同じように感じるらしい。だからと言って、それが無言電話の相手に辿り着く手掛かりになるわけではないのだが。

二人で顔を見合わせて重いため息をつくと同時に、入り口にある電子ロックの解除音が室内に響いた。

現在の時刻は二十時半を過ぎたところ。扱う情報の量と質を考慮し、原則としてコールセンターには部署に所属する者しか入室できない仕組みとなっている。しかも何かトラブルがあったときの行動管理のために、入退室はすべて電子ロックの機器を通して記録されることになっている。それを知っていてこんな時間に戻ってくるなんて一体誰が……と顔を上げた陽芽子は、驚きのあまり思考が急停止した。恐らく隣にいた春岡も同じだろう。

扉の向こうから現れたのは予想だにしない人物——副社長の一ノ宮啓五だった。

（そっか、副社長権限だと入れるんだ！）

入室制限のあるこの部屋は、部長クラスの人でさえ事前の許可がなければ出入りができない。しかし経営者である副社長の啓五は、ＩＤカード一枚でコールセンターの入り口を通過できるらしい。

「お疲れ様です」

「お……お疲れ様です」

挨拶をした春岡に続き、陽芽子も同じ挨拶をする。丁寧に頭を下げながら啓五が突然ここにきた理由を考えたが、問いかけるよりも早く彼が口を開いた。

「こんな時間まで、二人で何を？」

声音が低い。たまに聞くことがあるが、これは機嫌が悪いときの声だ。

つかつかと傍までやってきた啓五の顔を見上げて、やっぱり、と思う。ただでさえクールな印象を受ける啓五だが、怒っていればその凄味は倍増だ。整った顔立ちから表情が消えると、怖いというよりも寒いと感じてしまう。

冷ややかな視線と口調を目の当たりにした陽芽子は、そのままほんの少しだけ身体を横に傾けた。

（課長、まだ上には……）

（わかってる）

こそっと呟くと、春岡もすぐに頷いてくれる。

上層部にはまだ正式に報告をしていないので、啓五は陽芽子たちが現在抱えている問題について何も知らないはず。ここにきた意図は分からないがまだ詳細は伏せておきたいと願うと、直属の上司もその考えに同意してくれた。

「ずいぶん距離が近いな」

「ええ、通話音声の確認を」

春岡も空気を読んだのか、にこやかな笑顔を貼り付けて啓五の質問をやり過ごそうとした。それは「こんな時間まで何を？」にも「距離が近い」にも対応しうる回答だったが、啓五の不機嫌は直ってくれなかった。

不服そうな表情をした啓五は、春岡から視線を外すと隣の陽芽子に向き直った。

「陽芽子」

そのまま下の名前を呼ばれ、陽芽子は今度こそ本当に凍り付いた。

「これ、忘れ物」

固まる陽芽子に差し出されたものは、普段から愛用しているコスメブランドのリップスティックだった。啓五の手の上にある細長いシルバーのメイク用品を見て、思わず「あっ」と声が出る。

「昨日、忘れて行っただろ。次会うときでもいいけど、ないと困るんじゃないかと思って」

直前までの冷たい声と打って変わって、啓五の口調が急に穏やかになった。

確かに今日のランチ後にメイクを直そうと思ってポーチを開いたら、いつものリップが入っていなくてちょっとだけ焦った。だからその時点で、前日の夜にIMPERIALの化粧室に忘れてしまったことには気が付いていた。

もちろんちゃんと保管しておいてくれたことはありがたい。けれどわざわざ陽芽子の部署まで持ってこなくてもいいのに。しかも春岡の前で名前まで呼んで……！

「……白木？」

「ち、違います……！」

何も聞かれていないのに、口から出たのは否定の言葉だった。でも回答としては間違っていない。大きく目を見開いた春岡の表情を見て、彼が陽芽子と啓五の関係を誤解したのだと即座に理解した。

「あー……じゃあセキュリティチェックだけ、頼むな」

立ち上がって自分のデスクに戻った春岡が、そのまま勢いよく上着とバッグをわし掴む。

「課長、まっ……！」

「ご苦労様」

声をかける陽芽子とその言葉を打ち消した啓五に、春岡も一瞬だけ振り返った。けれど啓五に向かって頭を下げ、知ってはいけない事実を知ってしまったような顔で、逃げるようにコールセンターを出て行く。

屋内なのに、ひゅるりと晩夏の風が吹く。

「ちょっとおおぉ⁉　副社長〜〜！」

怒りを込めて啓五の方へ向き直るが、知らぬ顔をされてしまう。不自然に視線を逸らした啓五に対して、陽芽子は怒ればいいのか、嘆けばいいのか。

「どうして名前で呼ぶんですか⁉　しかもあんな言い方して！」

昨夜、プライベートで会っていたという言い方。これは半分間違っていないが、約束をして二人きりで会っていたわけではない。会った場所も行きつけのバーなのに、ただ忘れて行ったとだけ言えば、まるで啓五のプライベート空間に陽芽子が私物を忘れて行ったように聞こえる。おまけに、次の約束があるような言い方までして。

「もおぉ！　課長、絶対変な誤解したじゃないですか！」

「誤解？」

怒り心頭で啓五に詰め寄ると、逆に啓五の方が不機嫌な表情になる。その冷ややかな視線に驚き、たった今まで啓五に抗議したいと思っていた気持ちが急にしゅんと萎んでしまう。

「課長と係長があんなに距離が近いなんて、おかしいだろ」

「それなら副社長と係長がこの距離感なのも、おかしいです」

背筋にわずかな恐怖を感じながらも、一応文句を言ってみる。

けれどその言葉を聞いた啓五は、さらに表情を曇らせてしまう。

「春岡由人は既婚者だぞ」

「え？　そ、そうですけど……？」

「だったら、あいつとは結婚できないだろ⁉」

静かな怒りを纏っていた啓五が、突然吠《ほ》えるような大声を上げた。音量にも驚いたが、それ以上に告げられた言葉の方に驚く。

「……。……はい？」

時間が止まる。意味不明な怒りの理由を理解できずに首を傾げると、コツ、と靴音を鳴らした啓五との距離がさらに一歩近付く。

「俺なら陽芽子と結婚できる」

あっという間に抱き寄せられた啓五の腕の中は、やけに温かかった。耳元で囁かれた言葉にも強い熱が含まれている。その高い体温が移ったように、陽芽子の頬もだんだんと熱を帯びていく。ぎゅっと力を込められた啓五の腕の中で、彼の心臓の音を聞きながら石のように固まってしまう。

（えー……っと？）

これは一体どういう状況だろう。

そして陽芽子は、このあと何と言えばいいのだろうか。

＊　＊　＊

陽芽子は今日もIMPERIALのバーカウンターで大好きなカクテルを口にしていた。

カカオリキュールと生クリームが二層になった「エンジェル・キス」は、甘いデザートのように日々の疲れを癒してくれる。でも今日は何故か、あまり甘さを感じない。

理由はきっと、陽芽子の隣で「ブラック・ルシアン」なんて度数の強いカクテルを口にする啓五がいつもと同じ態度だから。陽芽子が密かに緊張していることなど、まったく気にもしていないように。


あの後『離れて下さい』と懇願すると、啓五は腕に込めた力をゆるめて陽芽子を解放してくれた。慌てて距離をとると不満そうな顔をされたが、結局は何も言わずにコールセンターを出て行ってしまった。

意味がわからない。否、本当はまったくわからないわけではない。おそらく啓五は陽芽子をただの飲み友達以上に思ってくれている。だから仕事とはいえ距離が近かった春岡に鋭い視線を向けて、言わなくていいプライベートのことをわざわざ口外して、嫉妬の感情

を向けてきたのだろう。

啓五の気持ちは嬉しい。けれど陽芽子は——

「陽芽子」

物思いに耽《ふけ》っていると、啓五が急に声をかけてきた。

顔を上げると黒い瞳と目が合い、思わずたじろいでしまう。

「な、何……？」

「連絡先教えて」

何を言われるのだろうかと身構えていた陽芽子は、啓五の意外な要望を聞いて思考がピタリと停止した。

「え……必要ある？」

啓五と連絡先を交換しても、連絡をとることはないと思う。実際、ここで啓五と会うようになって数か月が経過しているが、連絡が必要な状況になったことは一度もない。

先日リップスティックを届けさせてしまったからそんなことを言い出したのかと思ったが、啓五の回答は陽芽子の予想から少し外れたものだった。

「声、聞きたいから」

「……え？」

「好きなんだ、陽芽子の声」

「あ、あの……」

妙に優しい口調で褒められ、思わず照れる。啓五が声の話をしているのはわかっているが、まるで愛の告白をされている気分になってしまう。

気恥ずかしさから困惑していると、啓五がさらに大胆なことを言い出した。

「ほんとは添い寝してほしいけど」

それは以前にも言われたことがある。前回はゲームで勝ったときの報酬だった。またあのときと同じ冗談なのかと思ったが、啓五の目はあの日以上に本気だった。

何も言えなくなっていると、スマートフォンを取り出した啓五に「ほら」と促され、連絡先を交換する流れから逃れられなくなってしまう。しぶしぶ交わしたのは電話番号のみだったが、優秀な同期機能のおかげでメッセージアプリの新規メンバーにも啓五の名前が表示されていた。

「いつでもかけてきていいから」

「え……？」

「毎晩、寝る前に電話くれてもいいけど」

啓五の誘い文句に、直前まで行っていた連絡先を登録する作業の手が止まる。顔を上げた陽芽子は驚いた表情をしていたらしく、視線を合わせた啓五が首を傾げた。

「どうした？」

「あ、ううん……そんな風に言われたことないなぁって思って」

啓五の要望は今まで付き合った人には言われたことがないものだった。

陽芽子の仕事はお客様相談室で電話を受けたり電話をかけたりすること。その応対には丁寧かつ正確な言葉遣いが要求される。今でこそ責任者という立場になったが、以前はオペレーターとして電話応対もしていた陽芽子だ。

「私と電話するの、事務的で嫌だって言われちゃうんだ」

そのせいか電話越しだと丁寧すぎて堅苦しい言葉遣いになってしまう。会って話せばくだけた口調で接することができるのに、電話だと無意識のうちに距離が遠い会話ばかりしてしまう。

陽芽子は恋人の声を聞くだけでいつも元気をもらえていた。けれど相手にとって陽芽子との電話越しのやりとりは、気が張って疲れるものだったらしい。

だから啓五の何気ない言葉が陽芽子には新鮮で、ただ嬉しかった。

「陽芽……」

「あれ？　課長だ」

啓五が口を開いた瞬間、手にしていたスマートフォンがヴヴヴと震え出した。バイブレーション機能が作動した画面には『春岡課長』と表示されている。啓五にもその表示が見えていたらしく、直前まで楽しそうだった表情が一瞬で暗く曇った。

「……何時だと思ってるんだ」

「え、まだ二十一時でしょ？」

「仕事の時間は終わってるだろ」

啓五は仕事の時間とプライベートの時間を混同することを嫌うらしい。過去にも副社長と呼ぶことを嫌がられた経緯があった。さらに春岡に対する冷めた態度も目の当たりにしているので、彼の不機嫌の理由はなんとなく想像できる。

しかし電話がかかってきたのは啓五ではなく、陽芽子なのだ。

「急ぎかもしれないから、ちょっとかけ直してくるね」

不満げな啓五を一旦放置すると、バッグを手にして席を立つ。環に声をかけて店の外に出ると、すでに切れていた着信の履歴に折り返した。

春岡が出るのを待ちながら、何かを言いかけていた啓五の様子を思い出す。しかし三回目のコール音が途切れると同時に、啓五の不機嫌な表情は思考の外へ抜けていった。

「では明日の朝まで、システムが落ちてるってことですか？」

陽芽子の問いかけに、電話の向こうの春岡が低く頷く。彼の話によると、本日の業務後から予定されていた社内システムのメンテナンス前にバグが見つかり、その修正に手間取って当初のメンテナンス開始が大幅に遅れているらしい。

『始業時間までには復旧見込みらしいが、明日は早朝出勤してもＰＣが使えないからな』

「あ、大丈夫です。ギリギリまで寝ていたいので、朝は定時にしか出勤しません」

『野坂と同じこと言ってる』

心配しなくても陽芽子は早くに出勤して朝からバリバリと仕事をするタイプではない。

それでも普段と異なる状況が発生した際は、課長として部下に伝達しておかなければならないのだろう。こういうときのために、できれば春岡にもメッセージアプリの使い方を覚えてほしい。だが陽芽子の上司はいつまで経っても古典的な連絡網スタイルを変えられずにいる。

『お楽しみ中だったか？』

「いえ……」

用件の確認を終えると、春岡が急に話題を変えてきた。陽芽子はすぐに否定したが、その一言の中に春岡の揶揄いが含まれていることに気付いてしまう。

「……って、何度も言ってますけど、誤解ですからね⁉」

『わかったわかった。誰にも言わないから』

「違いますから！　ほんとに！」

誰に言う、言わない、ではない。

案の定、陽芽子と啓五の関係を勘違いした春岡は、あれから必要以上に陽芽子のプライベートを優先させたがるようになった。けれど陽芽子は啓五と付き合っているわけではないし、秘密裏に逢瀬を重ねる関係でもない。たまたま同じバーの常連同士というだけで、次の約束をしたことさえない。一度だけ夜を共にしたことはあるが、あれは啓五が副社長だと知る前の話だ。

だから啓五とのことで揶揄うのは止めてほしいのだが、言えば言うほど春岡が喜ぶだけのように思う。

『じゃ、用件は伝えたからな』

「あ、はい。ありがとうございます。では、また明日」

『ああ、お疲れさん』

ひとしきり陽芽子で遊んだ春岡が電話を切ったことを確認すると、陽芽子もため息をつきながら通話を切る。メンテナンスか……システム管理部も人手不足なのに大変だな～……なんて考えていると。

「陽芽子」

いつの間にやってきたのか、後ろから啓五の低い声が聞こえた。

その声に反応して、陽芽子も振り返ろうと思った。けれど振り返れなかった。すぐ傍へやってきた啓五に背後から抱きしめられたせいで、身動きがとれなくなってしまったから。

「え、ちょっ……？」

「また明日、って何？」

啓五の腕が陽芽子のお腹に回ってきて、そのまま力を込められる。強い力と同時に陽芽子の左肩に頭を乗せた啓五が、耳元で大きく息をついた。

「俺とは次の約束なんてしたことないのにな」

何故か呆れられている、と思ったら違った。

啓五はまた怒っていた。

「え……明日って、普通に仕事で——」

「もういい」

鼓膜を直接震わせるほどの近距離で、啓五がぽつりと呟く。低い声が身体の芯に響く。終わりを告げる言葉を残すと、力をゆるめた腕がそっと離れた。だから解放の気配を感じて、一瞬ほっとしたのに。

「ゆっくり口説こうと思ってたけど、もう無理だ」

「え?」

「陽芽子に俺以外の奴を好きになってほしくない。誰にも渡したくない。……だからもう、我慢すんのやめる」

唐突にそう宣言した啓五は、驚愕する陽芽子の左手を握るとバーの入り口から離れるようにどこかへ向かって歩き出した。てっきり店に戻るのかと思っていた陽芽子は、手首を引っ張りながら先を歩く啓五の様子に慌ててしまう。

「ちょっ……待って! 啓五く……っ」

IMPERIALはオフィス街の外れにあり、クラルス・ルーナ社ともさほど離れていない。二十一時を過ぎたこの時間に顔見知りの社員に遭遇する可能性は低いと思うが、万が一も考えられる。

副社長なんて雲の上の存在と一緒にいるところを誰かに見られて、あらぬ誤解を受けたくはない。そう思ったら大きな声を出して注目を集めることも躊躇ってしまう。だから誰にも見られていない今のうちに、その手を振り解いてしまいたかったのに――

＊＊＊

歩きながら環に連絡を入れた啓五が、店に戻らずして二人分の会計を済ませてしまったことには驚いた。だがそれよりも、啓五の住む場所が会社の傍にある高級マンションだったことの方がよほど驚いた。

その建物の高層階にある一室へ入るなり、啓五が陽芽子の身体を抱きしめて強引に唇を重ねてきた。

「っ……啓五くん……！　まって……！」

慌てて身体を押し返すと、息継ぎのために一瞬だけは待ってくれる。でもすぐに長い指に顎先を掬いとられ、制止も聞かずに激しいキスが繰り返される。

貪るように、待てができない犬のように。

「ん……ふっ……ぁ」

「陽芽子……」

離れた唇に名前を呼ばれると全身が痺れてしまう。足から力が抜けてフワリとよろめく。

啓五はそっと身体を支えてくれるが、陽芽子を見つめる瞳はあの日と同じ。まるで餌を前にした肉食獣のよう。

「好きだ」

ふいに、けれど明確に告げられる。

「陽芽子が、好きなんだ」

甘やかな響きを含んだ低い声と陽芽子を見つめる表情は、切ないほどに必死だった。黒い瞳の輝きに視線を奪われると、心臓を射抜かれたような心地を味わう。

本当は少し前から、啓五が向けてくれる特別な感情に気が付いていた。最初はただの勘違いかもしれないと思ったが、最近はそれが彼の本心だと感じ取っていた。陽芽子も、恋愛で失敗してばかりの冷えた心を癒して包み込んでくれる彼の優しさが嬉しかった。

けれど今の啓五が恋に現を抜かしている状況にないことはわかっている。まだ副社長に就任したばかりの大事な時期であることも、今後目指したい高みがあることも知っている。

しかし陽芽子は啓五を待っていられない。彼のように恋愛を後回しにする時間も、悠長に恋愛を楽しむ余裕もない。早く結婚したいと思っているのだから、次に恋をするなら結婚願望のある男性を選びたいと思っている。

もちろん啓五が陽芽子を望んでくれるのは嬉しい。でも一時的な関係で終わるつもりなら、これ以上は止めておくべきだ。お互いの為を思うなら、それぞれ別の相手と恋に落ちるべき。頭ではその理屈をわかっているのに。

「陽芽子も、俺のこと嫌いじゃないだろ？」

真剣な声で核心をつく確認をされて、思わず言葉に詰まる。

やはり啓五も見抜いている。啓五が陽芽子を好いてくれるように、陽芽子も啓五を好いていることをわかっている。嫌いどころか、もう戻れないぐらいに惹かれていることを知られている。

可愛いと褒められることも、週に一度の他愛のない時間も、喜怒哀楽の感情をありのままに共有できる居心地のよさも、好きだと言ってくれるその想いも、本当は嬉しい。

自分の気持ちは自覚している。けれど理性が邪魔をする。

「ごめんなさい。私、啓五くんと付き合うわけには……」

啓五は雲の上の存在で、結婚したい陽芽子と違い、結婚願望のない年下の男性だ。陽芽子は一時的なものじゃない、自分だけに本気になってくれる人を望んでいる。だからこの恋は認めない。認められない――諦めたいのに。

「私のこと、本当に好きって言ってくれる人がいいの」

「だから、言ってるだろ」

啓五の指が手のひらの中にするりと入り込んできて、恋人のように繋がれる。そのままドアに腕を押さえつけられ、陽芽子の行動を阻止する言葉ばかり紡がれる。

「陽芽子が好き」

「んっ……」

「……好きなんだ」

耳に落とされたキスがだんだん下へ移動していく。そのくすぐったさに身をよじる合間にも、頬や首筋を辿っていく啓五の唇は直球な言葉ばかり囁く。

「なぁ……陽芽子がほしい本当の好きとか愛って何？　それって、年齢が一番大事？」

陽芽子の葛藤を見抜いたのか、啓五が不機嫌に問いかけてきた。心の中まで見透かしているような鋭い瞳が退路を静かに塞いでいく。陽芽子の逃げ道に鍵をかけて、その鍵穴を潰すような問いかけばかり注ぎ込まれる。

「年下の言うことは、本気にしてもらえない？」

「そんな、こと……」

「陽芽子より年上だったら、俺に惚れてくれんの？」

「……」

つい言葉に詰まってしまうが、本当は啓五の言う通りだ。年齢を理由に相手の気持ちを拒否するなんて、やっていることは陽芽子の元恋人と同じ。若い子がいい、なんて辛辣な言葉をかけられて傷ついた経験があるくせに、今は自分が年齢を理由にしている。

矛盾している。わかっている。

「……ごめんね」

それでも陽芽子は頷けない。今ここで啓五の気持ちを受け入れても、いつか彼も離れて行く気がして。陽芽子じゃない誰かを選ぶ気がして。

今度は耐えられる気がしない。いや、もっと大きなダメージを受けると思う。こんなにも情熱的に欲してくれる人にさえ『やっぱり他の人が好き』なんて言われたら――

啓五の身体を押し返そうと力を込める。

これ以上惹かれてしまう前に。手遅れになる前に。

「逃げんの？」

「っ……！」

逃亡の気配を感じ取ったのか、啓五の次の行動は早かった。再び正面から強く抱きしめられ、耳元に唇を寄せられる。

「ちゃんと俺の本気を知って――教えるから」

「だ、だめ……！　まって……！」

熱さと冷たさが混ざり合った声が鼓膜の奥で甘く響く。低く掠れた声と鋭い視線に危険な熱を感じたが、逃亡の暇も制止の暇も与えられず再び唇を重ねられて舌を挿し込まれた。

「んぅ……っ」

口内を這い回る感触は柔らかいのに、空気を奪うような舌の動きは凶暴なまでに激しい。先ほどまでは陽芽子の息継ぎや制止を受け入れてくれる態度も感じられたのに、今はただ飢えた獣に夢中で喰《く》われているような気分を味わう。

「……ふ、っぁ……ん」

ねっとりと這う舌から、ほろ苦いコーヒーリキュールの味とアルコールの香りがする。

スーツの裾をぎゅっと握ると、その様子に気付いた啓五がほんの一瞬だけ唇を離してくれた。けれど陽芽子が何かを言う前に、また唇を重ねられる。優しく激しく奪い尽くすように。本気を覚え込ませるように。

「ゃ……ま、って……」

啓五の手が後ろに回る。背中に触れた指がさらに下へと滑っていく。熱を持った指先がブラウスの裾から中へ侵入すると、腰を直接撫でられる感覚に身体がぴくっと飛び跳ねた。

「だめ……啓五、く……！」

啓五の手が何をしようとしているのか悟った瞬間、甘いキスに溺れていた身体に突然力が戻ってきた。スーツの裾を摑んでいた手を離し、互いの身体の間へ腕を捻じ込ませる。

「わかった、から……待ってってば！」

その腕に力を入れると、身体はどうにか離れてくれた。けれど不満そうな顔をした啓五の瞳からは灼熱《しゃくねつ》の温度が消えていない。言葉の通り、本気なのだと思い知る。

だから再び抱きしめられる前に、言葉ではなく態度で意思を示す。陽芽子も本気にならなければ、成人男性である啓五の本気には勝てないだろうから。

啓五の顔に両手を伸ばして、その頰をそっと包み込む。陽芽子が自ら触れてきたことに嬉しそうな顔を見せた啓五だったが、それは本当の一瞬だけ。油断している彼の額に、自分の額を勢いよく押し付ける。押し付けるというより、頭突きに近い。ごんっ、と鈍い音が鳴る。

「……いて。……え、何すんの？」

突然の陽芽子の攻撃に驚いて身体を離した啓五が、目を大きく見開く。すぐには何が起きたのか理解できなかったらしく、驚いた表情のまま左手で額をさすっている。

「『何すんの？』」

状況を把握できていない表情になった啓五を見て、陽芽子はむっと頬を膨らませた。

「それはこっちの台詞でしょ⁉」

確かに啓五が必死に想いを伝えてくれるのは嬉しいし、その本気は伝わっている。けれど春岡との電話を切った直後から、陽芽子は自分の言いたいことを一度も口にできていない。啓五の感情表現は常に一方通行で、何かを言おうとする度に唇を塞がれてしまう。伝えたいことがあるのに何も言わせてもらえない。陽芽子の話をまったく聞いてくれていない。

「嫌って言ってるのに、無理矢理キスするし！　待ってって言ってるのに全然待ってくれないし！　だめって言ってるのにその先は言わせてくれないし！」

溜《た》め込んでいた不満と不安の感情を一気に捲《まく》し立てる。その様子を見た啓五が、ぽかんと口を開けて陽芽子の顔を見つめてくる。驚いている啓五を、さらに強めの口調で叱る。

「啓五くん、副社長なんでしょ⁉　秘書や部下の話、ちゃんと聞いてあげてるの⁉」

「え……いや、聞いてるけど」

「うそ、絶対聞いてない！　そうやって何でも自分の思い通りになると思ったら大間違いなんだからね！　人の上に立って会社を背負っていくつもりなら、ちゃんと周りの話も聞いてあげなきゃだめでしょ！」

「あ……うん……ご、ごめん？」

陽芽子の指摘は的外れかもしれない。啓五はすべてを自分の思い通りにしたいと思っているわけではなく、周りの意見もちゃんと聞いているのかもしれない。陽芽子が知らないだけで、仕事中の啓五は経営者として完璧に立ち回っているのかもしれない。

それでも言っておきたかった。この感情を伝えたかった。話を聞いてほしかった。

心配そうに顔を覗き込んできた啓五と視線を合わせないように、俯いたまま呼吸と思考を整えて、ぽつりと呟く。

「……私、無理強いする人きらい」

「!!　いや、その……わ、悪かった！　ごめん」

ぷいっとそっぽを向くと、啓五が慌てて謝罪してきた。しかし謝られても視線は意地でも合わせない。

けれどその理由は、啓五に対して怒っているからではなく。

「……少しだけ、待ってほしいの」

視線を合わせたら絆されてしまいそうだから。その瞳に見つめられて、また「好きだ」と言われたら「うん」と頷いてしまいそうだから。冷静な判断ができなくなってしまうから。

「啓五くんのこと、嫌いじゃないよ。でも私、結婚のこと真面目に考えなきゃいけない年齢なの」

陽芽子は現在、三十二歳。離れて住む親にも心配されているし、出産のことも考えなければいけない年齢に差しかかっている。恋愛を楽しんで終わるだけの関係に、もう長い時間を使うことはできない。簡単には決断できない。

「もちろん、気持ちは嬉しいけど」

本当は啓五が向けてくれる気持ちが嬉しい。好きだと言って、可愛いと囁いて、ただの上司に本気で嫉妬してくれることに気持ちが揺れている。彼の感情が本物であることもわかっている。

しかし啓五は年下で、一ノ宮の御曹司で、今はまだ結婚願望がない。そんな啓五と付き合うつもりなら、陽芽子には考えなければいけないことがたくさんあるのだ。

「少しだけ、考えさせてほしいの」

ちゃんと考えたいと思う。自分がどうしたいのか、どうするのが正解なのか。

もう啓五から向けられる好意に、気付かないふりなんてしないから。

「……わかった。陽芽子が答えを出すまで、ちゃんと待つ」

陽芽子の懇願に、啓五もしぶしぶだが納得してくれた。静かに頷く声を聞いて、陽芽子もようやく顔を上げる。

本当は啓五も今すぐ答えがほしいのだと思う。じっと見つめる瞳も、甘い口付けも、優しい言葉も、陽芽子が好きで好きでたまらないと教えてくれる。独占したいと語っている。

そんな啓五の唇が、ふと耳の傍に近付いてきた。

「まぁ、断られても諦めるつもりはないけど」

当然のように追いかけると宣言されてしまい、思わず身体が硬直する。

それから少し顔を離した啓五が、不満そうな顔でぼそりと呟いた。

「あと、春岡由人は既婚者だからな」

「知ってるわよ！　ただの上司だって言ってるでしょ！」

……やっぱり啓五は、人の話をちゃんと聞くべきだ。

＊　＊　＊

「お疲れさま」

「ふぁぁ〜、室長ぉ……」

終話までの流れをしっかり聞き届けてから声をかけると、緊張の糸が切れた芹沢がデスクの上に崩れ落ちた。重ねた両腕の上に頬をくっつけて息をついた彼女は、本当によく頑張ったと思う。

「途中二回くらいキレそうになりました……」

「うん、よく耐えてくれたわ。ありがとう」

項垂れる彼女の背中をぽんぽんと叩きながら、陽芽子もため息を零す。

今日もまたいつもの無言電話が続くのだと思っていた。けれど火曜日《昨日》までは同じ間隔でかかってきていた毎日の電話が、今朝は回線を開けても鳴らなかった。だから誰もが『ようやく終わった』と安堵《あんど》した。

甘かった。その予想は見事に外れた。

受話開始とともに、急に男性に怒鳴られた。挨拶も前置きもなく『おたくの商品、マジで美味しくないいんだけどさぁ！』と罵声を浴びせられた。そのまま味が薄い、値段が高い、店頭に希望する品が入荷されていない、と沸騰したやかんのような勢いで延々とクレームを捲し立てられた。

だから受電した芹沢が驚いたのも、泣きそうになったのも無理はない。言い返しそうになった気持ちもわかる。それをせずにひたすら繰り返される暴言に耐え忍んでくれたのだから、陽芽子としては褒めてあげたいぐらいだ。

「記録の入力したら、上がっていいからね」

「ありがとうございますぅ……」

時刻は既に定時を過ぎている。陽芽子の言葉を聞いた芹沢は、最後の気力を振り絞ってのろのろと受電の記録を打ち込み始めた。

「無言電話の人ですかね」

「タイミングを考えれば、そう思うのが自然よね」

蕪木の疑問に唸りながら同意する。

激昂した客からの電話など、お客様相談室に勤務していればさほど珍しいことではない。

ときには日に複数の入電がある場合もある。

しかし昨日までの約三か月間、一時間毎に繰り返されていた無言電話がぱたりと姿を消し、それと代わるように激昂クレーム電話が発生したのだ。二つの間には何らかの関連がある、と考えるのが妥当だろう。もちろんそれを証明する根拠は何もないけれど。

「無言電話との紐《ひも》付けができない以上、案件としては別扱いでしょうか？」

「そうだな。判断が難しいところだが……」

報告を受けた春岡も、腕を組んで低く唸った。これはお客様相談室室長の陽芽子としても厄介だが、コールセンター課長の春岡としても頭の痛い案件だろう。

「相手は何と？」

「それが、特に要求があるわけではないんです。ただ商品が美味しくなかった、この味で売れると思えない、と」

「あの温度で？」

「ええ」

電話の相手は激しい口調で商品の欠点をわめき散らしていた。だがあの大激怒は『異物が混入していた』『開けたら中身が違った』などの大きな問題が生じて、相当の損害を被ったときの怒り方だ。もちろん製造ラインではミスのないよう管理を徹底しているし、実際にそのような問題が生じた報告もない。

だから余計に、不思議に思う。確かに販売している商品が顧客の好みに合わないことはある。価格が不釣り合いだと感じさせてしまう場合もある。店頭に希望商品が入荷していないときもあるだろう。けれど。
「変だな」
「変、ですよね」
わざわざお客様相談室へ電話をかけてくる人は、不快の代償として何かを要求してくる
ことが多い。最も多いのは返金や商品交換の希望。他には商品の詳細説明や安全性の調査
依頼といった実現可能なものから、自主回収や責任者の謝罪訪問、ホームページ等への謝
罪文の掲載、経営陣の退任など、明らかに理不尽な要求をされる場合もある。もちろんそ
ういった要求は過失があると認められない以上、参考意見を頂戴するという形で終了する
ことが多い。
けれど今回は、相手からの要求が一切ない。希望があれば可能な限り対応するが、彼は
ただ不満を言って大声で怒鳴っているだけで、何かを求めるわけではない。コールセン
ターはストレスの捌《は》け口ではないと言うのに。
「また長引きそうだなぁ」
「……そうですね」
春岡のため息を聞いた陽芽子も、うんざりと落胆の返事をするしかなかった。

＊　＊　＊

予想はしていたが、やはりクレーム電話が一日で終わることはなかった。十一時と十七時に必ずかかってくる、激昂した男性からの非通知の抗議電話。同じ言葉で一方的に怒鳴り続け、要求らしい要求は一切述べない。ストレス解消のためにお客様相談室を利用しているのではないか、とすら思ってしまう。

問題のある電話がかかってくると、責任者である陽芽子はそのやりとりをリアルタイムでモニタリングする。実際に顧客と話すオペレーターは毎回異なるが、責任者である陽芽子はすべての会話を聞いているのだ。今日は金曜日なので、このサイクルが始まってから三日が経過したところ。さすがに、疲れた。

それに今週の火曜日は啓五に連れ出されてしまったせいで楽しく酔うこともできなかった。いつもなら甘いカクテルで癒すはずの憂鬱もまったく癒せていない。完全にエネルギー切れだ。

「たまちゃん。火曜日、突然帰っちゃってごめんね」

「いや、いいよ」

金曜日にIMPERIALにくるのは久々だったが、環は笑顔で陽芽子を迎え入れてくれた。

環が用意してくれた「ファジーネーブル」は、桃の甘さにオレンジの酸味がほどよく溶け合ったフルーティーなカクテルだ。その優しい味と爽やかな香りが、陽芽子の荒んだ三日間を潤してくれる。

桃と柑橘《かんきつ》の香りに癒されて気が抜けていると、見ていた環がくすりと笑った。

「陽芽ちゃん、啓になんかされた？」

「なっ……ごふ、けほっ……！」

環の何気ない一言にオレンジの種が喉に詰まったような苦みを感じて、思いきりむせ込んでしまう。

「警察行く？」

「ううんっ、大丈夫！　ちがうの、別に嫌なことをされたわけじゃないから！」

「へぇ……ふ～ん？」

環は何かすごい想像をしているのかもしれない。

確かに啓五の部屋に連れ込まれて、激しい感情をぶつけられて、たくさんキスをされた。だがひどいことをされたわけではないし、嫌だったわけでもない。やりすぎたところには陽芽子もやり返したし、説教もした。それに告白の返事をちゃんと考える時間ももらった。だから陽芽子は怒っていないし、悲しんでもいない。

啓五の真剣な告白を思い出して照れていると、環がご機嫌に笑う。まるで妹を揶揄う兄のように。

「あいつ、ほんとベタ惚れだよなぁ」

「そ、そんなことないでしょ。だって啓五くん、一ノ宮の御曹司だよ？　うちの会社の副社長だよ？」

陽芽子の言い訳を耳にした環が、氷を割っていた手を止めて顔を上げた。見つめ合った茶色の瞳に呆れの色が入り混じる。

「だからさ、恋愛は条件でするものじゃない、っていつも言ってるじゃん」

「それはそうだけど……」

確かに環は常日頃から、恋愛には性別も年齢も収入も国籍も関係ないと言っている。お互いの立場さえ、恋に落ちる瞬間には無関係だと言う。

「でも私、啓五くんに何もしてあげられないもん……」

環の勘はやけに鋭い。恐らく陽芽子が隠した感情にもちゃんと気が付いている。自分の気持ちを受け入れることを躊躇っていることも、恋に落ちないよう必死に歯止めをかけていることも。

「何もできなくても、啓はどんどん陽芽ちゃんにハマってく気がするけど」

返答を聞いて氷を割る作業に戻った環が、嬉しそうに語る。

「啓がこんなに執着してるとこ初めて見るから。陽芽ちゃんに電話がきたあとの慌てっぷりは、ちょっと面白かったな～」

「そ、そうなんだ……」

「誰かに執着されることは多いけど」

環の何気ない一言に、それはそうだろうと思う。整った容姿と鋭い目線から冷たい印象を受けがちな啓五だが、彼は意外と明るくて人懐こい性格だ。それ以前に一ノ宮の御曹司で大企業の副社長である。そんな完璧で有望な男性を世の女性たちが放っておくはずがない。

「この前も、二人が帰ったあとにきた女の子が啓の名前を出してきて」

環が話す意外な情報に驚いて顔を上げる。

陽芽子を熱心に口説く啓の態度から、他の女性の存在を感じたことはなかった。

でも、なんだ。好きとか言いながら、他にも思わせぶりなことを言ってる相手がいるんだ……と、複雑な気分を味わうのも束の間。

「なんか秘書がどうのって言ってたけど」

「え？」

ここ最近の忙しさですっかり忘れていた人物が脳裏を掠め、もやもやとした感情が一瞬で吹き飛ぶ。代わりに得体の知れない寒さが背筋をザワリと走り抜けた。

「そ、その人もしかして『鳴海』って名乗った？」

「あれ、何で知って……？　え、もしかして本当に秘書さん⁉」

焦ったような声を出す環に、こくんと顎を引く。

鳴海が啓五の秘書であることはクラルス・ルーナ社に勤める者ならば誰もが知っている。けれどいくら仲がよくても、社員ではない環は啓五の秘書の名前まで把握していなかったのだろう。

陽芽子の反応を見た環が、自分の失態に気付いてサッと表情を曇らせた。

「あちゃー、それは悪いことしたな。本物の秘書さんなら追い返さなかったのに」

IMPERIALは会員制のバーだ。環は既存会員の紹介のない者の入店を断っただけで、特別変わった対応をしたわけではない。だから環は何も間違っていない。察するに、啓五の名前を出して彼に近付こうとする人が現れるのもこれが初めてではないのだろう。

それにしても鳴海は何故、事前に啓五に確認もせずにここへやってきたのだろうか？　秘書である彼女が啓五の予定や居場所を把握していること自体は、それほどおかしなことではない。だがもし仕事で緊急の用件があったのなら、足を運ぶ前に啓五に直接連絡をすればいいはずだ。なのにどうして——？

「……」

陽芽子は唐突に、えぐみの強い果実をかじったような複雑な気分を味わった。

＊　＊　＊

本日二回目のクレーム電話は箱井《はこい》のブースに入電した。

クレーム電話は毎日同じ時刻にやってくるので、全員が『そろそろくるだろう』と身構えていた。だが実際に誰のブースに入電するのかは、事前にはわからない。目の前の電話が鳴った箱井は、一瞬外れくじを引き当てたように項垂れた。

しかし受話接続した直後、不意に彼女が怪訝な表情を見せた。

「室長」

短い言葉で箱井に呼ばれた陽芽子は、会話内容をモニタリングするためにヘッドセットをLAN接続する。そのまま流れるような動作で席を立って箱井の背後に回ってみると、ディスプレイには彼女が入力したとある文言が表示されていた。

『ウィス、千葉』

短い伝達事項を確認した陽芽子も、驚いて部下の顔を見下ろす。

「お電話ありがとうございます。クラルス・ルーナ社お客様相談室の箱井でございます」

箱井は平然とした声音でマニュアル通りの挨拶を述べたが、内心は少しだけ動揺していることが窺えた。

ウィスというのはウィスパー・アナウンスメントと呼ばれる機能の略称で、電話を受けた際に相手の情報を事前通知してくれるシステムのことだ。ただしこれは非通知電話には適応されない。ここ数日頭を悩ませていたクレーム電話もずっと非通知だったので、相手の情報は何も通知されていなかった。

そのウィスパー・アナウンスメント機能が反応した。つまりいつものクレーム電話が、何故か今に限って非通知発信ではないということだ。

視線を電話機の液晶画面に移動する。なるほど、そこには確かに電話番号が表示されており、市外局番はガイダンスの通り千葉県のものだった。

「蕪木、サーチいける?」

「どうぞ」

隣のブースにいる蕪木に声をかける。様子を見守っていた蕪木の反応は素早く、彼のモニター上には過去のデータを検索できる管理画面が準備されていた。優秀な部下に内心で感謝しながら、電話機に表示されている番号を読み上げる。

その間も箱井は相手の圧に屈することなく、穏やかな相槌を打ちながら電話口の話に耳を傾け続けている。彼女は派遣社員だがここに勤めて既に三年が経過しているベテランなので、音声のモニタリングさえ継続していれば多少は放置しても大丈夫だろう。

「ないですね」

データベースに検索をかけた蕪木が眉を寄せて唸る。

過去にクレーム対応をしたことがある相手については、電話番号の他に名前や住所を確認して記録している場合も多い。だが蓄積されている過去のデータの中には入電の記録がないようだ。むろん電話番号が変わっている場合や別の番号からかけてくる場合も想定できるが、少なくともこの番号からの問い合わせ記録は存在していない。

となると現在のクレーム電話の相手は、最近になってクラルス・ルーナ社のお客様相談室へ電話をしてくるようになったと考える方が自然だ。

「ポイントシステムに登録ないかな……？」

管理記録から把握できることは、過去にお客様相談室へ電話をかけてきたことがあるかどうかのみ。しかしこの他に、クラルス・ルーナ社には通信販売や新商品の情報を配信する会員限定の公式サイトが存在する。もしかしたらそこに会員登録があるのではないか。登録があったら、電話相手の情報がわかるのではないか。

陽芽子はくるりと振り返ると、真後ろにいたシステムサポート係長の野坂に声をかけた。

「野坂さん。ちょっと調べてほしいことがあるんですけど、今いいですか？」

「うん、オッケーオッケー」

軽快に頷いた同僚に先ほどの電話番号を申し伝える。コールセンター内で一番タイピングが速い野坂の指が俊敏に動くと、ディスプレイ上には登録済み会員の一覧がずらりと表示された。

「登録あるよ」

「本当ですか!?」

「うん。千葉県の人だな。名前は鳴海優太《ゆうた》ってなってるけど」

「……えっ？」

最近何かと遭遇する名字を野坂の口から聞いた瞬間、思わず声が裏返ってしまった。

＊　＊　＊

「なるほど、鳴海秘書のお兄様ですか」

蕪木の妙に納得したような声を聞き、陽芽子だけではなく他の部下たちも途方に暮れたような悲壮な表情になった。

「口外はするなよ？」

「……はぁ」

春岡の念押しに一同揃って気が抜けたような返答をする。

課長の春岡に状況を報告すると、彼はすぐに人事部長代理のポストに就いている同期社員に情報提供を願い出てくれた。ものの数時間で副社長第二秘書である鳴海優香の個人情報を入手した春岡は、その内容を陽芽子と部下たちにもこっそりと教えてくれた。

社員の個人情報に記載があった鳴海優香の緊急連絡先——彼女の実家の電話番号が、先ほど通知された電話番号と一致した。さらに実家の住所と登録住所も同じだと判明した。彼女の生年月日と会員登録があった顧客の生年月日の差から、鳴海秘書と電話口の相手が兄妹であることが推察できた。それに名前を見れば、漢字が一文字重複している。

「課長、よろしいのですか？　社員の個人情報ですよね？」

「しょうがないだろ。放っておいたら社内システムにハッキングしようとする危ない奴がいるからな」

春岡の視線を受けた御形《ごぎょう》が、悪戯っぽい笑みを浮かべて肩を竦めた。

陽芽子どころか啓五よりも若い男性派遣社員・御形の本業は、スマートフォンのアプリソフト開発らしい。安定的な収入を得るためにお客様相談室でオペレーター業務もしているが、エンジニアリングの技術や機械操作の知識は野坂と同程度を有している。

「そんなことしませんよ。コールセンター《こ》のPC、スペック低すぎるので」

「いやいや、お前やっぱり危険だよ」

スペックあったらやる気なのか、と思わずにはいられない。

陽芽子は日頃から、御形だけではなく部下全員に『個人情報の取り扱いは厳重に注意するように』と口を酸っぱくして指導している。その部下たちが社員の個人情報を流出するとは思えないが、ここ数日……無言電話が始まった時期から数えれば約三か月も苦しめられていたのだ。もちろん上司としては同じ注意を繰り返すしかないのだが、皆の心労を思えばあまり強くも咎められない気分だ。

「でもどうして鳴海秘書のお兄さんが？」

夏田が困惑して首を傾げると、隣にいた鈴本がへらっと笑った。そしてあっさり余計なことを言う。

「室長に嫉妬してるんですよぉ。憧《あこが》れの副社長のお気に入りですからね～」

「けどなぁ……上司の彼女が相手じゃ、どう考えても分が悪……。――あ」

鈴本の意見に便乗した春岡が、それよりもっと余計なことを言った。

「は？」

「え？」

「へ？」

自分でも口が滑ったと気付いたのか、春岡の言葉が最後まで紡がれることはなかった。

しかし燕木と夏田と御形はその意味に気付いたらしく、一斉に陽芽子の顔を振り返ってきた。

「し、室長、副社長と付き合ってんすかッ⁉」

「うそー⁉　いつからですか⁉」

「それで室長、結婚しないいんですか……？」

「ち、ちがう！　ちがうってば！」

案の定三人から質問攻めに遭ったので、必死になって否定の言葉を叫ぶ。誰にも言わないと約束してくれたのに、あっさり誤情報を植え付けてきた春岡を思いきり怒ってやりたい気持ちになる。でもどちらかと言えば、元凶はそのやりとりを見てニマニマと笑う鈴本だろう。

詰め寄ってくる燕木と夏田の圧が強い。これが業務時間中だったら音声に雑談が入ってしまうのでちゃんと叱るところだが、今はもう業務時間外だ。

けれどそれなら、陽芽子だって大きな声で反論することができる。

「だから、ほんとに付き合ってないんだってばー！」

陽芽子の慌てぶりに興味津々だった上司と部下四人に勘違いの経緯を説明する。すると全員が一瞬でつまらなさそうな顔をした。特に陽芽子と啓五が付き合っていると誤解していた春岡の冷却速度は相当なものだったが、二人の間には本当に交際の事実などないのだ。

実際には一度肌を合わせており、さらに現在告白の返事を保留中だが、それは言わなくてもいいだろう。

「それで？　うちのスノーホワイトは毒りんごをどうするつもりです？」

怒りと呆れと疲労が一周回って楽しくなってきたのか、ワークチェアを鳴らした蕪木がニヤリと笑った。

お客様相談室の主任として陽芽子の片腕を担う二つ年下の男性社員が、陽芽子の決定に全面的に従うことを暗に匂わせる。それはきっと、うんうんと頷いている夏田も御形も鈴本も同じで、主婦業が忙しく既に退社した箱井も、今日は出勤日ではない平子と芹沢も同じ反応をするだろう。

自分でも言うのも何だが、陽芽子は七人の可愛い部下たちに慕われていると思う。だから陽芽子も、自分の部下たちの信頼には全力で応えたいと思うのだ。

「それはもちろん、やられたらやり返すわよ」

陽芽子がにこりと笑み返すと、見ていた御形がヒュウと口笛を吹いた。

そう。部下たちに揶揄われている場合じゃない。陽芽子は可愛げのある女の子じゃない。社内の噂も、本当はあながち間違ってはいない。白木陽芽子は毒りんごで死なない白雪姫で、お客様相談室の魔女なのだから。

毎日同じ時間に届けられる毒りんごなど、甘いスイーツにして食べてしまえばいいだけだ。

部下たちを先に帰し、春岡と入念な話し合いを重ねて、おおよその方針は決定した。あとは陽芽子が上手くやれるかどうかだ。

帰宅のためにエレベーターを待っていると、開いた扉の中にいま最も会いたくない人が乗っていた。なんともタイミングが悪い。

「お疲れさまです……」

「お疲れ様です」

つん、と澄ました顔で挨拶を返してきた啓五の第二秘書・鳴海に、心の中で盛大なため息をつく。相変わらず一切ブレない高飛車な態度には驚くが、返答があるだけ以前よりマシだろう。

エレベーターに乗り込んで『閉』ボタンを押すと、時間が過ぎるのをひたすら待つ。小さな箱の中の空気はかなり気まずかったが、陽芽子が考えていることを気取られるわけにはいかないので、何も言わずにやり過ごす。つもりだった。

「こんなに遅い時間まで、お忙しそうですね」

「へっ……？」

相手も何も言ってこないだろうと油断していたので、声をかけられてつい間抜けな声が出てしまった。思わず鳴海の方へ振り向くが、彼女はこちらを見ておらずコンパクトミラーを覗き込みながら前髪を撫でていた。

そして他人事のように呟く。片手間で、せせら笑うような態度で。

「お客様相談室、大変そうですものねぇ」

し、白々しい……！

誰のせいで残業してると思ってるの、と睨みつけそうになり、慌てて踏み止まる。そんな陽芽子の様子に気付かずミラーをパタンと閉じた鳴海は、まさにご機嫌そのものだった。

「ご多忙はお察ししますが、白木係長はもう少しご自身のお手入れをなさった方がよろしいのでは？」

「は……はぁ？」

「お肌が荒れていますよ。髪にはツヤがないですし、ネイルのケアは不十分。表情も暗いです」

楽しそうな声でそう言い放った鳴海は、確かに肌はみずみずしく髪はうるうると輝いている。ネイルも美しく整えられて、表情もいつも明るい。それに内巻きのミディアムボブヘアにふんわりとした愛らしさを感じる反面、秘書らしいダークグレーのスーツには皺ひとつなく、相手に清廉な印象を与える。

彼女は確かに、副社長の秘書としては完璧な存在だ。

「上司の健康管理も、秘書の務めなんです」

「え……それ、どういう……？」

「副社長は、白木係長よりもお忙しいですから」

急に啓五の存在を引き合いに出されて、陽芽子は静かに動揺した。

言葉だけだと、自分よりも忙しい人がいるのだから忙しさを顔に出すな、と言っているようにも聞こえる。けれどそういう意味ではないだろう。

これは彼女の牽制だ。自分の方が啓五の状態をよく分かっている、という意味の。

環に話を聞いたときの微かな違和感を思い出す。鳴海はプライベートで啓五と陽芽子が会っていることを知っていた。その場所が行きつけのバーIMPERIALで、通っている曜日が火曜日であることまで把握していた。だからあの日、鳴海は啓五に用事があると装って店まで様子を探りにきたのだ。あるいは邪魔をしにきたのかもしれない。

けれど既存会員の紹介がない鳴海は、店の中に啓五がいるのかどうかを確認できないうちに追い返されてしまった。実際には陽芽子も啓五も去った後だったが、陽芽子が入れる場所に自分が入れなかったのは、よほどショックだったはずだ。

だから彼女は手段を変えた。陽芽子や陽芽子の部下をじりじりと蝕んでいた無言電話から、さらに激しいクレーム電話へと攻撃方法を切り替えた。考えてみればタイミングは申し分ない。鳴海がIMPERIALで門前払いされたのが火曜日で、クレーム電話が始まったのは翌日の水曜日だった。

密かに身震いする陽芽子を残し、一階に到着したエレベーターから鳴海が先に降りていく。少し進んだところで振り返った彼女は、陽芽子の姿を見てフンと鼻を鳴らした。

「白木係長も、身の丈に合った相手をお選びになることをおすすめしますよ」

「な、なっ……!?」

「それでは、お先に失礼します」

なんでそんな失礼なこと言えるの!? と口から飛び出しそうになった言葉はぐっと呑み込んだ。あまりの言い分に陽芽子が唖然としている間に、鳴海はコツコツとヒールを鳴らして社外へ出て行ってしまう。姿勢は美しく、ボディラインも魅惑的で、男の人なら誰でも気になってしまいそうな甘い香りを振りまいて。

だが部署が違うとは言え、陽芽子は仮にも係長。役職に就いている立場なのだ。もちろん自分の方が偉い、年上を敬えと言うつもりはない。けれど陽芽子に対する態度は、あまりにもひどいと思う。あれで有能だともてはやされているのだから、この会社の人事課と秘書課の人選は大丈夫なのだろうか、と思ってしまう。

否、鳴海は秘書としては本当に有能なのだろう。そうじゃなければ、就任したばかりでまだ右も左もわからない新副社長の秘書など務まるはずがない。

彼女はただ陽芽子を毛嫌いしているだけだ。陽芽子と啓五の関係を疑っているから。もしかしたら、勘違いなのかもしれないと思っていた。証拠はきちんと揃っているが、心のどこかでは身内に頼んでまで嫌がらせをしてくるとは信じられなかった。副社長の秘書が自社の他部署へ攻撃を仕向けるなんて、あり得ないと思っていた。それに陽芽子の仕事の邪魔をすることと啓五とのプライベートにはなんの結びつきもなく、嫌がらせをしたところで鳴海に利点はないと思っていたのだ。

でもこれが現実だ。鳴海はIMPERIALに足を運ぶ余裕すらないほど陽芽子を疲弊させて、啓五と会う機会を奪おうとしているのだろう。

陽芽子を嘲笑うあの目から、彼女が何から何まで計算していることに気付いてしまった。

きっと鳴海は、狙って十一時と十七時に電話をかけてきている。昼休みや終業時刻に近いそのタイミングが、陽芽子や部下達にとって最も疲労と精神的ダメージが大きい時間帯だと知っていて、わざと。

（……悔しい）

そういう勘が働くという意味では、鳴海は本当に優秀なのだ。彼女はビジネスパートナーとして、啓五の傍に身を置くことを啓五本人にも会社にも許されている。若さも、華やかな見た目も、能力も完璧に揃っていて、啓五の隣に立つことに絶対的な自信がある。

その鳴海が言うのだから、きっと間違っていない。陽芽子は啓五の隣に相応しくない。年上で、疲れ果てていて、自分の見た目なんて最低限しか気にしていない女は、一ノ宮の御曹司である啓五に相応しくない。そんなことはわかっているけれど。

「でも、それとこれとは話が別だもん！」

陽芽子たちは会社とお客様を繋ぐという役割を全うするため、懸命に業務に励んでいる。理不尽な要求に対処すべく、神経を擦り減らして日々戦っている。だから競合他社ならばともかく、同じ会社の人間に足を引っ張られている場合ではない。玉の輿を狙うのは鳴海の自由だが、それは陽芽子の部下を巻き込む理由にはならないのだ。

仕事とプライベートを分けるべきであることはわかっている。でも鳴海がそのつもりなら、陽芽子にだって考えがある。だから今回だけは、その禁じ手を使わせてもらう。

『……陽芽子？』

「お疲れ様です、副社長」

五コール以内に出なければ改めてかけ直そうと思っていたが、啓五はすぐに陽芽子のかけた電話に出てくれた。彼が不思議そうな声を出したのも無理はない。陽芽子が啓五に電話をかけるのは、これが初めてだ。

「お忙しいところ申し訳ございません。ご自宅にいらっしゃいますか？」

『いや、まだ会社にいるけど』

「お仕事中でしたか」

『ん、いいよ。秘書たちは帰したし、もう俺しかいないから』

秘書が帰ったのは知っている。たった今、そこで会ったから。それどころか宣戦布告されて、わかりやすく蔑まれたのだから。

でも陽芽子の個人的な感情など今はどうでもいい。

「副社長に、お願いがあるんです」

陽芽子の言葉に、啓五が『何？』と語尾を上げた。そのいつもと変わらない口調を耳にするだけで、すぐ隣で啓五が笑う姿を想像できてしまう。陽芽子を褒める優しい声も、瞳も、指遣いも、鮮明に思い出せる。

「以前、私がビリヤード勝負で勝った際に、何でも一つお願いごとを叶《かな》えてくれると仰いましたよね？」

『言ったな』

「そのときのお願い、聞いて頂けますか？」

『ああ、もちろん』

気取られないように悟られないように、慎重に話を進めていく。啓五の優しさに付け入ることが卑怯《ひきょう》だと理解しているけれど、陽芽子にも守らなくてはいけないものがあるから。

「日付はいつでも構いません。平日の十一時か十七時のどちらかで、秘書の鳴海さんと一緒にお客様相談室へお越し頂きたいんです」

『鳴海と？』

「ええ。ですがこのお話は、鳴海さんには事前に伝えないようお願いしたいんです」

『日付は指定しないのに、時間は指定するのか』

「はい」

怪しい、と感じるだろう。言っている陽芽子自身も怪しいと思う。

その証拠に、陽芽子の言葉を聞いた啓五がシン……と黙り込んでしまった。

『……なに企んでんの？』

瞬き三回分の時間を空けた後で探るように訊ねられたが、

「詳細はお越し頂いた際にご説明いたします」

とだけ伝えてやり過ごす。

啓五はきっと、そこまで鈍感ではない。自分に、そして自分の秘書の身に何かが起こることは予知していると思われる。

それでも陽芽子は引き下がらない。これで駄目なら別の手段を考えるしかない。

『……わかった。スケジュール調整する』

再度間を置いて考えた末、啓五は陽芽子の提案を受け入れると決めたようだ。その言葉を聞き届けた陽芽子はほっと安堵の息をつく。

言質は取った。これで下準備は整った。あとはスケジュールを調整したものの、三週間先まで予定が埋まっていた、とならないことを祈るばかりだ。もしそうなったらみんなでその期間を乗り切るしかないのだけれど。

『陽芽子』

そんなことを考えていると、受話口の向こうから啓五に名前を呼ばれた。電話をしているので当たり前だが、すぐ耳元で名前を呼ばれるとなんだか気恥ずかしいような、照れくさいような気分を味わう。

『仕事の時間、終わってるだろ？』

「……はい」

『しかもこれ、俺のプライベートの番号なんだけど』

「申し訳ございません。仕事と私事を混同いたし……」

『いや、そうじゃなくて』

陽芽子の言葉を遮った啓五が、一度言葉を切った。何か失礼なことをしてしまったのか、それともやっぱりお願いごとは聞けないと話を覆されるのかと身構える。

『名前で呼んで』

だがひと呼吸置いて告げられたのは、啓五の小さな要望だった。

甘やかな色を含んだ声に、心臓がとくんと音を立てる。直前まで頭の中にあった鳴海の憐《あわ》れみの笑顔が、瞬く間にどこかへ消えていく。

『陽芽子から連絡くれたと思って喜んだ俺が、馬鹿みたいだろ』

そんな台詞を聞くだけで、啓五のつまらなさそうな表情まで想像できてしまう。

距離を置かれることが面白くないと不機嫌になるところも、もっと傍にいたいと願う心情もちゃんと見えてしまう。だから。

「……啓五くん」

『うん』

陽芽子は言われた通りに名前を呼んだだけだ。他には何も言っていない。それでも啓五は安心したような満足そうな声で頷く。

それきりお互いに無言の状態が続く。

けれど不思議なことに、静かな沈黙の居心地は決して悪いものではなかった。

＊　＊　＊

翌週火曜日の夕方、啓五が鳴海とともにコールセンターを訪れる時間を設けてくれた。しかも後の予定は空けてあるので、終業までの残り時間をすべて陽芽子にくれると言う。

啓五と鳴海は設定した時間丁度にやってきたが、事前の約束通り鳴海は何も聞かされていないらしい。陽芽子の目にも、彼女がわかりやすく動揺する様子が見てとれた。

「あの、副社長……？」

不安そうに上目遣いで上司の顔色を確認する鳴海だが、あいにく啓五も状況を理解していない。当然、彼にも詳細を説明できるはずがなかった。

「お手数をおかけいたしまして、申し訳ございません。どうぞこちらへ」

困惑する二人を奥まで導く間も、陽芽子の右耳にはオペレーターである夏田と鳴海・兄の会話がモニタリングされている。例によって要求のない感想を捲し立てるその声は、聞いているだけで耳と胃が痛くなるほどの大音量だ。

普段はハキハキと応対する元気が取り柄の夏田でさえ、相手からの音量を下げるボタンを連打し、心の扉をシャットダウンして相槌を打つだけのカラクリ人形になっている。他の者もそうだが、皆ストレスを限界ギリギリまで背負っているのだ。

お客様相談室のブースが並ぶエリアに啓五と鳴海を案内した陽芽子は、一見いつもと変わらない部署内で静かに本題を切り出した。

「実はここ最近、激昂したお客様からのクレーム電話が毎日のように入っておりまして」

その言葉に鳴海の身体がびくっと飛び跳ねた。啓五も自分の秘書の挙動に気付いてそちらをちらりと一瞥する。だが特に声をかけることはなかったので、そのまま説明を続行させてもらう。

「クレーム電話は毎日二回、決まって十一時と十七時にかかってきます。ちょうど今、本日の二回目の応対をしているところです」

「クレーム電話って、内容は？　相手から何か要求されてるのか？」

「いいえ、特に何もありません」

「……は？」

きっぱりと答えると啓五が間抜けな声を出した。

だが無いものは無いのだから、そう説明するしかない。

「それはクレーム電話と言うのか？」

「判断はなんとも。ですが要求があるとすれば――社長に代われ、と」

「え……そんなことっ……！」

陽芽子がちらりと視線を向けながら告げると、鳴海が驚きの声を上げた。けれどハッとしたように身体を強張らせると、そのまま黙り込んでしまう。

鳴海は焦っただろう。何故なら彼女の兄はそんな要求などしていない。正確には『上司に代われ』と言っているだけだ。この場合オペレーターたちの直属の上司は陽芽子なので、その要求を呑むのならば陽芽子が電話に出ればいい。

もちろん電話に出るのは簡単なことだ。実際、今回の件に限らず、激昂した顧客から『下っ端じゃなくて上司に代われ』『責任者と話をさせろ』と要求される場合も多い。普段なら陽芽子が電話口に代わることで大抵のことは収まるし、女じゃダメだと怒鳴られた場合は春岡に代われば完結する。

けれど今回は事情が事情なので、陽芽子がただ電話口に代わっただけでは収まらないだろう。むしろ相手の攻撃が激化する可能性も十分に考えられる。

「それで社長の代わりに俺に対応してほしい、と？」

考え込んでいた啓五が顔を上げて確認してきたので「ええ、まぁ」と言葉を濁す。

コールセンターのオペレーターから副社長に直接電話を繋ぐなど、どのマニュアルにも存在しないし、組織図から見てもありえない提案だ。そんな非常識なエスカレーションなど、たぶん誰も聞いたことがない。

でも今回の提案には理由もあるし意味もある。

「ただ、いきなり副社長が出ると相手も驚かれると思うので、秘書の鳴海さんに出て頂く方がよろしいのではないかと」

笑顔を貼り付けて告げた一言に、鳴海の顔色がわかりやすく曇った。彼女もまさか、慕っている上司に誘い出された場所が自社のコールセンターで、しかもその理由が身内の暴言の処理をさせられる為だとは予想もしていなかったはずだ。

「それは許可できない」

一方の啓五はまだ状況を理解していない。眉を寄せて不快感を示す顔を、陽芽子もじっと見つめ返す。

「これはコールセンター業務に携わる者の仕事だろ。いくら俺の秘書とは言え、易々と職域を侵すことには賛同しかねる」

「……」

——正しい意見だ。

そう。副社長という重要な立場にある人が、他人の提案や意見に簡単に頷くようでは困る。もちろん場合によっては周りの意見に耳を傾けることも重要だし、以前陽芽子も部下の話を聞いてあげなきゃ、と啓五に詰め寄ったことがある。

しかしそれは必要に応じて参考意見を取り入れるという意味であって、周囲の要求のすべてを聞き入れろ、という話ではない。それに啓五の言う通り、他部署の人間が別の職域を侵すことは不要な軋轢《あつれき》を生む原因になる。状況次第では『仕事を横取りされた』『業務を押し付けられた』といった負の感情を生み出すこともあるので、判断は慎重にならなければいけない。

陽芽子の提案はあっさり断られたが、心のどこかで啓五の経営者としての素質にホッとする。上に立つものは決してその見極めを間違えてはいけない。与えられた業務や任務を決められた範囲から逸脱しないよう管理するのも上司の務め。

だから啓五のこの判断は想定の範囲内だ。

「かしこまりました。それではこちらで対処いたします」

それでも陽芽子は、しっかりと啓五を利用する。自分でも『お客様相談室の魔女』の名に相応しいずるい振る舞いだと思うが、綺麗事だけでは大事な部下を守れないことも知っている。

目礼を残しその場でくるりと踵を返す。

「春岡課長」

そしてそのまま、少し離れたところで様子を窺っていた春岡へと足を向ける。

「申し訳ありませんが、やはり課長にお願い……」

「……陽芽子」

歩き出した瞬間、啓五に手首を掴まれて行動を阻止された。同時に放たれた声の低さと鋭さに、一瞬背中がふるっと痺れる。

けれど危険な微熱はすぐに追い出してしまう。今は啓五の感情にあてられている場合ではない。

（やっぱり、乗ってきた）

思惑通りだ。啓五が春岡を必要以上に敵視していることは理解していた。彼は陽芽子の上司を恋敵だと思い込んでいる。陽芽子が既婚者である春岡に想いを寄せていて、報われない片想いをしていると誤解している。もちろんそれは啓五の勝手な勘違いで実際にそんな事実はないが、彼の中ではそういうことになっているらしい。

だから啓五では話にならないと態度を翻して春岡を頼る陽芽子の姿は、さぞ面白くないことだろう。その様子を見た啓五が焦燥感を覚えて何かしらの行動に出ることは陽芽子にも想像できた。それどころか嫉妬心に火がついて、マニュアルや常識という規範を刹那的に飛び越えてくれることを期待した。

その反応は予想以上だった。腕を摑まれたので振り返ってみると、啓五は端正に整った顔を苦々しく歪ませて陽芽子の目をじっと見つめていた。

苦い表情からは、自分以外の男性を頼ることが面白くないという感情がはっきりと読み解ける。ましてどう足掻いても達成できない願いごとならばともかく、陽芽子の要望は彼が一声命じるだけで叶えられるものなのだ。

啓五の感情を利用していることは自覚している。だから後になって、陽芽子が彼の恋心を利用したことを知られるのが怖い。今は懸命に摑んでくれるこの手を離されて、ずるくて卑怯だと言われてしまうのが怖い。

いつの間にか声を聞くだけで安心するほどに、週に一回の逢瀬だけではなくもっと会いたいと思うほどに、今すぐこの腕を握り返してしまいたいと思うほどに惹かれている。

啓五に、恋をしている。

それでも陽芽子は、逃げ出せない。守らなくてはいけないものを捨てられない。

この問題を穏便に解決すれば、部下たちはストレスから解放される。春岡の負担も軽減できる。鳴海の過ちも止められる。啓五も管理責任を問われずに済むし、有能な秘書を失わずに済む。

それですべてが丸く収まるなら、陽芽子の失恋だけで終わる方がいい。

ずるい大人でごめんね。

なんて心の中で苦笑したのに、啓五は陽芽子が思うほど扱いやすい男ではなかった。啓五の頭の中は、陽芽子が思うよりもずっと陽芽子のことでいっぱいだったらしい。

「ちょっと」

「えっ……な、何……⁉」

陽芽子の腕を掴んでいた啓五が、急に力を込める。突然の行動に驚く間もなく身体を引っ張られ、部屋の隅にある資料棚の前まで連れ出された。

そのまま周囲の視線を避けるようにブース側へ背を向けた啓五は、陽芽子が予想もしていなかった提案を持ちかけてきた。

「陽芽子が俺とデートしてくれるなら、許可してもいい」

「は、はぁ……⁉」

突拍子もない発言に、思わず丁寧な言葉遣いが吹き飛んで声も裏返る。びっくりしてその顔を眺めると、にやりと笑った啓五がもっともらしい言葉を並べ始めた。

「俺が言うことを聞くと約束したのは一つだけ。陽芽子に指定された時間にここにくる約束は、ちゃんと果たした」

「それは……えっと、ありがとうございます」

「だから別のお願いごとをするなら、陽芽子にも俺の希望を聞いてもらう」

啓五の言い分は正しいと言えば正しかった。ビリヤードでの勝負に勝った褒美として啓五にお願いしたのは『鳴海秘書を連れて指定する時間にお客様相談室を訪れる』というもの。その願いは確かに叶えられた。

しかし陽芽子は、それ以上の要求を啓五に持ちかけた。職域の範囲を超えて、許容以上の要求をしているのは陽芽子の方だ。

「よくわかんねーけど、陽芽子は鳴海を電話に出したいんだろ？　それを許可するかしないかは俺が決められる」

「……」

「交換条件。俺の提案を呑むなら、陽芽子の追加のお願いも聞いてやる」

どうやら啓五は、陽芽子の行動や考えの仔細がわからずとも自分なりに状況を把握しようとしているらしい。もちろんお客様相談室で起きている現状はこれから説明するつもりで、今はまだ理解していないのだから、あまり深刻に考えていないのは当然だ。けれどそこに陽芽子との次の約束を絡ませてくるとは一切思っていなかった。

「あの、仕事とプライベートを混同しすぎでは……」

「それが？」

陽芽子も一応は抵抗を試みるが、啓五には逆に訊ね返されてしまった。おまけに仕事中だと言うのに、その目はまた本気の色をしている。

「せっかく陽芽子を誘うチャンスが転がってきたんだ。黙って見過ごす余裕なんて、俺にはないからな」

　更に陽芽子を誘うとあっさり言い放つものだから、さすがに慌ててしまう。よもや聞かれてしまったのではないかと思って振り返ると、コールセンター内にいる応対中の者以外の全員が、こちらの様子をじっと窺っていた。

　たぶん会話内容は聞こえていなかったと思う。だが陽芽子の喉からは「ひえっ」と変な声が出た。

「この状況とこの立場を利用できるなら、使わない手はないだろ」

　焦る陽芽子をよそに、啓五が小さく鼻を鳴らす。

「それに仕事にプライベートの話を持ち込んだのは、陽芽子の方が先だと思うけどな」

「…………。…………。……わかりました」

　たっぷり二十秒ほどの時間を要して考えたが、やはり背に腹は代えられない。この状況を上層部へ報告せず、できるだけ穏便に処理するには今日この場で決着をつける必要がある。陽芽子の心情を看破し、足元を見た上で個人的なデートを条件に提示するのはどうかと思う。しかし彼が陽芽子と同じぐらいに必死であることも痛いほどに伝わってくる。

「よし、交渉成立だな」

　と思っていたのに、さっさと話を切り上げて元の場所へ戻っていく啓五の足取りは、嘘みたいに軽やかだった。

「鳴海、電話に出て先方の言い分を聞いてやってくれ」

「えっ？　し、しかし……」

「できないか？　普段、取引先とやりとりしてるのと何も変わらないだろ？」

「……」

啓五にそう言われては鳴海も拒否はできないだろう。それに副社長秘書である彼女の立場と本来の役割を考えれば、さほどの無理難題ではない。むしろ上司の代わりに秘書が電話に出るなど日常茶飯事だ。

「……承知いたしました」

数分前まで要求を呑まない方向で話がまとまりかけていたのに急に意見を翻してきた啓五の業務命令に、鳴海の表情はこれ以上ないほど不満げだった。

しぶしぶと承諾した鳴海の様子を確認すると、陽芽子も応対中の夏田のブースの脇に立つ。デスクの角を指先でトントンと叩くと、夏田が話をしたままの状態で顔を上げた。

互いに視線を合わせ、無言で頷き合う。

「お客様。ご不便をおかけいたしまして、大変申し訳ございません。それでは、上の者の代理とお電話を交代させて頂きますね」

会話の流れとして不自然ではないところまで話を聞き届けた夏田が、タイミングを見計らって応対者の交代を提案する。激昂していた鳴海の兄も上席が出るという提案に満足したのか、暴言を吐きつつもすぐに了承してくれた。

予備のブースに鳴海を座らせると、付属のヘッドセットを手渡す。そのまま周辺設備の簡単な説明をするが、そこまで難しいことはない。お客様相談室と言えど、受話器ではなくマイク付きヘッドセットであること以外、普通の固定電話とモノは同じだ。

「……お電話代わりました」

準備を終えて緊張の面持ちで保留を解除した鳴海の一言目は、たったそれだけだった。

その瞬間、彼女の隣にいた鈴本と向かいにいた芹沢が失笑した声が聞こえたが、陽芽子はこっそり頭を抱えた。

『あのさぁ、出るのおせーから！　なんで上司に代わるだけで何日もかかるンだよ⁉』

「っ……！」

案の定、一言目からひどく激昂されてしまう。その直後、彼女の可憐《かれん》な表情はメイクが崩れんばかりに歪んでしまった。

でも今のは鳴海が悪い。彼女は自分の兄が余計なことを言うのではと恐れたのか、自らの役職と名前を告げないことを選択した。後から考えれば、このとき謝罪の言葉を挟んだ上でちゃんと名乗っておけば、相手が態度をゆるめた可能性もあっただろう。

だが『お待たせいたしまして大変申し訳ございません』の一言もなく、さらに自らの名を告げない相手に人が心を開くわけがない。無意識の保身と初歩的なミスが火に油を注いだことに、鳴海はついぞ気付かなかった。

『頭悪いのか⁉　仕事できねぇのか！』

「はぁ……!?　……！」

一方的に暴言を浴びせられ、鳴海が一瞬だけ不機嫌な声を出した。しかし啓五が見ていることや陽芽子と春岡がヘッドセット越しに会話内容を聞いていること、そしてこの会話が録音されていることを思い出したらしく、鳴海は出しかけた言葉を懸命に呑み込んだ。

けれど今のわずかなやりとりで、大体の状況を理解した。恐らく鳴海家におけるヒエラルキーでは、彼女は兄より上の立場にあるのだろう。

確かに平日の日中に実家の番号から電話をかけてくるという状況から、鳴海の兄が定職に就いていない可能性は考えていた。もちろん在宅勤務者であることも想定できる。だが兄の暴言に不機嫌な声を出す姿を見る限り、彼女は陽芽子を蔑むのと同じように、実の兄のことも見下して利用しているのかもしれないと推察した。

『ていうか、何度も言ってるけどさぁ！　あの新しく発売したチョコレートはクソ不味いし、その前に言ったビールもよぉ……！』

またいつものように、商品が美味しくない、価格が内容に見合わない、店頭に在庫がないといった、要望のない独り言を大声で延々と吐き出される。まるで妹から粗雑な扱いを受けて蓄積した日頃の鬱憤を晴らすかのように。

スイッチが入るとこちら側は落ち着くまで黙って聞き続けるしかないのだが、耐性のない者にいきなりこれは辛いだろう。さらに普段なら反論できる相手なのに、反論すれば自分と相手の関係性が露呈してしまうため言い返すことすらできない。

その板挟みな状況が、彼女の焦燥感をさらに煽《あお》った。もちろんひた隠しにしたところで、お客様相談室のメンバーはすでに二人の関係を知っているのだが。

これが陽芽子と春岡が考えた、現状を打破するための計略だった。相手の素性がわからない——ということになっている以上、こちらからは大きなモーションをかけられない。ならば鳴海とその兄に自ら攻撃を止めてもらうしかない。第三者の目がある状態で、お互いをぶつけ合うことによって。

灸《きゅう》を据えるには少し劇薬だったかもしれないが、元はと言えば自業自得だ。彼女には是非、ここにいる全員が毎日この苦痛を味わっていることをその身をもって味わってほしい。

とはいえこのまま放置し続けるわけにもいかないので、適度なところで切り上げる必要がある。

「課長、私は準備に入りますね。申し訳ありませんが、副社長への説明をお願いしてもいいですか？」

「ああ、わかった」

「もし定時を過ぎたら、皆は先に帰して下さい」

「白木がそこまで手こずることなんてあるか？」

「あるかもしれませんよ？」

あるかもしれない。今回はちょっとだけ特殊な状況だから。

不思議そうな表情を見せる啓五にそっと微笑む。そして自分の右耳に装着していたヘッドセットを外して彼に手渡す。これを使えば啓五にも何が起こっているのか理解できるだろう。

大きく息を吸い、ゆっくりと吐き出す。

お客様相談室の責任者として陽芽子にできることは限られている。けれどいつだって、自分にできることは最大限にするつもりだから。

幕間――啓五視点　三

「……この聞くに堪えない暴言は、いつもこうなのか？」

「ええ、まあ。大体こんな感じですね」

　窓枠に背を預けたまま隣にいる人物に問いかけると、同じ姿勢で同じ会話をモニタリングしている春岡が苦笑して頷く。

　コールセンターのオペレーターという仕事は、啓五が想像していたよりもずっと過酷な業務なのかもしれない。現に啓五の代理として電話に出た鳴海は、ただ話を聞いているだけなのに五分と経たず相槌の一つも出てこなくなってしまった。

　涙目になって固まってしまった彼女に代わり、現在は責任者である陽芽子が電話口の相手と会話をしている。その音声を右耳で聞きながら、啓五は重いため息をついた。

　鳴海は秘書としての経験はあるが、コールセンターでのオペレーター業務経験はない。だから陽芽子のヘッドセットを借りてモニタリングを開始してすぐに、研修も受けていない部下を苛烈な環境に放り込んだことを後悔した。判断を誤ったとさえ思った。

　啓五の目には陽芽子や春岡が鳴海を苦しめるために、意図的に彼女を電話に出したように見えた。陽芽子は本当にこんなことをさせたかったのか、そして春岡は本当にその提案を許可したのか。

疑問を感じて止めさせようと思ったところで、啓五と鳴海がどうしてここに呼び出されたのか、何故鳴海が電話に出るよう誘導されたのか——その理由と現状のすべてを、春岡が丁寧に説明してくれた。無許可で個人情報を検《あらた》めたことに対する謝罪を添えた上で。

現在、陽芽子に向かって暴言を吐いている男性は、鳴海の兄である鳴海優太という人物らしい。鳴海の兄は陽芽子に嫌がらせをするために、三か月も前から無言電話やクレーム電話などの迷惑行為を繰り返していたという。

春岡の説明はにわかに信じがたい内容だった。だが応対記録と鳴海の個人情報と会員サイトの登録情報を並べて提示されれば否定はできない。信じられない話を、事実として認めざる得ない。

そして春岡は、この状況の原因が他でもない啓五の存在にあるという。そんな馬鹿な、と思ったが、咄嗟に反論の言葉は出なかった。

「あれは、そういう意味だったのか……」

ふと叔父であり社長である怜四との会話を思い出す。上手くはぐらかされてタイミングを逃したために正確な情報を聞きそびれたが、あのとき怜四は『啓五が狙われている』と言った。偽りの噂を『わざと流したもの』『やることが小賢しい』と評した。

その言葉の意味に、ここにきてようやく気が付く。

鳴海は啓五に近付く他の女性たちと同様に、一ノ宮家との結びつきを欲しているのだろう。しかし普段の鳴海は仕事は完璧にこなすが、プライベートには必要以上に干渉してこない。啓五に対して分かりやすい欲望も感じない。

だから気付けなかった。鳴海が長い時間をかけて啓五を懐柔し、ゆっくりと意識を向けさせることで着実に目的を達成しようとしていたことも。啓五が陽芽子に向ける特別な感情を目聡く察知し、その繋がりを妨害するために陽芽子を精神的に疲弊させようとしていたことも。そのために身内を使っていやがらせ行為をしていたことも。

もっと早く気付けなかったのだろうか。原因が自分にあるのなら、何かできることがあったのではないか。我ながら不甲斐《ふがい》ない、と後悔が胸の中に渦を巻く。想像の範疇《はんちゅう》を超えていたとはいえ、自分の直属の部下でさえまともに管理できないとは、なんて情けない話だ。

鳴海以上に、自分に対して失望する。意図せず零れた盛大なため息を吐き切り、重い頭を持ち上げる。――その瞬間、また恋に落ちた気がした。

『でさぁ、飲もうと思って楽しみにしてたのに、売り切れてたのがショックだったんだよ』

「左様でございましたか。その節はご不便をおかけいたしまして、大変申し訳ございません」

『いや、いいんだ。仕事を見つけられずにウダウダ酒飲んでる場合じゃないのは、俺もわかってんだよ……』

先ほどまで暴言のオンパレードだったのに、気が付けば人生相談になっている。中盤をちゃんと聞いていなかったので何が起きたのかと驚いたが、陽芽子の様子を確認しても彼女の姿は最初と何も変わっていない。

威圧的な暴言に屈さず、理不尽な要求に負けず、凛《りん》とした姿勢と穏やかな口調で相手に寄り添い丁寧な返答を続ける。啓五が好きな、癒しの声で。電話の向こう側の相手には表情など見えていないはずなのに、優しい笑顔のままで。

激しい雨の中で気高く咲く花のようだ。たおやかで美しく、優しくも強い。

ほしい、と思う。陽芽子の視線を、声を、関心を……心も身体もすべて自分に向けておきたい。他の誰にも触れてほしくない。

陽芽子は一ノ宮の名前ではなく、啓五自身のことを認めてくれる。それに声を聞いているだけで、疲れが消えて癒される。ずっと傍にいてほしいし、自分自身が彼女の傍にいたいと思う。そんな相手にこの先の人生で出会う機会は二度とないと思うから、どんな手を使っても、どんなに時間がかかっても手に入れたいと思ってしまう。

その焦りの気持ちが出すぎてつい強引な方法で迫ってしまった。気持ちよく酔っている陽芽子にキスをしたいと思ったときは耐えられたのに、他の男と『また明日』と約束していることには耐えられなかった。激しい嫉妬心を衝動的にぶつけて無理矢理口付けてしまうほど、自分の感情を抑えられなかった。

後から頭を冷やしたとき、理性的な判断ができなかったことを猛烈に後悔した。嫌われ

てもおかしくないことをしてしまった自分をひたすらに恨んだ。

けれど陽芽子は、啓五の過ちも受け止めてくれる。ちゃんと怒って、叱ってくれる。啓五の感情を否定せず、しっかり考えたいと言ってくれたのだ。

それだけで十分——なんて思えない。ますます手に入れたいと思ってしまう。どんどん惹かれてしまう。告白の返事を考えた結果、断られたらどうしよう、と本気で悩むほどに。

「副社長は、白木のことを認めてくれるんですね」

陽芽子の姿をじっと見つめていると、隣から春岡の声が聞こえてきた。顔を上げると、彼は何故か嬉しそうに笑っている。

陽芽子と春岡は付き合いが長いらしく、言葉がなくても意思の疎通がとれるほどの信頼関係があるように見える。今の啓五にはそれが最も面白くない事実だが、同時に羨ましくもあった。

陽芽子から絶対の信頼を向けられている春岡が、羨ましくて仕方がない。きっと同じ仕事に携わっていて完璧に仕事ができる者同士だから、話も合うのだろうと思う。

「それはもちろん。彼女、仕事できるじゃないですか」

「いいえ、全然？」

ところが春岡は、啓五の賛辞を即答で否定してきた。あまりにも軽く、あっさりと。

自分の部下だからと謙遜するにしても、もう少し考えるなり思い出すなりあるだろう。なんて拍子抜けするが、春岡は困ったように笑うだけだ。

「白木、最初はびっくりするぐらい仕事ができなかったんですよ。顧客に言い返して火に油を注ぐし、相手に怒鳴られたらすぐ泣くし、ミュートせずにくしゃみするし。本当めちゃくちゃな奴で」

過去の陽芽子の失敗を聞き、つい驚いてしまう。右耳に聞こえている陽芽子の声は相変わらず穏やかで優しいのに、どこか貫禄さえ感じられる。堂々としたやりとりから春岡の言うような悲惨な姿は想像できない。だから陽芽子は、オペレーターとしても責任者としても最初から完璧なのかと思っていた。けれど春岡は肩を竦めるばかり。

「人事も何でこんな使えないやつを送り込んできたんだ、と思いましたよ。指導するこっちが頭抱えるぐらいでしたから」

春岡の眉間の皺を見るに、陽芽子の指導は本当に大変だったのだと察する。けれどまだ若い頃の、失敗してばかりだった陽芽子の様子を思い出したらしい彼は、昔を懐かしむように再度笑みを零した。

「でもすごい努力家なんです。完璧に覚えるまで何回もマニュアルを読んだり、個別指導を頼んできたり、貸した分厚いビジネス書を一週間で読破したり。後になって、やっぱり人事の目は節穴じゃないな、と思いましたね」

春岡は陽芽子がここまで食らいついて成長してきたことを誇らしく感じているようだ。啓五も彼が笑う様子を見て、そっと感心する。

陽芽子は自分が相応の努力をしてきたからこそ、啓五の努力や才能も褒めて励ましてくれるのだろう。それに責任を自覚させるように叱ってくれるし、導いてくれる。

やっぱり傍にいてほしいと思う。陽芽子が傍にいてくれればどこまでも成長していける気がする。どんな困難も乗り越えられる気がするのだ。

「ですから副社長が白木のことを認めてくれて、私としても嬉しい限りですよ」

「……そうですか」

春岡の言葉に静かに頷く。その言動から遠回しに応援されているような気配を感じ取ったが、陽芽子との信頼関係を知っている以上素直に喜ぶこともできない。いつも余裕のない啓五と違って、春岡は常に余裕があるようだ。

ふと視線を感じて首を動かすと、最も近い場所に座っていたオペレーターの女性がじっと啓五の顔を見つめていた。大学生ぐらいの年齢だろうか。アッシュグレーに染めたおかっぱみたいなショートボブヘアと太い黒斑フレーム眼鏡が印象的な女性は、啓五と目が合うとにこりと笑みを浮かべてきた。

「副社長は、課長にやきもち妬くぐらい室長のことが好きなんですねぇ」

疑問のような断言のような言葉を発した彼女が、くすっと不敵に笑う。

「でも室長は私たちの可愛いお姫様なので。ちゃんと大事にしてくれる王子様じゃないと、渡しませんから」

「こら、鈴本！」

急に辛辣な宣言を浴びせられ、しかも仔細を見抜いているらしい口振りに仰天する。だがその言葉には、啓五よりも隣にいた春岡の方が焦ったらしい。上司に「何を言ってるんだ」と怒られ「だってぇ～」と唇を尖《とが》らせているが、鈴本と呼ばれた女性の言葉には啓五も妙に納得した。

「なるほどな。可愛い小人たちを納得させなきゃ、俺は白雪姫の相手として認められないのか」

陽芽子は上司だけではなく、部下からも大切に想われて愛されているらしい。副社長という確固たる社会的地位を持っている啓五ですら、簡単には認めてもらえないほどに。

「これはハードル高いな」

苦笑して肩を竦めると、鈴本が肯定するようににっこりと笑う。春岡は左手で額を覆って頭を抱えていたが、別に失礼だとは思わない。むしろ彼女の言う通りだ。

啓五は陽芽子に強引に迫ってしまった。嫌われてもおかしくないことをした。部下たちに細かな事情を話しているとは思わないが、大事にするどころか傷つけてしまったのは事実だ。簡単に認めてもらえなくても無理はない。

だからと言って諦めるつもりもないけれど。

そんな陽芽子の姿を再び確認すると、丁度話が終わったところのようだった。

「この度は大変なご不便をおかけいたしまして、誠に申し訳ございませんでした。今後またご要望など御座いましたら、私白木までご連絡いただければ幸いです」

リアルタイムの陽芽子の声と、ヘッドセッドを通した陽芽子の声が同時に響く。

たおやかで美しく、優しく、強く。

――そして、終話。

最後の瞬間まで、暴言を吐き続ける人を相手にしているとは思えないほど、丁寧な態度と言葉遣いだった。相手が電話を切ったことを確認して、陽芽子も電話機の接続を切る。そのままふう、とため息をついた鮮やかな幕引きに、周りにいた部下たちがワッと浮足立った。

でもすぐに叱られて元の席に戻る。とはいえ全員が嬉しそうな顔をしてうずうずしているのが手に取るようにわかる。見ているこちらが笑ってしまいそうなほど、従順な部下達だ。

「申し訳ありません、予定より長引いてしまいました」

「就業時間内だ、上出来じゃないか」

「ありがとうございます」

啓五と春岡の前までやってきて簡潔に報告した陽芽子に、春岡が満足げに頷く。上司にさらりと礼を述べた陽芽子の横顔を見つめていると、ふいに彼女と目が合った。

「ご苦労様。すごいな、何も言えなくなってた」

「いいえ。相手も全部吐き出したので、言うことが無くなっただけですよ」

そして決して驕《おご》らない。啓五の労いに対してふわりと微笑んでみせた陽芽子に、一体どこまで自分を惚れさせれば気が済むのかと聞きたくなってしまう。そうやって啓五の心を奪って離さないくせに、こちらから手を伸ばせば猫のようにするんと逃げてしまうのだから。

(ずるいな……本当に)

当の陽芽子は啓五の煩悶《はんもん》など知る由もなく、けろりとした様子で自分の功績を翻す。

「それに、またかかってくる可能性もありますので」

「納得したんじゃないのか?」

「今日のところは納得して頂けました。それに副社長の秘書が自ら対応して下さったので、先方の溜飲《りゅういん》も下がるでしょう」

たぶん、そんなものは下がっていないと思う。何故なら鳴海は自己保身に走った。相手の話に耳を傾ける姿勢もなく、自分の都合を優先し、己の所属と名前さえ名乗らなかった。ちゃんと名乗っていれば相手もそれが自分の妹だと気付き、また違う展開になったかもしれないのに。

現時点で鳴海の兄は、二人目に出た相手が自分の妹であることには気付いてすらいないだろう。だから陽芽子が述べた「副社長の秘書が自ら対応して下さった」と言う言葉は、事実とは異なるただの気遣いだ。もしくは硬直したまま会話を聞いている鳴海に改めて釘を刺すための、最後の一押しなのかもしれない。

すべてはことを荒立てないようにするため。啓五の副社長としての立場と、鳴海の評価を保つため。そして自分の部下たちを守るため。――本当に、頭が上がらない。

「わかった。もしまた電話がかかってきたら教えてほしい。この件は俺が責任を持って対処する」

啓五も間接的に鳴海に言い聞かせるように頷く。本当は今すぐに頭を下げたいぐらいだが、せっかく丸く収まるようにお膳立てしてもらったのだ。ここで啓五が勢いよく謝罪することで、その気遣いを台無しにするわけにもいかない。

「……悪かった」

だから一言だけ言い添える。

本当は、悪かった、では済ませられない。啓五にも監督不行き届きの責任がある。知らなかったとはいえ、こんな状況になっていたのに数か月も放置してしまったのだ。自分の部下を管理できずに迷惑をかけたのならば、それはすべて啓五の責任に決まっている。

「とんでもございません。副社長が謝罪されることではないですよ。こちらこそ、お忙しいところお越しいただき本当にありがとうございました」

「ああ」

気にしていないとでも言うように、陽芽子が笑顔を見せてくれる。だから視線を交わして頷き合い、彼女の配慮を素直に受け取ることでこの場を収める。

ワークチェアに座って青ざめた顔をしている鳴海に「戻るぞ」と声をかける。のろのろと立ち上がって頭を下げた鳴海に退室を促した後、ふと大事なことを思い出した。

そういえば、今日は火曜日だ。

啓五が振り返ると、見送りのために後ろについてきていた陽芽子が不思議そうな顔をした。首を傾げる彼女に近寄り、その耳元にまた内緒の話を語りかける。

「ごめん、陽芽子。今夜はIMPERIALには行けない」

「え、全然？　構いませんけれど？」

「……」

ところが陽芽子の返答はあまりにもあっさりしたものだった。きょとん、とした表情の陽芽子に、毎週火曜日の夜を楽しみにしているのは自分だけなのかと落胆してしまう。

やっぱり無理してでも行こうか、と思ってしまう。

ひとりで気持ちよく酔ってる陽芽子を他の男性客が見つけたら、いつかの自分と同じように声をかけるのではないかと気が気じゃない。それに啓五の顔を見上げて不思議そうに首を傾げる小動物のような仕草を見れば、今すぐにでも抱きしめて撫でたい欲望が沸き起こる。

けれどやっぱり、今日は駄目だ。実の兄に一方的に怒鳴られて放心状態になっている鳴海に、その口でちゃんと説明してもらわねばならない話がたくさんあるのだから。

第四章　スノーホワイトは恋に堕ちる

言った。確かにデートをすると約束はした。

でもこんな状況なんて想定していない。夜景が美しいホテルの最上階レストランで特等席に座らされて、一品の料理名が三行にもなる料理を次々と並べられ、値段のついていない高級ワインを注がれる状況なんて想像できるはずがない。

服装は気にしなくていいと言われたのでまさかとは思ったが、ちゃんと落ち着いた印象のワンピースを選んでよかったと思う。啓五の言葉を鵜呑みにしていたら、今ごろ仕事あがりのくたびれたスーツ姿でこの場所に座っていたのだ。改めてその状況を想像すれば、冷や汗しか出てこない。

「口に合わなかった?」

「ううん。すごく美味しいよ」

運ばれてくる料理は見た目も鮮やかで美しく、どれも感嘆するほどに美味しい。口に合わないのではなく、食べるのが勿体《もったい》なくてただただ恐縮しているだけだ。

そんな陽芽子の困惑を感じ取っているはずなのに、啓五の表情はずっと楽しそうなまま。

まるで陽芽子の反応も味わうような笑顔を向けられ、また少しだけ照れてしまう。

啓五の態度はいつも余裕たっぷりだ。陽芽子よりも、年下のはずなのに。

「そういえば飲んでる姿はよく見るけど、食べてるとこ見るの初めてだね」

余裕といえば、彼の食事の席での振る舞いは驚くほどスマートだ。高級レストランに入ったところで何をしていいのかわからない陽芽子と違い、オーダーも食事の手順も手慣れている。

「啓五くん、食べるの上手」

「そりゃ一ノ宮の家に生まれてナイフとフォークが扱えないようじゃ、いい笑い者だろ」

「あ、そっか……」

言われてみれば、啓五は食品を扱うクラルス・ルーナ社の副社長で一ノ宮家の御曹司だ。食に関する英才教育を受けて育った一ノ宮の人間が、テーブルマナーもままならないようではお話にならないのだろう。

対する陽芽子はごく一般的な家庭の育ちだ。カトラリーの使い方はわかるが、使う順番や置く場所などは正直そこまで自信がない。

「私いい歳してテーブルマナーとかあんまりよくわかんないから、気後れしちゃう」

「そんなの、これから覚えればいいんだよ」

不安を覚える陽芽子とは正反対に、啓五の回答はごくあっさりとしたものだった。「俺がいくらでも教えるから」と笑う姿を見て、啓五の恋人になるとデートはこういうお洒落な店にばかり行くのかもしれないと気付く。それはすごいプレッシャーだろうなぁ、と他人事のように苦笑するが、目の前に最後のデザートを用意されると、難しいあれこれはすぐにどこかへ消えていった。

「わぁ、美味しい……！」

「陽芽子、甘いもの好きだもんな」

「うん！」

濃厚なチョコレートケーキとスフレチーズケーキ。ふわふわのホイップクリームに、甘酸っぱいベリーソースとフレッシュなカットフルーツ。ジュエリーのようにキラキラと輝くスイーツをひとつずつ味わっていると、見ていた啓五にまた笑われてしまう。

ディナーには遅い時間のためか客はまばらだが、デザートひとつではしゃぐなどみっともない。気付いた陽芽子はひとり恥じて静かになった。

「これで餌付けは成功したな」

急いで黙ったのに、陽芽子の様子を見つめる啓五はただただ嬉しそうだ。

「さて、じゃあ次行くか」

「え？　ど、どこに……？」

食後のコーヒーを飲み終えて立ち上がった啓五が、にやりと笑う。

ワンピースに合わせて慣れないミュールを履いている陽芽子は、あまり遠くまで歩けない。もし何処かへ行くなら近場がいいなんてワガママを口にする前に、啓五がそっと手を差し出してきた。

「わぁ、きれい！　可愛い〜！」

　連れられてきた場所は、遠いどころか同じホテルの中にある小さなアクアリウムだった。普段は一般開放もされているようだが、閉館時間を過ぎているため客はおろか受付の人さえいない。

　支配人から許可をもらっているから入っても大丈夫だ、と話す啓五に密かに驚く。しかし冷静に考えれば、いま食事をしたレストランもルーナグループのひとつであるグラン・ルーナ社の経営店だ。一ノ宮の人間ならば、ホテル側に多少の融通が利くのかもしれない。

「このホテルに水族館があるなんて知らなかった」

「まぁ、水族館ってほど大きくはないけどな」

　半円筒状のトンネルの中で呟くと、後ろをついてくる啓五の笑い声が反響する。二人の声だけで満たされた空洞は、ライトアップされた青色と水色の光に彩られていた。

　幻想的なブルーがひしめき合う空間で悠然と泳ぐ魚たちを眺めていると、啓五がすぐ隣にやってきてアクリルガラスの壁に背中を預ける。その啓五と目が合った陽芽子は、ここ数日ずっと考えていた疑問を静かに口にした。

「啓五くん、怒ってないの？」

「ん？　何が？」

陽芽子の問いかけに、啓五が小さく首を傾げる。まるで心当たりがないような仕草をされるが、陽芽子は啓五に謝らなくてはいけないことがあった。それは例え啓五に嫌われてしまっても、自分の言葉でちゃんと伝えなければいけないことだった。

「ごめんね。騙《だま》し討ちみたいに巻き込んだことと、啓五くんを利用しちゃったこと」

「ああ、なんだ。そんなことか」

陽芽子は自分の都合を優先して、啓五の想いを利用した。仕事上は誰も不利益を被らないよう最大限の配慮をしたつもりだが、啓五の恋心を知っていて利用するという意味では最低の選択をしたと思っている。

春岡には『鳴海をコールセンターまで招く方法については一任させてほしい』と告げただけなので、啓五が応じてくれた理由が賭けに勝った褒美だとは思ってもいないだろう。けれど当事者である啓五はもう知っているはず。春岡から真相を説明されてすべての事情を理解した今なら、一連の流れの中で陽芽子が啓五の感情と賭けの褒美を利用したことにも気付いているはずだ。

だから怒られて、嫌われて、陽芽子への告白をなかったことにされることも覚悟していた。しかし啓五にはまったく気にした様子がない。

「怒られるのは、むしろ俺の方だろ」

それどころか、啓五は自分の方が酷いことをしたような顔をする。鋭利な印象を与える目に憂いの色を宿し、陽芽子の心情を窺うような視線を向けてくる。

「悪かった、鳴海のこと。もう少し早く気付いていれば、陽芽子たちにあんな苦労をさせることはなかったのに」

「ううん。あれは別に、啓五くんが悪いわけじゃないもの」

そう、啓五が悪いわけではない。鳴海は玉の輿を狙っていただけで、啓五は彼女の一方的な欲望に巻き込まれただけだ。啓五が指示したわけではないのだし、何も知らなかった彼に落ち度があるとは思えない。

「みんなもちゃんとわかってるから、大丈夫」

それは陽芽子だけではなく、部下たちも春岡も理解している。啓五に非がないことは全員が分かっているのだから、謝る必要はないし責任を感じる必要もない。

ならばお互い、これ以上謝罪を繰り返すのは野暮なのだろうと思う。

「ていうか、大変さから解放されたせいかな？　最近みんな気がゆるんでるんだ」

今回の件について啓五と鳴海がどのような話し合いをしたのかは聞いていないが、おそらく鳴海の兄にも状況が伝わったのだろう。ことが露呈した翌日から、悪質な無言電話やクレーム電話はパタリと姿を消した。

最初の無言電話から数えると約三か月もの間、陽芽子の部下たちは過度なストレス環境下に身を置いていた。その反動からか、部下たちはこの数日間気が抜けたようにぼんやりとしていて、仕事に身が入っていない。もちろんミスをするようなことはないが、来週になっても腑《ふ》抜けた状態が続くのなら喝を入れなければいけないと思っていたところだ。

「陽芽子、仕事辛くならないのか?」

ひとりでぷんすこと怒っていると、啓五がそんなことを訊ねてきた。不思議そうな表情を確認した陽芽子は「なるほど」と思うと同時に「やっぱり」とも思った。

「あれだけ見ると、そう思うよね」

啓五はきっと、お客様相談室はクレーム処理に追われてばかりの過酷な部署だと思っただろう。陽芽子も啓五の立場で今回のように業務の実態を知ったら、同じような感想を抱いてしまう気がする。

でもその認識は少しだけ間違っている。お客様相談室は、毎時毎分のように顧客からのクレーム処理をしているわけではない。

「お客様相談室にくる電話って、本来は普通の問い合わせの方が多いの」

「普通の問い合わせ?」

「そう。例えばパッケージの裏に書いてないアレルギーのこととか、原料の産地はどこの都道府県なの? とか」

実はお客様相談室にかかってくる電話は、クレームよりも商品に関連する問い合わせの方が件数としてははるかに多い。

陽芽子も異動が決まって最初に担当部署を聞いたときは『クレーム処理係なんて』と絶望した。しかしいざ業務に携わってみると、電話をかけてくるすべての人が激昂して辛辣な言葉を投げつけてくる訳ではなかった。

「あと賞味期限が過ぎた商品って食べられる？　とか」

まあ、たまに変わった人がいるのも事実だけれど。

「なんて答えんの？」

「死なないとは思うけどおすすめはしません、っていうのをものすごーく丁寧に伝える」

「ハハハッ、それはそうだ」

陽芽子の回答を聞いた啓五がおかしそうに笑ってくれるので、そっと安堵する。

啓五は陽芽子の心配をしてくれているようだが、無言電話やクレーム電話はさほど珍しいことではない。もちろんコールセンターに勤務する以上はちゃんと研修を受けて、不穏な電話にも対処できるよう訓練はする。けれど実際には、そのスキルを使わないまま一日を終えることも多かったりするのだ。

「啓五くん、うちの商品に対するお客様の感想って聞いたことある？」

「ん？　……ああ、どうだろ？」

陽芽子の問いかけを聞いた啓五が、顎の先を撫でながら考え込む仕草をする。けれど特には思い当たらなかったようだ。

「言われてみれば、知り合い以外はあんまりないかもな」

「でしょー？」

啓五の言葉を聞き、得意げに胸を張る。

クラルス・ルーナ社の商品は主にスーパーやコンビニエンスストアに卸されているが、

直営店は通販サイトと系列であるグラン・ルーナ本社ビルにあるオフィシャルバザールのみ。だから良し悪しに関わらず、社員が顧客の生の声を聞く機会は少ない。例えそれが、社長や副社長であったとしても。

「でもコールセンターにいると、そういうのちゃんとわかるんだよ。美味しかったよ、ありがとう、ってお客さんが直に言ってくれるのを聞けちゃうの」

陽芽子は商品開発や営業や広報に携わっているわけではないが、お客様専用の窓口で会社と顧客を繋ぐという大事な役割を担っている。商品に対する感想やお礼を直接聞く経験は他の職種ではなかなかないことだから、個人的にはこれほどモチベーションを高く保てる業務もないと感じている。

「ね。そう思うとお客様相談室も、意外と悪くないお仕事でしょ?」

「……強いんだな」

陽芽子の自慢げな言葉を聞いた啓五が、感心したようにポツリと呟く。

「陽芽子が仕事してるとこ、かっこよかった」

そんな誉め言葉に反応して顔を上げると、すぐ近くに啓五の顔が迫っていた。いつの間にこんなに近付いたのだろうと考えているうちにさらに距離を縮められ、伸びてきた啓五の指先に頬を撫でられた。びっくりするほど自然な動作で、さらりと。

「ますます陽芽子がほしい、って思った」

「え……」

急にストレートに口説かれ、直前まで上機嫌に語っていた仕事の話がどこかへ身を潜めてしまう。指先がゆるく頬を撫でる動きに、また身体がぴくんと反応する。

「陽芽子が傍で励ましてくれたら、俺も毎日頑張れるだろうなって思った。でも陽芽子にも辛いことがあるだろうから、そのときは俺を一番に頼ってほしいとも思った」

熱烈に語る啓五の言葉は、紛れもない彼の本心だろう。心の底から陽芽子の存在を欲していて、同時に自分を頼ってほしいと言ってくれる。

だから陽芽子が啓五を利用したこと自体は、本当に気にしていないみたいだ。それどころか、自分の地位や存在を頼って利用してくれたことが嬉しいような顔をされてしまう。

どちらかといえばそのときに引き合いに出した名前の方が、啓五には効きすぎてしまったらしい。春岡に対する彼の嫉妬心は、陽芽子が想像していた以上だった。いつも余裕があるように見える啓五だが、春岡が絡むとその余裕が少し崩れるような気がする。

こうして会って話をするまでは、啓五から『騙すなんて最低だ』と言われてしまうことを想像していた。もしかしたらプライベートで会うのは今日が最後になるかもしれないとさえ思っていた。

でも啓五は陽芽子を許してくれるらしい。まだ好きでいてくれるらしい。

陽芽子への想いは言動の端々から感じ取れる。それなら陽芽子も、啓五の告白にしっかりと返事をしなければいけない。自分の想いをちゃんと伝えるべきだろう。

「あの……保留にしてた返事……」

機会を逃すとまた怖気付いてしまう気がしたので、緊張しながらもどうにか言葉を紡ぐ。視線を上げると啓五の表情にも緊張が走ったのがわかった。

水面に反射するようにゆらゆらと揺れる青白い光の中で、じっと見つめ合う。

「先に言っておくけど、フラれても諦めないからな」

陽芽子が口を開くよりも少しだけ早く、啓五が釘を刺してきた。以前も聞いた気がする、諦めの悪さをちらつかせて。

「……ふらないよ」

だから陽芽子もその釘をさっと払いのける。勘違いしたまま放置して、またその熱に呑まれてはいけないから。

「……え」

陽芽子の言葉は意外なものだったらしい。そのまま硬直してしまった啓五にも聞こえるように、一歩だけ傍へ近付く。触れれば届く距離で、黒く濡れた瞳を見上げて。

「付き合う……啓五くんと」

「……本当に?」

「うん」

頷いてから、今のは可愛げがない答え方だったと気付く。

啓五は陽芽子に対して自分の気持ちをちゃんと言葉にして伝えてくれた。その返事をこんなに長く保留にしていたのに、首を動かして頷くだけで済ませるのは不誠実だと思う。

だから陽芽子も自分の言葉でちゃんと伝える。それが今の自分の精一杯で、何よりも大事な気持ちだから。

「私も、啓五くんのことが……好き、だから」

なんだか妙に気恥ずかしくて、つい言葉が途切れてしまう。これが仕事だったら、合格点に届かないぐらい歯切れの悪い返答だ。

でも啓五にはしっかりと伝わったらしい。照れて俯く陽芽子の身体を両腕で包むと、そのままぎゅっと抱きしめられた。

「よかった」

啓五がほっと安心したように息をつくので、ずいぶん不安にさせて待たせてしまったのだと感じる。陽芽子から啓五を振るつもりはなかったが、彼は本気で断られるかもしれないと思っていたようだ。

けれど違った。よかった、というのは、そういう意味ではないらしく。

「部屋、取っておいて」

「⁉」

陽芽子の手を掬い取った啓五が、指先にキスを落としながらじっと視線を合わせてくる。まるでお姫様に愛を乞う王子様のような仕草だが、啓五の頭の中は王子様と表現できるほど爽やかではない。

彼の目にはまた灼熱の炎が宿っている。離さない、と言っている。

今度こそ本当に、その鋭さと温度に囚われてしまうほどの。

「……お手柔らかに、お願いします」

最初にちゃんと言い添えておかないと、陽芽子の制止などすぐに聞いてくれなくなりそうだ。だから事前にお願いしたのに、長い指で陽芽子の顎を掬い上げて唇を重ねてくる啓五には、やはり要望を聞いてくれる気配など感じられなかった。

クイーンサイズ！　そういえば以前泊まったホテルのベッドもこのぐらいの大きさだった……？　と、ひとり静かに考える。だが正直なところ、前回泊まったホテルのベッドサイズなんてほとんど覚えていない。入ったときは酔っていたし、出るときもそこまでゆっくりできなかった。なんならもうホテルの名前しか覚えていないぐらいだ。

というわけで啓五が予約しておいたらしい今日のこの部屋と前回の部屋は比較のしようもない。でも窓から見える夜景はレストランのあった最上階とほぼ同じ高さの絶景だし、部屋の内装もやけに豪華だし、ベッドだってふかふかだ。もうこのまま布団の上にダイブして眠ってしまいたいぐらいに。

「陽芽子」

けれど寝てはいけないんだろうな、と思う。まだ眠れないと思う。陽芽子の後でシャワーを使った啓五が傍に寄ってきて、すぐに正面から抱きしめてくるから。

啓五の背中に手を回そうとして、彼の髪がまだ濡れていることに気が付く。ドライヤーはちゃんと用意されているのに、乾かす時間すら惜しかったのだろうか。

「髪濡れてるよ？　ほら、ちゃんと乾かさなきゃ」

「んー……」

しょうがないなぁ、と首にかかっていたタオルで啓五の頭を拭くと、甘えたような声を出された。実際、甘えられているのだと思う。陽芽子の匂いを確かめるように鼻先を首元に押しつけてくる姿は、まるで大型犬のようだ。

タオルの上から髪を撫でていると、柔らかなパイル生地の隙間からじっと見つめられていることに気付く。そのまま見つめ合っているうちに伸びてきた手に後頭部を支えられ、ゆっくりと唇を重ねられた。

「ん……っん」

まだちゃんと拭いていないのに、今の啓五にとっては髪の乾燥などどうでもいいらしい。ベッドの上へゆっくりと押し倒され、着ていたバスローブの結び目をするりと解かれる。

陽芽子の反応を探る黒い宝珠は熱い色を帯びている。相手を威圧する鋭い三白眼に、陽芽子の心は今夜も容易く囚われる。

「啓五くん……あのね」

そんな啓五の指先が身体に触れる前に、陽芽子は彼に伝えておきたいことがあった。啓五との共通認識として、どうしても事前に確認しておきたいことだ。

「一つだけ、約束してほしいことがあって」

「……なに？」

今にも噛みつかんばかりの勢いだったが、一応待ってくれるらしい。陽芽子の言葉を待つその瞳に負けないように、辛い気持ちにならないように、できるだけ明るい声になるように、努めて冷静に自分の意思を伝える。

「いつか啓五くんが結婚するって決まったときは、隠さずにちゃんと教えてほしいの。心の準備が必要だから、その……できれば、早めに」

「……は？」

陽芽子の要望を聞いた啓五が気の抜けたような声を出す。困惑の色を帯びた瞳に、「どういう意味？」と不機嫌に問われる。

啓五と付き合うと決めた直後で後ろ向きな話をすることは、本当に申し訳ないと思う。だがこれは彼と本気で交際するつもりなら、事前に確認しておかなければいけないこと。陽芽子はこの先啓五のことをどんどん好きになっていくと思うが、いつか終わりを迎える関係ならば、常に自分を戒めて言い聞かせておく必要がある。

「啓五くんには、いつかちゃんとした結婚相手が見つかるでしょ？」

例え本家の直系じゃないとしても、啓五は一ノ宮家の御曹司だ。いずれは一族にとっても会社にとっても有益な、どこかのご令嬢と結婚することになるだろう。啓五本人は恋愛も結婚も自由だと言うが、いくらなんでもその相手が自分じゃないことは理解している。そのぐらいは、弁えている。

「私、啓五くんの人生の邪魔にはなりたくないの。でも結婚する相手が決まるまでは傍にいたい。それまでは恋人として傍にいても恥ずかしくないように、がんばるから」

本当はずっと傍にいたいし、傍にいてほしいと思う。他愛のない話をして、美味しいお酒を一緒に楽しんで、見つめ合って、抱き合って、時々甘やかされて。そうやって過ごす日々がずっと続くのならば、これ以上の幸せはないと思う。

でもそれはあまりにも贅沢な願いだ。陽芽子はこれが束の間の夢だとわかっている。だからもし将来を誓い合う相手が現れたら、そのときはちゃんと教えてほしい。お別れまでに心の準備をしたいから、できれば早めに。

「結婚のこと真面目に考えなきゃいけない、って言うから……俺との結婚を本気で考えてくれてるんだと思ってた」

違ったのか、と呟く啓五の表情を見て、一瞬言葉を見失う。切なさで泣いてしまわないようにと視線を逸らしかけた陽芽子だったが、完全に顔を背ける前に啓五に瞳を覗き込まれて、そっと微笑まれた。

「でも、そうだな。確かに好きだとは言ったけど、その先は言ってなかったもんな」

自分の言葉に自分で頷いた啓五が、先ほどのアクアリウムのときと同じく陽芽子の手を掬い取って小さなキスを落とす。けれど今度は指先じゃなく、左手の薬指の付け根に。

「結婚しよう、陽芽子」

「……え？」

「俺は陽芽子と結婚する。他の相手なんていらないし、探すつもりもない」

すっぱりと言い切る潔さに、思わず呆気に取られてしまう。

今、なんて言ったの？　と聞き返す前に、頬をむにっと摘まれる。

「聞こえなかった？　陽芽子は俺と結婚すんの。俺は陽芽子に、一生傍にいてほしい」

真剣な声と真剣な瞳で愛を重ねられ、うんともすんとも言葉が出てこなくなってしまう。

それは紛れもなく、陽芽子がずっと望んでいた台詞だ。

生涯をかけて自分を愛してくれる相手からの誓いの言葉。自分だけに向けてくれる特別な感情の証。陽芽子は何でもできるから、一人でも強く生きていけるから、きっと大丈夫だ、と言って離れていかない。本当はまったく完璧じゃない、強がってばかりで可愛げのない自分を好きになって、大事にしてくれるという確かな誓い。

けれど甘い睦言は、夜のまやかしだ。

「ベッドの中での言葉は、信じないもん」

いつもより少ないとはいえお酒が入った状態で、しかもついさっき恋人同士になったばかりの新しい関係なのに、感情に任せて安易な誓いなどすべきではない。結婚がそこまで簡単なものじゃないことぐらい、啓五だってわかっているはずだ。

もちろん啓五の今の気持ちを疑っているわけではない。でも大事なことをその場の勢いで決めるべきではない。後からやっぱりごめん、と言われることがどれほど残酷であるか、啓五は知らないのだ。

本音を言えば啓五の気持ちが嬉しい。彼は人懐こく優しい性格で、多少自分本位なところもあるけれど、それ以上に陽芽子のことを想ってくれる。いつも懸命に、情熱的に、真っすぐに陽芽子を愛してくれる。

そんな人からのプロポーズが嬉しくないわけがない、けれど。でも――。

「強情だな」

想われていることの嬉しさと、いつかやってくる未来の狭間で次の言葉を探していると、啓五が憮然《ぶぜん》とした様子で深いため息を零した。しかし後に続いた宣言には、背筋が凍りつくほどの冷たさと全身が焼け焦げるほどの熱が含まれていた。

「いい、わかった。それなら陽芽子が俺と結婚するって言うまで、啼《な》かせ続けてやる」

「な、なっ……!?　そんなこと……！」

「嫌われたくないから、強引にはしないけど」

啓五は陽芽子に無理矢理キスした日のことを深く反省しているようだ。確かに陽芽子も驚いたし無理強いをする人は嫌いだと言ったが、決して啓五の想いが迷惑だったとか、啓五を本当に嫌いになった訳ではない。陽芽子もやり返したし、話をちゃんと聞いてくれるならそれでいいのに。

「陽芽子に相応しい相手は俺だけだって認めるまで、頭にも身体にも教え続ける」

そう言って首筋に噛みついてきた啓五は、やっぱり陽芽子の制止など少しも聞いてくれなかった。

すではだけていたバスローブの胸元を思い切り広げられると、啓五の眼下に裸体を晒すことになる。こうなることは予想していたので、シャワーの後は下着も着けていない。陽芽子の身体を見下ろした啓五がふっと表情をゆるめ、そのまま唇を塞いでくる。

「んっ……ぅん」

待ち望んでいたかのような優しいキスは徐々に深さを増し、すぐに舌と舌が絡み合う。わずかに感じるのはディナーで飲んだ白ワインの、甘いマスカットの香り。その甘さを確かめるように、互いの熱を貪り合う。舌を優しく噛まれ、唾液が混ざり合うほどに激しく深く求め合う。

溶かされてしまいそうだ。啓五の温度に。愛欲に濡れた視線に。巧みな舌遣いに。

「啓五くん……あの、そんなに……見ないで」

「うん」

唇が離れるとまた全身を観察される。恥ずかしいから、と名前を呼んで制止を促しても、頷くだけで陽芽子の要望はさらりと流されてしまう。

その代わり何かのスイッチが入ったらしい啓五に、肌に口付けを落とされた。首筋から始まったキスは、鎖骨、肩や腕、胸からお腹、足の付け根の後は太腿を辿り膝へと至る。全身に余すことなくキスされ、時折ぺろりと舐《な》めたり、音を立てて強く吸われたりする。

「ん……ん……ぁ」

丁寧すぎる愛し方に恥ずかしさを覚えて視線を下げると、身体中のあらゆるところに赤い痕が残されていた。それも服を着れば見えないが、浴室の鏡で見れば一目瞭然の場所ばかり。啓五は陽芽子の心にも身体にも所有の証を刻むつもりなのだろう。まるで自分の愛情を目に見える形で残しておくように。

一度膝まで降りた唇が少しずつ上へ、中央へ、と上がってくる。臍《へそ》の下を強く吸われるくすぐったさに身体を震わせると、啓五の両手が太腿を掴んだ。

全身へのキスという可愛いらしい触れ方に油断していたせいか、脚を持ち上げられて左右に開かれたことに気付くのが遅れた。ベッドの傍にある間接照明の光が明るかったこともあり、制止をする暇もなく啓五の眼下に秘部を晒す格好になる。

「だ……だめ、広げないでっ……！」

「すげー綺麗な色……もう濡れてるな」

開かれた股の間をまじまじと見られて、顔から火が出るほどの羞恥を覚える。けれど脚を押さえる啓五の力に勝てるはずもなく、あっという間に彼の顔が秘部に近付く。股の間に顔を埋めた啓五に突然陰唇を舐められると、喉からは悲鳴に似た嬌声が溢れ出た。

「ふぁ、ぁっ……！」

「ん。甘いな。なんでだろ……甘いカクテルばっかり飲んでるから？」

「やっ……そ、そんなわけ……っんん！」

一瞬だけ離れた唇にそう問われても、否定以外の言葉が出てこない。慌てて閉じようとする太腿は再び細長い指に押さえられ、蜜を零す秘裂に熱い舌が這う。

「あぁ、ああ、んっ……」

じゅ、じゅる、とわざとらしく大きな音を立てて愛蜜を啜《すす》られ、部屋中に卑猥《ひわい》な水音が響く。全身に口付けられたせいで身体が火照っていることは陽芽子も自覚していたが、秘部がここまで濡れていたなんて。

「あぁ……ゃ、あ……んっ」

淫花の奥から滴る愛液を吸い尽くされ、小さな突起も舌先で舐られる。

膨らんだ花芽を熱い舌で嬲られると、逃げるように腰が浮く。けれど啓五の舌はどこまで逃げてもちゃんと追いかけてきて、同じ場所ばかりを執拗に責め続ける。

「だめ、だめっ……ふぁ、あぁぁっ！」

舌先で陰核をぐりゅっと押された瞬間、あまりの刺激に腰がビクンと跳ねて背中が仰け反った。突然生じた強い快楽が臨界を超えると、全身が痙攣するように過剰反応する。

「はぁ……あぁ……ん」

下腹部に集中していた熱が放散されていく気配を感じながら、シーツを摑んで余韻が引くまでの時間をやり過ごす。性感帯を直接舐められて激しく達した恥ずかしさは、痙攣が収まった後にやってきた。

「泣くほど気持ちよかった？」

「……っ」

陽芽子が達したことを確認した啓五が、指の腹で自分の唇を拭いながらにやりと笑う。熱を含んだ涙越しに見る啓五は、陽芽子の反応に気をよくしたのかやけにご機嫌だった。鋭い印象の目元がまた柔らかく微笑む。くたりと脱力していると、前髪を掻き上げられて額の上にキスが落とされた。

愛情のキス。優しい口付け。

その甘さに酔っていると、啓五の親指が唇をふにふにと撫でてきた。

「ここにキスするのはダメ？」

「……ううん……する」

「可愛いな。そこは素直なんだ」

陽芽子の返答を聞くと嬉しそうに唇を重ねられる。舌の動きに促されるまま口を開けるとすぐに舌を絡めとられて、くちゅ、ちゅ、と唇も吸われた。

激しくも優しいキスは、角度を変えて、緩急をつけて、何度も何度も丁寧に。

「陽芽子……ずっと、俺の傍にいて」

離れた唇が懇願するように呟く。その必死な声を聞いて懸命な瞳と見つめ合うと、心臓の奥がきゅう、と締めつけられる。

それは陽芽子を恋に落とす呪文。素直になれない白雪姫の心を侵食する、遅発性の毒のような。愛されることを忘れて眠り続けたままの感情を揺り起こすような――本物の愛を教えるような、甘い囁き。

また全身が熱く火照っていく。啓五の声と視線が、愛の誓いは一時の気の迷いではなく永遠のものだと強く訴えてくる。

陽芽子の体温の変化を確認した啓五が、そろりと手の位置を下げた。散々吸われたり舐められたりしてとろとろに蕩けた淫花に、今度は長い指が伝う。その指が蜜口から膣内《ちつない》へ侵入してくると、身体がびくっと反応した。

「ふぁ……っあ……んぅ……」

濡れた愛蜜を中へ送り込むように指が動く。根元まで挿入された啓五の中指がぐるりと掻き回って隘路《あいろ》を拡げると、喉からは甘えるような声が溢れ出た。

「痛い?」

「ん……へい、き……」

心配そうに痛みの有無を訊ねてくるので、途切れ途切れに答えながら首を振る。けれどその間にも指の本数は増やされているし、蜜壺を掻き混ぜるようにゆっくりと中をほぐす手の動きも止まってくれない。しかも反対の手にはいつの間にか小さな袋が握られていて、陽芽子が見ている目の前で歯を使って器用に中身を取り出している。

「陽芽子……」

「っん……ぁ、あっ」

身を屈めて耳元で名前を呼ばれると、その面映ゆさからつい逃げ腰になってしまう。でも逃げられるはずはない。太腿を押さえられ、準備を終えて威勢よくそそり立った陰茎を宛がわれると、逃亡の余地がないことを思い知る。

「あ……っぁあ……ん……っ」

ぬぷ、と卑猥な音を立てて先端が沈み込む。その瞬間、待ちわびていた熱と質量に背中がふるっと震える。不安と期待が混ざり合った場所へゆっくりと侵入してくる塊は、焼けるほどに熱い温度を秘めていた。

「っ……陽芽子」

「ん、んっ……」

一度奥まで突き入れられた肉棒がゆっくりと抜けていく。だが引けたと思う前に再び深くまで挿入され、大きな存在を感じて全身に力が入ると同時に、また腰を引かれる。

こうしてゆるやかな抽挿を繰り返されるうちに、だんだんと圧迫感に馴染んでいくのだろう。と思っていたのに、陽芽子の身体は唐突に絶頂を迎えてしまった。

「えっ……あ……や、ぁああっ！」

「っ……」

再度深くまで挿入された瞬間に、啓五の指先が膨らんだ花芽を擦り撫でた。思いもよらぬ刺激のせいであっと言う間に達してしまうと、身体に強い力が入る。

陽芽子の秘部がきつく収縮すると、啓五も一瞬だけ表情を歪めた。けれど腰の動きはまだ衰えない。それどころか快感に飛んだ陽芽子の痙攣を増幅させるように、より激しく腰を揺らされる。

「もぉ……っゃぁ……い、ってぅ……ってば、ぁあっ」

「ん……知ってる」

急激に絶頂を迎えた余韻で秘部が敏感になっている。だから彼が達するまで中を突かれるのは許容するとしても、花芽に触れるのはやめてほしい。

もう触らないで、と一生懸命に首を振る。けれど楔《くさび》を打ち込む腰の動きも、ゆるく陰核を扱く指先も止まってくれない。

「あ、だ……めぇっ……やぁ……ゆびっ！　はなし、っ……ぁあん！」

長い指先が敏感な場所を擦りあげる度に、更なる快感に襲われて自分でも何を言っているのかわからなくなる。離して、と懸命に訴えると、啓五の親指は熟れた陰核から名残惜しそうに離れていったが、その代わりとでも言うように腰をがっちりと掴まれ、また激しく突き上げられた。

「やあ、あ、あぁっ……ん」

陽芽子を見下ろす黒い瞳が情欲の色に燃えている。鋭い視線を感じるだけで、期待と恐怖が混ざり合う。

ふと目が合った啓五の唇が、

「可愛い」

と動いた直後、その端が吊《つ》り上がる瞬間を間近で目撃する。

啓五の表情ひとつで心が揺れ、身体もぞくっと震えてしまう。自分はこのまま、彼にどうにかされてしまうのでは、と危険すら感じる。

「陽芽子……可愛い」

微かな戦慄を読み取ったのか、再び同じ褒め言葉を紡がれる。啓五は陽芽子の警戒心を拭おうとしたのかもしれないが、摑まれた腰を固定されて再び前後に動き出すと、結局すべてが甘く霞《かす》んだ。

「あ……ふ、ぁ……んんっ……」

十分に慣らされていたせいか、溢れる愛液が摩擦を軽減しているせいか、数か月ぶりに受け入れる割に痛みは一切感じていない。それどころか、ずりゅ、ぐちゅっと濡れた音と内壁を抉《えぐ》る音が重なると、恥ずかしさ以上の悦楽が全身を支配する。

「っやあぁ、あっ……！」

「……ひめ――っ！」

きゅう、と締め付けると同時に、挿入されていた陰茎も暴発したように震えた。制御不能のまま身体の中を暴れまわる熱で、お腹の奥を焼かれたように感じる。

「はぁ……あ……は、ぁ……」

「ごめん、陽芽子。無理させたな」

「ん……」

蓄積していた熱を放出したことで、啓五の瞳に宿っていた肉食獣のような鋭さがサッと鳴りを潜めた。代わりにまた大型犬のような人懐こさが戻ってきて、首やら胸やらに何度も吸い付かれる。

啓五の愛情表現は外見に似合わず可愛らしい。抱きしめたり、頬や唇にキスをしたりとやけに身体に触れたがる。

けれどそんな触れ合いもすぐに終了する。陽芽子が甘い余韻に浸る暇は少しも与えられず、疲労感の残る身体をぐっと抱き寄せられる。

力強さと相反するような優しさで訊ねられたのは、

「陽芽子、上に乗ろうか?」

という命令のような要望だった。

啓五の問いかけにぼんやり顎を引くと、ベッドに寝転がった啓五が自分の腹の上に陽芽子の身体を引き上げた。快楽の余韻を含みつつ汗ばんでいても爽やかな啓五の顔を見つめていると、その間に手早く準備を終えた熱塊で再び蜜孔を貫かれた。

「っふ、ああぁっ……!」

「く、っ……すげ……」

「あぁん……ん、ぁあっ!」

「……かわいい」

二度目の挿入には一切の抵抗感がなく、昂《たかぶ》った雄竿を簡単に呑み込んでしまう。自重の負荷もあり、より深い場所を突いてきたものをきゅうぅと締め付けると、啓五の表情にも興奮と快感の色が滲んだ。

「やっ……これ、ゃあっ……ん！」

下から突き上げるような動きで、小刻みに腰を揺らされる。その間も啓五の手はやわやわと両胸を揉み撫で、親指と人差し指を巧みに操って乳首を挟むように刺激される。細長い指の器用な動きに、自分でも感じすぎていると思うほど敏感に身体が飛び跳ねた。

「あぁ、あっ……は、ぁ……ん」

胸を撫でながら腰を動かして、陽芽子の感じる場所ばかりを的確に突いてくる。その度に物足りないとでも言いたげに身体が反応するが、啓五を求める決定的な言葉は簡単に口にできない。

「だめ、だめ……ぇ！」

「もう？」

「ん、ぅんっ……もぉ……ぁあ、ああっ！」

やはり自分の身体はどこかおかしくなってしまったのかもしれない。名前を呼ばれて、触れられて、口付けられて、腰を突き込まれると、あっという間に絶頂を迎えてしまう。啓五の昂ぶりを待たずに身体が快楽で満たされ、簡単に果ててしまう。

「陽芽子は休んでていいから」

「え……？　な、なに……？」

強すぎる刺激の連続でぼんやりとする頭の中に、啓五の艶声が響いた。彼は自分の胸の上に陽芽子の身体を預かったまま、手だけを器用に動かしてすぐに下半身の処理を済ませる。

実は啓五も達していたのだと気付いて安堵したのは、ほんの少しの間だけ。疲労した頭で彼の提案の意味を考え、かなり遅れてから理解が追いつく。

「や……けいっ……！」

「ん、もう着けた」

「え……ま、っぁ、あぁぁッ！」

陽芽子が啓五の胸の上で半身を起こすと同時に、再び深くまで挿入される。連続で絶頂させられては休む間もなくまた揺さぶられ、思考がまったく追いつかない。

どうにか啓五の胸に手をついて、身体が崩れ落ちないように耐える。だが激しい抽挿を繰り返されれば意味のある言葉を発せず、喉からはひたすら甘ったるい声が溢れてくる。

「あぁ、あ、っ……んっ……ふぁあっ」

「ん……いい表情」

啓五の感心したような声を聞いて、ふるふると首を振る。恥ずかしい実況はやめてほしいのに、啓五は陽芽子が照れて恥ずかしがる反応さえ楽しんでいるようだ。

「だめ、けいごく……ひぁ、あぁぁっ……！」

そのまま何度か突き上げられると、またすぐに達してしまう。ぬるぬると滑る結合部には摩擦がほとんど存在せず、下腹部を貫く熱が陽芽子の判断力をあっさりと奪った。

啓五の胸に脱力した身体を預けて、呼吸を整える。ほどよく筋肉がついた男性らしい腕にゆったりと抱きしめられたまま、ぼんやりする頭を必死に働かせる。それと同時に、疲労と虚脱感のせいで自然に落ちてくる瞼の重さと必死に戦う。

陽芽子が小さな格闘をしている間にも、啓五の手は陽芽子の腰をするすると撫で始めている。また熱を灯すように。官能の泉へ誘うように。

「啓五くん……ちょっと、休も？　ね……？」

「可愛いお願いは、ずるいな」

啓五の身体の上に跨《また》がったまま訴えると、くすくすと笑われてしまった。でも笑いごとではない。体力のある啓五は平気かもしれないが、陽芽子は疲労と快感の連続ですでに全身の感覚が麻痺している。

啓五にもこの状態を理解してほしくて、そっと顔を覗き込む。けれど再び動き出した彼の行動の方が一瞬早く、腕に包まれながら身体をころりと転がされると、抗議の言葉はシーツの上に吸い込まれて消えていった。

「でもダメ。まだ陽芽子の口から、ちゃんと聞いてない」

「ふぁ……っぅ……ん」

何を、と問いかける前にまた唇を塞がれてしまう。ベッドに仰向けで沈む身体に覆い被さって顎先を持ち上げ唇を重ねられると、思考も感情も反論も簡単に奪われる。

啄《ついば》むような口付けを繰り返しつつ、啓五の指は陽芽子の閉じた陰唇を開き蜜に濡れた萌芽をカリカリと引っ掻く。

「だめ、っ……そこ、やっ……！」

すでに自分が何度達したのかも覚えていない。キスの合間に首を振ってみても、啓五はやっぱり止まってくれない。

「あっ……あっ、ぁ、あんっ」

花芽を刺激し、蜜口をほぐし、中のザラついた場所を押し広げながら性感帯のすべてを丁寧に愛撫される。下腹部に蓄積した熱を外へ掻き出そうと、啓五の手が速く激しく動く。

「あぁ、んぅ……ふぁ、あぁぁ……っ！」

「……ああ、たくさん出たな」

啓五の楽しそうな声が耳に届いたことで、女性であるはずの陽芽子が熱液を放出してしまったことを知る。先ほどまでとは比べ物にならないほどシーツがぐっしょりと濡れていて、なんてはしたないことを、と羞恥心でその場から消えたくなってしまう。

身体をこんな風に高められて乱された経験などなく、このままでは越えてはいけない境界を飛び越えてしまう気がする。しかし止めたくても止められない。抑えたくても、抑えられない。啓五に与えられる熱を自然と求め、何度も達しては快感を貪ろうとする身体を一切コントロールできない。

「……する、から」

啓五のすべてに溺れていく自分が、怖い。

「ん？」

「けいごくんと、結婚……する」

　それならばもう、自分の感情を全面的に認めて白旗を振ってしまった方がいい。自分が自分じゃなくなる前に、啓五にすべてを委ねてしまいたい。いつかの終わりのことなど今は考えず、本当は自分の願いと啓五の望みが一致していることを素直に伝えれば、この甘く激しい快楽責めから逃れられる。そう、思ったのに。

「だからもう……」

「いや、止めないけど？」

　陽芽子の切望はあっけなく拒否される。ついさっきまで自分と結婚してほしいと必死に口説いていたのに、結婚すると認めるまで啼かせ続けると言っていたのに、驚くほどにさらりと突っぱねられた。さっきと、言っていることが全然違う。

「ベッドの中での言葉は信じない」

「⁉」

　困惑する陽芽子の耳元に、先ほど自分で口にした言葉が返ってくる。その間も啓五の手は陽芽子の胸をふわふわと摑むように撫で、こめかみにキスを落としてくる。しかし可愛らしい愛情表現の間に告げられた言葉は、灼けるほどの熱を帯びていた。

「陽芽子、もう止めてほしいからって適当に言ってるだろ。明日起きたら『そんな約束はしてない』って反故にするつもりで」

「そんなこと……っ」

「だから、絶対に俺と結婚するって本気で誓うまでは止めない」

言うや否や再び陽芽子の太腿に手を添え、片足を自分の肘にかけて持ち上げられる。いつの間に準備をしたのか、再び避妊具を被せたそれはまた熱を孕《はら》んで膨張していた。

「ちょっ……！　っぁ、あぁぁっ……ん」

ヒクつく蜜壺に宛がわれた凶器を、そのままじゅぷっと挿入される。いくらでも溢れてくる愛液は暴れる熱塊を容易く滑らせ、蠢く肉壁も歓喜するように纏わりついていく。

深い口付けと深い挿入を同時に与えられた陽芽子は、その激しい淫悦に身を焦がした。

「んっ、っぁ、あ、あッ……」

「陽芽子……ッ」

「や、ぁん……っ、けい、ご、く……っ」

奥を突かれる度に、身体が悶《もだ》えるように反応する。蜜壺を満たす熱棒を締め付け、胸の頂の蜜飴《あめ》はさらに屹立し、喉の奥からは自分のものとは思えない甘い声と台詞ばかりが際限なく溢れてしまう。

「そこ……ぁん、あっ……しちゃ、やだっ……」

「なんで？」

「おくっ……きもち、い……からぁっ……あぁ、っ」

啓五の突き上げと問いかけに首を振ってイヤイヤと拒否する。激しい抽挿で痺れた下腹部は感覚も鈍っているが、トントンと最奥を突かれると勝手に涙が溢れてしまう。

こんなに余裕がなくなるなんて、こんなにも激しい行為に溺れてしまうなんて、まるで自分が自分じゃなくなってしまうみたいなのに。

「ここ、好きなんだ。……やらし」

「ちが、っ……ぁん」

啓五の小さな呟きにさえ、身体が過剰に反応する。そんな言い方をされたら、陽芽子が特別に淫らな人みたいだ。だから恥ずかしい言葉で責めないでほしいのに、啓五はむしろ嬉しそうに笑う。自分も同じだから、それでいいとでも言うように。

「結婚したら、ここにたくさん出してやる」

「そ……っ、そんなこと……！」

「でも今は、まだ我慢。……俺も、な」

ぼそりと付け足した言葉に返答する前に、くんっ、と腰を突き上げられる。その直後、蜜孔の一番奥からじゅわりと愛液が滲み出る感覚が広がった。

恥ずかしい。まるで奥に啓五の精を受ける瞬間を期待しているみたいで。その日がきたら、もっと身体が反応して悦んでしまう予兆のような気がして。

違う、と否定したくても、陽芽子の腰を摑まえて抽挿のスピードを上げる動きは止まらない。

「やっ、あ……あっ、んっ……！」

「陽芽子……っ」

肌と肌がぶつかり、剛直が蜜壁を抉るように暴れ回る。身体中にあるすべての性感帯に触れられ、そこから快感が波及したように全身が震える。額に珠の雫《しずく》を浮かべながら、口の端をつり上げて陽芽子の名前を繰り返し呼ぶ啓五に、また少しだけ恐怖を感じる。

陽芽子はきっと、もう啓五から離れられない。自分から言い出したくせに『他の人と結婚することになった』と言われたら、陽芽子はたぶん泣いてしまう。

「やぁ、あんっ……けい……っぁあ」

喘《あえ》ぎながら、キスをねだる。腕を伸ばすと身を屈めて唇を重ねてくれる優しい人に、この感情が伝わればいいと思う。今まで知ることのなかった愛を教え込まれた分、陽芽子もちゃんと返したいと思うから。

「けい……く、ぅ……んぅ！」

啓五は陽芽子が欲している快感をちゃんと与えてくれる。気持ちいい場所ばかりを正確に突いてくる。陽芽子の本心も、本当は全部お見通しみたいに。

「陽芽子……ひめ……こ」

「ひぁ、あぁぁ、ああっ……！」

蜜壺の奥から快感がせり上がってくると、身構える間もなく弾けてしまう。背中を仰け反らせて絶頂を迎えると、啓五の陰茎をきゅぅんと締め付けるように力が入る。身体が小刻みに跳ねて悦楽を極めると同時に、啓五も薄い膜越しに熱を吐き出した。

強烈な快楽が過ぎ去ると、すぐに腰を引いて陽芽子の身体をシーツの上へ戻してくれる。

整わない息と熱が引かない身体で、再び見つめ合う。きっと啓五は知らないのだろう。その目にじっと見つめられる度に、陽芽子が何度も恋に落ちていることを。

（ワガママ言っても、いいのかな……）

表情をゆるめた啓五が頭を撫でてくれる。さらさらと髪を梳《す》くような優しい触れ方は、彼の熱と愛情を受け止めることに対する褒美のようだ。

（傍にいたいって言ったら、ずっと一緒にいてくれる……？）

ふわふわと頭を撫でられる心地よさとまどろみの中で、そんなことを考える。口にしたら喜んでくれるはずの――でもいつの日か啓五を困らせてしまうかもしれない言葉を。

陽芽子の願望など啓五は知らないはずなのに、彼はまた愛情を注ぎ込もうとする。瞼の上にキスを落としつつも、その手はシーツの上に転がったままの小さな箱へ伸びている。

再び愛し合うために。次の準備をするために。

「ま、って……」

視界の端でその動きを認識した陽芽子は、慌てて制止の声をかけた。

「も……ほんと、に……」

これ以上は、本当に体力が保たない。元々、あちこち動き回ってあくせく働くような仕事をしている訳ではない。同性の同年代の人と比較しても体力がないのは自覚している。

その自分より若く、食べ盛りの働き盛りで性欲の衰えも知らないであろう啓五についていけるほど、陽芽子の身体は頑健ではない。

だから焦ってその動きを止めようと思ったのに、急激な疲労感に襲われてしまう。

先ほどまではこのタイミングで性感帯を撫でられたり、深くまで挿入されたりしていたので、強制的に身体が覚醒状態に引き戻されていた。けれどこうやって体温同士が密着して愛でるように頭を撫でられたら、あとはもう眠りの世界へ沈んでいくだけだ。

「……陽芽子？」

「……」

「ん？　寝落ちした……？」

もはや返答する気力も身体を動かす活力も残されていない。陽芽子自身は一応「うん」と頷いたつもりだったが、実際には声が出ていなかったようだ。

しばらく心配そうに声をかけてきていた啓五も、やがて諦めたように苦笑する。

「陽芽子はずるいな。夢の中じゃなくて、俺に落ちてくれなきゃダメだろ」

耳元で囁くように責められるけれど、本当にずるいのは啓五の方だ。何もわからなくなるほど深くまで愛して、頭も身体もいっぱいになるまで愛の言葉を詰め込んで、陽芽子の逃げ道を全部奪っておいて、ずるいだなんて。

朦朧《もうろう》とする意識の中では、反論もできない。夢の底へ沈んでいく重だるい感覚が全身を支配する。もう指一本も動かせそうにない。

そうして髪を撫でられながら聞いた、

「おやすみ」

という啓五の呟きは、現実世界から陽芽子の意識をふわりと切り離した。

＊　＊　＊

遠くから啓五の声が聞こえる気がして、夢の世界からゆっくりと覚醒する。

ここどこ……？　とぼんやり考えながらモゾモゾ身体を動かすと、シーツも枕もベッドカバーも自分の家のものではないことに気が付いた。

ぱちりと目を開くとほぼ同時に、啓五がベッドの端に腰を下ろしてくる。

「おはよ、陽芽子」

「……おはよう、ございます」

「なんで敬語？　寝ぼけてんの？」

髪を撫でながら笑われると、昨日の行為の最初から最後までを怒濤《どとう》の勢いで思い出す。恥ずかしさのあまりシーツの中へUターンする陽芽子と違い、啓五は朝から楽しそうだ。

どうやら彼は誰かと電話をしていたらしい。先ほど聞こえた声を思い出して、土曜日なのに仕事なのかな、と考えていると、突然ベッドカバーを剝ぎ取られた。情けも容赦もなく、一気に。

唯一の防御装備を奪われて悲鳴を上げそうになると、啓五がソファに置いてあったバスローブを身体にかけてくれた。

「もう少しでルームサービスがくるから。顔洗ったら、一緒に食べよう」

「……うん」

啓五に促されてそっと頷く。身支度のためにベッドから降りようとすると、伸びてきた啓五の腕に突然ぎゅっと抱きしめられた。

「陽芽子、俺と結婚してほしい」

「⁉」

唐突に昨晩の続きを囁かれ、ぱっと顔を上げる。至近距離で目が合うと、啓五がにこりと笑顔を浮かべた。楽しそうに、照れる陽芽子を揶揄うように。

「え……な、なんで……？」

「いや、だってシてるときの言葉は信じてくれないんだろ？」

「！」

さらりと確認され、また驚愕してしまう。

陽芽子は昨夜、啓五の求愛にちゃんと頷いた。甘い言葉を何度も囁かれ、蕩けるほどの愛情を注がれ、優しいキスと丁寧な指使いを受け入れ、その想いにちゃんと応えた。なのに啓五は改めて確約をほしがる。陽芽子の口から望む言葉を言わせようと、腰に回した腕に力を込めてくる。

「ようやく恋人になれたんだ」

陽芽子がまごついていると、また嬉しそうに笑われた。とりあえずこの場で言わせることは諦めたのかと思ったが、啓五の態度はまったく軟化していなかった。

「次は婚約者にならないとな」

「なんで⁉」

ステップアップが超特急すぎて、全然ついていける気がしない。

＊＊＊

罠《わな》だ。しかも回避不可能な。気付かずにのこのことついてきた陽芽子も間抜けだと思うが、こんなにも大胆な罠を仕掛けて強制執行に踏み切る啓五も啓五だ。

困るに決まっている。陽芽子ではなく、目の前に座る男性が。

「ってわけで祖父さん。俺、結婚するから」

IMPERIALのＶＩＰルームにある豪奢なソファに腰を落ち着け、肘置きに頬杖をついて堂々と宣言する。相手は啓五の態度こそ気にした風はなかったが、表情には困惑が浮かんでいた。

「いやいや……お前は本当に……」

呆れた表情を見せる男性に、見ていた陽芽子もつい同情してしまう。

「昔から突拍子もない行動ばかりなのは、親に似たのかのう」

そう言って酸味の強い梅干を食べたような顔をしているのは、他でもないルーナグループの現名誉会長にして啓五の祖父である一ノ宮将三《しょうぞう》だ。和服を身に纏った七十代半ばほどの男性は、一見すると普通に街中を歩いていそうなほど素朴な印象の人物だった。しかし陽芽子と啓五を見据える目からは強い気迫と堂々たる貫禄が感じられ、詳しく語られなくても彼がルーナグループの全権を握っている意味と理由は容易に想像できた。

今朝、陽芽子が目を覚ます前に啓五が電話をしていた相手は彼だったのだろう。孫の突然の呼び出しに応じてくれたのはいいが、目の前に婚姻届を用意されて、証人欄を記入してほしいと言われればそれは驚くに決まっている。

もちろん陽芽子も驚いた。週末の予定はないと申告するとすぐにホテルから連れ出され、その足で百貨店に向かい、服から靴まで全身の装いを一新された。さらに役所の休日窓口から婚姻届の用紙をもらった直後にIMPERIALに向かい、現在に至る。目まぐるしいにもほどがある。

「白木陽芽子さん」

「はい」

「こちらの都合で申し訳ないが、貴方のことは調べさせてもらったよ」

「……はい。承知いたしております」

将三に名前を呼ばれて、陽芽子の全身に緊張が走る。しかし告げられた内容に対する怒りや驚きはない。手早い身辺調査も、陽芽子の意思を確認する言葉も、想定の範囲内だ。

「陽芽子さんは啓五のことをどう思っている？　一ノ宮の財産が目当てか？　経営者の妻

の座がほしいか？」

「祖父《じい》さん！」

将三の直接的な質問に、啓五が焦ったように立ち上がる。

「陽芽子を困らせることを言うのは止めてくれ」

「何を言っているんだ、お前は」

ムスッと不機嫌な声を出す啓五だったが、将三の声はそれ以上に不機嫌だった。

啓五の顔を睨んだ将三は深い息をついて「いいか、よく聞け」と短く前置きする。

「自分の名前を書いて印を押す以上、すべての責任を自ら背負う必要がある。仕事に関係があるかどうかじゃない。どんな状況でも必ず自分の目で確認して、自分の頭で判断しろ、といつも教えているだろうが」

将三の言う通りだ。社長や副社長という重役に就く彼らは、書類に自分の名を記して印《いん》を押す機会も多いだろう。けれどその工程が当たり前になり、流れ作業のように署名と捺《なつ》印を繰り返していると、大事な情報を見逃す可能性がある。本当に必要な確認を怠る可能性がある。将三はその危険性を省みるために、自己判断と自己責任の重要性を説いているのだ。

改めてまっとうな説教を受けた啓五が、不機嫌に唇を尖らせる。対する陽芽子は至って冷静だった。もちろん将三の危惧しているような事実はないが、それでも陽芽子の口から答えを聞かなければ納得しないだろう。

「正直に申し上げますと、一ノ宮家のしきたりや作法については存じ上げないことも多く、至らぬところばかりです」

だから陽芽子も顔を上げて〝皇帝〟を見据える。

自分の言葉で、自分の意思を示すために。

「でも私は、啓五さんの傍にいたいです。啓五さんと支え合って、少しずつでもお互いに成長できる関係でいたい、と思っております」

「……そうか」

陽芽子の答えを聞いた将三が、深く頷く。それから陽芽子の決意に満足したような朗らかな笑みを浮かべ、傍に控えていた中年の男性に自身の印鑑を用意するよう命じる。

「事前に報告してきただけ、子どもたちよりはマシなんだろうな」

書類の準備を待つ静かな空気を打ち破ったのは、将三の些細《ささい》な一言だった。クックッと笑う将三と目が合うと、目尻の皺を深めながら楽しげに語り始める。

「私は息子や娘の育て方を完全に間違えたらしい。遠縁の娘と勝手に籍を入れる奴、駆け落ちする奴、結婚式に乗り込んで花嫁を奪ってくる奴、未成年に手を出す奴、政治家の子どもを身籠る奴。……全部、事後報告だった」

将三に子どもが五人もいることにも驚いたが、列挙された話は陽芽子の想像を超える状況のオンパレードで、ただただ絶句するしかない。首を動かして隣にいる啓五の表情を確認すると、彼もしかめ面をしていた。

「えっと……啓五くんのお父様は？」

「……花嫁を奪ってきた奴」

陽芽子の質問を受けた啓五が、ばつの悪い顔をしてフイッと視線を逸らした。将三の話はどれも現実離れしていたが、啓五の父はそのうちの花嫁強奪犯らしい。中でもとりわけ周囲への影響が大きい事案な気がする。

「お前もそういう所は誠四《せいじ》に似てるからなぁ」

「似てないって。俺は陽芽子の意思はちゃんと尊重してる」

「本当か？」

再確認された啓五には、思い当たる節があったのだろう。改めて問いかけられるとそのまま黙り込んでしまったので、陽芽子も色んな事情を思い出してそっと俯いた。

「ほら、これでいいな」

そうこうしているうちに、将三は婚姻届の証人欄を書き終えたらしい。捺印された印鑑は陽芽子が見たこともない難しい字体だったが、確かに『一ノ宮将三』と記されている。それに豪胆で荒々しい筆跡も、一ノ宮の頂点に君臨する者に相応しい。たったそれだけで、ただの届け出用紙だと思っていた一枚の紙がズシリと重さを増した気がした。

「陽芽子さん」

のそっと立ち上がった将三が、陽芽子を見下ろしてニヤリと笑う。

「啓五に愛想が尽きたら、私に言いにきなさい。啓五よりいい男を紹介してやろう」

「祖父さん！」

啓五の慌てた様子を見て高笑いした将三は、そのままご機嫌な足取りでＶＩＰルームの奥へ消えていった。前回来たときは気付かなかったが、このフロアは螺旋階段だけではなく奥に設置してあるエレベーターでも一階との行き来が可能らしい。

「お祖父様、面白い人だね」

「まあ、一ノ宮の中では話が通じる方だと思うけどな……」

啓五はぐったりとした様子で眉間を押さえているが、将三はまごうことなきルーナグループの頂点に立ち、一ノ宮家の当主に座す御身だ。彼が右だと言えば誰も左は向かないし、白だと言えば黒も赤も青も白に変わるのだろう。

だから啓五は誰にも文句を言われない相手を証人に選んだ。啓五が目的を達成してほしいものを確実に手に入れるためには、将三以上の適任者などいないだろうから。

「陽芽子」

もし啓五の意思を覆して文句を言う人がいるとしたら、あとはもう陽芽子本人ぐらいのものだ。だから啓五は最後の砦《とりで》を切り崩そうと動き出す。本当はもう陥落していると知っているのに、自分の手中に落ちていることを再確認するために。

「そんな風に思ってくれてたんだ？」

「え？　あ……」

「俺も、陽芽子にずっと傍にいてほしいと思ってる」

ソファの背もたれに手をついて逃げ道を塞がれ、動きを封じ込められる。さらに指で顎を掬い取られ、顔を覗き込まれる。

「俺と、結婚してくれますか」

優しい声音で問いかけてはくれるが、きっと有無など言わせないだろう。ならば陽芽子も頷くしかない。どきどきとうるさい心臓も、相反するように実は安心している気持ちも、先が見えない未来も、啓五の傍にいたいと思う素直な気持ちもひっくるめて。

「……はい。よろしくお願いします」

ぽつりと呟いた陽芽子の返答は、近付いてきた啓五の唇にあっさりと奪われた。

＊　＊　＊

店名の「IMPERIAL」とは、他でもない一ノ宮将三を示すものらしい。皇帝の名に相応しい威厳と風格を漂わせる人物の登場には陽芽子も驚いたが、彼は意外にも話しやすくて洒落のきく人物だった。

「皇帝の隣に俺が名前を書くのか……」

将三が退店した後でいつものカウンター席に腰を落ち着けた陽芽子と啓五は、環の前で再度婚姻届を開いた。環は二人目の証人欄に自分の名前を書くことは承諾してくれたが、隣にある名前を見ると重圧を感じてげんなりしたようなため息を零した。

「陽芽ちゃん、親の名前じゃなくていいの？」

環に問いかけられ、「うん」と小さく顎を引く。確かにここに名前を書くことで、自分の娘や息子の結婚を実感する親も多いだろうけれど。

「うちの両親、ほとんど日本にいないから」

「へえ、そうなんだ」

陽芽子の父は大手建設会社に勤務しており、主として東南アジアに公共施設やマンションを建設する事業に携わっている。父と母は娘の目から見ても仲睦まじく、陽芽子が高校を卒業する頃には母も父の出向先についていくのが当たり前になっていた。よって所在がころころと変わる二人の居場所は、陽芽子も正確には把握していない。

もちろん結婚するとなれば一時的に帰国してくれるとは思う。だが婚姻届のやりとりをするのは少々面倒なので、環がその役目を受けてくれるのならば願ったり叶ったりだ。

「これでいい？」

「さんきゅ」

環の署名と捺印を確認した啓五が、不備のないよう書類をチェックして頷く。

契約の瞬間。協定への調印。こうやって見ていると、取引先とのやりとりみたいだ。頭の中の副社長のイメージと啓五の姿が重なって、なんか重役っぽいな、と安直な感想を抱いてしまう。

その契約の当事者が自分であることを唐突に思い出して、ハッと我に返る。啓五の勢いに押されてここまできたが、両親はもとより友人にも勤め先にも何の報告もしていない。普通なら徐々に周囲へ報告や連絡をして、心と環境を少しずつ準備していくところなのに。

「それ、すぐ出すの……？」

ただの紙切れ一枚だが、その婚姻届を役所に提出すれば、陽芽子を取り巻く環境には大きな変化が訪れる。もちろん啓五も同じだろう。

おそるおそる訊ねると、啓五が綺麗に折り畳んだ書類を陽芽子の目の前に差し出してきた。

「これは陽芽子に預けておく。不安になったり、すぐにでも結婚したいと思ったら、好きなタイミングで出していいから」

判断は陽芽子に任せる、と啓五が微笑む。その言葉にまた驚いてしまう。

陽芽子はずっと、自分も早く結婚したいと思っていた。その理由は辛いときや寂しいとき、誰かに頼りたいときに、うんと甘えられる人に傍にいてほしかったから。大変な日々からほんの少しだけ抜け出て、疲れをほぐすように癒されて、お互いを高め合っていけるような存在がほしかったから。不安定な『恋人』という関係ではなく、法律さえも認める『家族』の関係がほしかったからだ。

啓五はきっと、陽芽子のそんな不安と願望を理解してくれるのだろう。陽芽子が強く願ったら、いつでもその関係を始められるように。

右手を出して、折り畳まれた婚姻届を受け取る。

「――って、言えたら格好がつくんだけどな」

その直前、啓五が自分の頭よりも高い位置へ書類を持ち上げてしまった。

当然、陽芽子がそれを受け取ることはなく。

「……え？」

「これは俺が預かる」

「え、えええぇ……？」

差し出した手に何も乗せられない虚しさを感じていると、代わりに啓五の微笑みが落ちてきた。つい数秒前まで陽芽子の感情を優先してくれていたはずの優しい婚約者に、あっさりと手のひらを返された気分を味わう。

「私、そんなに信用ない？」

紛失すると思われてる？　それとも汚すと思われてる？　なんて、ぐぐぐ、と啓五の顔を見上げると、そっとため息をつかれた。しかしそれは陽芽子へ向けたものではなく、きっと啓五が自分自身へ向けたもの。

「そうじゃない。俺に自信がないんだ」

「……え？　自信？」

「そう。陽芽子、自分が年上だってこと気にしてるだろ？」

陽芽子の内心を見破る唐突な質問に、どきりとしつつも顎を引く。大人げないと思われるかもしれないし、信用していないと怒られるかもしれない。それは頭ではわかっているけれど、やっぱり気になってしまう。

啓五は陽芽子より三歳も年下だ。男性という生き物には、より確実に子孫を残せる相手を選ぶ本能が備わっているという。だから啓五が自分の子どもを確実に産める若い相手を選んだとしても、それはそれで仕方がないと思う気がする。もちろん悲しくて悔しくてショックを受けるだろうけれど、最終的には最初から勝てない勝負だったと諦めてしまうかもしれない。

「けどそれと同じぐらい……いや、それ以上に俺の方が、年下なことを気にしてる」

ずん、と沈んでしまいそうになった陽芽子の頭上に、啓五の意外な告白が落ちてきた。数秒遅れて顔を上げると、再び苦く笑われる。それは陽芽子も初めて耳にする、啓五の不安の感情だった。

「俺より経験豊富で包容力のある男が陽芽子を本気で口説いたら、俺には勝ち目なんてないからな」

年の差というものは、どんなに頑張ったところで永遠に埋まらないものだ。若い女性が啓五の傍に立って陽芽子をおばさんだと罵っても言い返せないように、大人の余裕を持つ男性が陽芽子の隣から啓五を子どもだと揶揄しても、事実なので言い返せない。確かにその言い分はわかるけれど。

「……え、本気でそんなことあると思ってるの？」

「当たり前だろ」

しかし陽芽子はそもそもそんな状況に陥るはずがないと思う。と考えているうちに、婚姻届はバーカウンター上の陽芽子の手が届かない位置まで遠ざけられてしまった。

「もし浮気なんかしたら完全に奪われる前に法的に俺のものにするから、そのつもりでいて」

絶対に奪わせない。手に入れたのだから離さない。その契約書だけは間違っても破り捨てさせない。離れるつもりなら強制的に縛りつける。……と、啓五は年下のわがまま特権を存分に行使してくる。存在もしない相手に敵意を剝き出しにして。

「それならさっさと出しちゃえばいいじゃん」

会話を聞いていた環が呆れ半分、揶揄い半分で口を挟んでくる。その提案を耳にした陽芽子は『週明けから急に名字が変わるのは困る』と思ってしまったが、あまりに性急すぎると不都合が生じるのは啓五も同じらしい。

「本当は俺もそうしたいが、親父への根回しを一切してないからな。少し準備期間がいる」

「まあ、そりゃな。いくらなんでも勢いで決めすぎだろ」

「仕方ないだろ。最悪、親父の方は祖父さんの名前を出せばどうにか押し通せる。けど陽芽子に他の男と結婚されたら、もう取り返しがつかない」

結婚相談所なんて、相手が見つかったらその先はあっという間だろ？　と啓五がつまらなさそうに口を尖らせる。

「俺が知らないうちに結婚が決まって、次の火曜日に知らない男がここに座ってたらと思うと気が気じゃない。本当はこれでも遅すぎるぐらいだと思ってるよ」

「啓五くん、さっきから何の心配をしてるの……？」

他の男性が口説いてきたらとか、浮気したらとか、結婚相談所に登録したらすぐに相手が見つかるような言い方とか。そこまで異性にモテるのなら、陽芽子はとうの昔に結婚している。誰にも相手にされず、恋人にもあっさり捨てられ、あまつさえ職場では毒で死なない白雪姫とか魔女などと揶揄される始末なのだ。啓五が心配するような出来事はどう考えても起こるはずがないのに。

「だから言ったじゃん。啓は陽芽ちゃんにどんどんハマっていくって」

ひとり困惑しているとまた環に揶揄われた。そういえば以前そんなことを言われていたっけ。

「そ。溺れてんの」

陽芽子はあの日と同じく否定しようとしたが、それよりも啓五が肯定する方が早かった。あっさりと認めた後は、さも当然のような顔をして「ダイキリ」の濁った白い液体を喉の奥に流し込んでいる。

「言い切ったよ……」

「……恥ずかしい」

呆れる環と赤面する陽芽子の言葉は聞き流されたので、陽芽子も婚姻届を預かることは諦めた。元より一ノ宮の御曹司である啓五が自分の意志だけで簡単に結婚できるとは思っていない。ここから先は、なるようにしかならないのだ。

苦笑しつつグラスの中の「スプモーニ」を空にすると、環がすぐに次のカクテルを用意してくれた。

「たまちゃん、これは……？」

「ハネムーンっていうカクテル。ちょっと度数はあるけど、りんごのブランデー使ってるから飲みやすいと思うよ」

環が出してくれたカクテル「ハネムーン」のグラスの中は、柑橘の鮮やかな色と爽やかな香りで満ちている。オレンジ色の底に沈んでいるのは、可愛らしく顔を赤らめたマラスキーノチェリーだ。

「俺の奢り」

「えー？　気が早いよ？」

「いいんだよ。結婚祝いじゃなくて、婚約祝いだから」

環がにこにこと嬉しそうな顔をするので、出されたカクテルをひと口飲んでみる。コクリと喉を通り抜けたアルコールは、熟成されたりんご酒《カルバドス》にレモンやオレンジの酸味が効いていて飲みやすい。

なるほど。甘酸っぱい恋と奥深さのある愛を詰め込んだ蜜月の名を冠するカクテルは、新しい門出を迎えるカップルにぴったりだ。

「美味しい」

「よかった」

環なりに陽芽子と啓五を祝福してくれているのかと思うと、少しだけ恥ずかしくて照れくさい。思えば彼のおかげで啓五との距離が近付いたのだ。そのうちに環にもちゃんとした形でお礼をしたいと思う。

「勝負酒には丁度いいな」

ふと隣から聞こえた呟きにつられるよう顔を上げる。バーカウンターに頬杖をついた啓五は、陽芽子の顔を覗き込むと困ったような笑みを零した。

「まだいるだろ？　俺と陽芽子が結婚するために説得しなきゃいけない大物が、七人も」

＊　＊　＊

啓五に『説得が必要な人が他にあと七人いる』と言われたときは、さすが一ノ宮の御曹司、と思ってしまった。しかしその七人は啓五の知り合いではなく、他でもない陽芽子の可愛い部下達だった。

「いい？　全員ちゃんと副社長の指示に従うこと。食べ物は残さない、お店の中で騒がない、飲みすぎて暴れない。お手洗いの場所は、全員自分で確認しておいてね」

「……陽芽子は保育士の資格も持ってるのか？」

部下たちにこんこんと注意事項を言い聞かせる姿を見た啓五が、笑いを堪えて肩を揺らす。しかし笑いごとじゃない。ここが会社の外だとしても、この集団をまとめて管理するのは陽芽子の役目だ。

それに今日はいつもの飲み会と違って、みんなのテンションも高い。その理由は明白だ。ここはルーナグループの経営店である高級鉄板焼きのお店で、普通なら入店はおろか予約を取ることすら難しい人気店である。

「高級和牛！」

「ブランド地鶏！」

「伊勢《いせ》エビ！」

「お願いだから、静かに食べて⁉」

「いいよ、陽芽子。どうせ貸し切りだし」

店内はカウンター席のみで、目の前の鉄板の上では高級ステーキ肉から新鮮な魚介類、採れたての大きな野菜が次々と焼かれている。クラルス・ルーナ社お客様相談室メンバーの飲み会でこれほどに贅沢な店を利用するのは、後にも先にもこれきりだろう。

「申し訳ありません、私までご一緒させて頂いて」

「いいえ、ご迷惑をおかけしたのはこちらですから」

啓五と春岡が、陽芽子を挟んでそんな会話をする。

そう、今日はただの飲み会ではない。これは鳴海のせいで肉体的にも精神的にも疲労した陽芽子の部下たちを労うための、お詫びの食事会だ。だから啓五はわざわざ予約の取れない人気店を貸し切りにして、思う存分食べ飲みができるようセッティングしてくれたのだ。しかも飲食費は、すべて啓五が自腹で支払うという。

そんなことまでしなくていいと焦る陽芽子と春岡を他所に、部下たちの食いつきは凄まじかった。値段のついていない品書きから好きなものをどんどん注文して片っ端から飲み食いしていく。

そんな部下たちを横目に、啓五がそっと口を開く。

「以前、王子様が白雪姫を迎えに来たら困る、と言ってましたね」

過去の話を持ち出されたと気付いた春岡が、ビールグラスから口を離して顔を上げた。

「でも申し訳ありません。陽芽子はやっぱり、俺がもらうことにしました」

「えっ……。……おめでとうございます」

春岡は一瞬、啓五の言葉の意味がわからなかったらしい。油断しているところに軽い口調で報告されたので少し間が開いてしまったが、春岡はすぐに祝いの言葉を述べてくれた。だがその報告の言葉は、春岡の角合わせに座っていた御形にもしっかり聞こえていたようだ。

「え？　室長、結婚するんですか？」

「えっ……副社長と？」

さらにその隣にいた夏田が反応すると、そこから火が付いたように全員が騒ぎ出してしまう。

「そうだ。陽芽子は名字が一ノ宮になる」

「えっ！」

「ええ――っ⁉」

啓五の説明で、騒ぎはより一層大きくなる。事前にあれほど騒がないように、暴れないようにと注意していたにも関わらず、やんやんとはしゃぐ部下たちに陽芽子は焦った。しかも最初は「おめでとうございます」「結婚式するんですか？」と嬉しそうな声が聞こえていたのに、気が付けば、

「副社長、最低！」

「私たちから室長を奪うなんて！」

「室長を寿退社させるつもりなら、私も辞めます！」

「俺も他の人の下で、あの業務をこなすのはちょっと……」

「私も異動願を……」

と、話が変な方向へ転がっている。

その展開に慌てたのは春岡だった。

「待て、なんでそうなるんだ……⁉」

椅子をガタガタと鳴らして立ち上がった上司は、部下たちの行動を阻止しようと必死な様子だ。

陽芽子を取り巻く人間関係を再認識したのか、啓五が困ったように笑う。周囲の人々が

陽芽子を慕ってくれていることは、啓五もちゃんと知っていたらしい。

「誰も辞めさせるとは言ってないだろ。陽芽子は仕事を辞めない。本人が続けたいと言ってるし、俺も別に反対しない」

啓五の冷静な返しを聞き、全員の興奮がスッと冷めたのがわかった。どうやら啓五の言葉に安心して、納得してくれたようだ。

この場を収めるためにちゃんと説明してくれたことはありがたかったが、

「っていうか副社長……」

「室長のこと、名前で呼んでるんですね」

「なんかやらしい〜」

と、別のところで別の話題に火がついた。平子と箱井と芹沢の三人は年齢こそ異なるが、全員主婦という共通点を持つためか、いつもやけに息が合っている。

「ねえ、ちょっと⁉　なんでそうなるの！」

「やーん、室長照れてます〜？」

「そういうところ本当に可愛いですよね〜」

「乙女よね〜」

「……もうやだ……恥ずかしい」

主婦三人に揶揄われ、今度は陽芽子がダメージを受けた。

いずれ説明しなければいけないと思っていたが、職場への結婚報告というのはこんなにも羞恥プレイ全開なものなのだろうか。周りの結婚報告もこんな感じだったっけ？　と記憶を遡っても、最後に同期社員が結婚したのもかなり前のことですぐには思い出せない。

「それより、全員俺に聞きたいことがあるんじゃないのか？」

羞恥心からひとり縮こまっていると、啓五が不思議そうに呟いた。だがその言葉には誰もすぐに反応できず、全員揃って首を傾げてしまう。もちろん恋の馴れ初めについては根掘り葉掘り聞きたいはずだが、啓五が言っているのはそういうことではなく。

「いや、鳴海のことだろ」

「ああー……鳴海秘書……」

「いましたね、そんな人」

啓五の言葉に、蕪木と御形が興味もない様子で鼻から息を零した。男性である二人は可愛らしい外見の鳴海が重い処罰を受けることを嫌がるかと思ったが、案外そんなことはない。むしろ鳴海を関わりたくない人物だと認識しているらしく、お客様相談室内ではこの二人が誰よりも彼女を毛嫌いしている気配さえあった。

「反応薄いな……」

「さほど興味ないんで」

「というか、何もなかったようにしてくれる方がありがたいですよね？」

「うんうん。じゃないと波風立てないように頑張った意味ないですし」

「逆恨みされたらイヤですよねぇ～」

それに鳴海を嫌っているのは男性達だけではない。約三か月もの間身内を使った嫌がらせを受け続けていたのだから、いい印象など誰も抱いているはずがないし、正直関わりたくないというのが本音だろう。だから事を荒立てず、下手に刺激せず、穏便に済むのであればそれが最良だというのが満場一致の見解である。

「処分は決まったんですか？」

春岡の問いかけに、啓五が首を縦に振った。

「第一秘書の吉本と社長と協議した結果、年度末での解雇が決まった。あのあと相当絞ったせいか本人はすぐにでも退職させてほしいと申し出てきたが、今は目を離すと何をするかわからないからな。余計なことをしないよう監視する意味でも、年度が変わるまでは現状を維持する方針だ」

啓五の報告に春岡が短く唸る。そして陽芽子は、つい微妙な顔をしてしまう。

鳴海はこの先もしばらくの間は啓五の傍に身を置くらしい。おそらく啓五が申告していなければ、陽芽子と啓五が付き合い始めたことさえ知らないだろう。今は大人しくしているかもしれないが、また啓五を狙って迫ったり色目を使ったりするかもしれない。

しかし啓五や社長の決定に水を差したくはない。彼の傍に鳴海がいることに対して、嫌だという感情を表に出してはいけない。

そう思ってぐっと堪えた陽芽子の顔色を見ていた七人全員が、ムッと不機嫌になった。

「やっぱり副社長との結婚やめません⁉」

「そうですよ！　あんな女を傍に置いとくなんて、判断が残念賞です！」

「室長にはもっといい人がいると思います」

「おい、なんでそうなるんだ⁉」

再び啓五に対する批判が噴出する。

会社という組織をいち社員の目から見れば、副社長というのは雲の上の存在だ。本来は本人に面と向かって批判や文句をぶつけていい相手ではない。なのに陽芽子の部下たちは物怖じせず、無礼も省みず、本人相手にポンポンと暴言を投げつける。

「お話し中、申し訳ございません」

轟々《ごうごう》と集中砲火を浴びていた啓五に助け舟を出したのは、意外な人物だった。声のした方へ顔を向けると、カウンターの中にいたシェフが涼しい笑みを浮かべて喧騒《けんそう》の中に割り入ってきた。

「啓くん、前に言ってたシャトーブリアン入ってるよ？」

シェフにそう告げられた啓五が、何かを思い出したように「ああ」と頷いた。

どうやら啓五とこのシェフは顔見知りらしく、会話の内容から何かの約束をしていたことが窺えた。もしかしたら啓五はこの店でも常連なのかもしれない。贅沢な……と思ったところで、場の空気ががらりと変わった。

「シャトー！」

「ブリアン！」

「Ａ５ランク⁉」

　蕪木と夏田と鈴木が驚愕の顔で叫んだ。その後、急に静かになって啓五の顔をじっと見つめる。視線を受けた啓五も、彼らをじっと見つめ返す。

「……美味《うま》いぞ？」

　にやり、と啓五が笑った瞬間、全員の目の色がぎらりと変わった。そのまま俊敏な動作で元の席に腰を落ち着け、直前までの暴言を引っ込め、急に〝いい子〟に戻る。

「副社長、最高！」

「さすが室長の素敵な旦那様！」

「一生ついて行きます！」

「ちょっ……変わり身はや！　みんな餌付けされすぎでしょ⁉」

　陽芽子の言葉など誰も聞いてくれず、全員の視線が鉄板の上へ並べられた赤身肉へ釘付けになっている。

　みんな陽芽子のために怒ってくれていたはずなのに、些細な嫉妬心は自分で折り合いをつけるべきということか、それとも啓五と二人で解決すべきということか。いずれにせよ、全員の興味が鉄板の上へ移ったことを知れば陽芽子はため息をつくしかない。

　こうして七人の部下と白雪姫を迎えに来た王子様の戦いは、最高級牛ヒレ肉の登場によりあっさりと終幕を迎えたのだった。

＊＊＊

「それじゃ、お疲れさまでした～」

「室長、お熱い夜をー！」

「ひゅーひゅーー！」

「ほんとそれ、もういいから……！　みんな気を付けて帰ってよー？」

好きなだけ食べて飲んで大騒ぎした部下達や春岡と別れ、陽芽子もようやく息をついた。

啓五にはただの慰労会だと聞いていたのに、あっさりと自分たちの関係を話してしまうのだから、焦りもするし疲れもする。職場で改めて報告する手間は省けたが、明日以降、部下たちに揶揄われる材料が増えてしまった。そう考えると仕事自体はこれから先も何も変わらないのに、照れと恥ずかしさを感じてしまう。

「お熱い夜を、って言われたな？」

「啓五くんも本気にしなくていーの」

隣にやってきて楽しそうに手を握ってくる恋人の呼び方を『副社長』から『啓五くん』に戻す。それだけで嬉しそうな顔をするのだから、啓五の幸せは安いものだ。

繁華街からさほど離れていない啓五のマンションに辿り着き、上層階にある彼の部屋へ入ると、上着を脱いだ啓五が首を傾げた。

「そういえば、住むとこってここでいい？」

「え……一緒に住んでいいの？」

「当たり前だろ。別居なんて一日もしないからな。そうじゃなくて、俺が聞いてるのは場所の話」

少し不機嫌そうな顔をされて、改めて「近い将来この人と結婚するんだなぁ」と思う。

本当はまだ実感がない。だが陽芽子が使うタオルを準備したり、酔い覚ましの水を用意してくれたりと、甲斐甲斐しく動き回る啓五はもうご機嫌に戻っている。その姿を見ているだけで、陽芽子と過ごす日々を楽しみにしてくれていることがわかる。

「ここに陽芽子のものを持ってきて、生活用品買い足して、指輪も買わないと」

「指輪……」

「あと結婚式のこととか」

「結婚、式」

「新婚旅行のことも考えなきゃな」

「しんこんりょこう」

啓五の口から次々と放たれる結婚と新生活にまつわるアレコレだが、陽芽子はオウムのように反復することしかできない。本来こういうことは女性の方が敏感なはずで、しかも陽芽子は『早く結婚したい』と思っていたのだ。その陽芽子よりも、今は啓五の方がよほど細やかに色々と考えている気がする。

けれどそれは、一ノ宮の御曹司や大企業の副社長として周囲への配慮が必要という理由ではなく。

「そりゃ、浮かれるだろ。結婚したら陽芽子を独占できるし、ずっと一緒にいられるし、陽芽子を毎日甘やかしてやれる」

「あの……それ、言ってて恥ずかしくない？」

「いや、全然？」

きっぱりと開き直られると、陽芽子も黙るしかなくなる。

甘い空気の気恥ずかしさに負けた陽芽子は、照れを誤魔化すようにバスルームへと逃げ込んだ。そのままシャワーを借り、ドライヤーで髪を乾かし、歯を磨きながら、平静を取り戻そうとこっそり奮闘する。

自分の意思で啓五の家にやってきたのは今日が初めてだ。当然陽芽子が生活するための日用品や衛生用品はまだ揃っておらず、今夜もとりあえず一泊するだけの最低限の準備しかしていない。

そのお泊りセットの中にあったルームウェアを着てリビングへ戻ると、ずっと浮かれていた啓五がとうとう活動停止状態になった。

「え……陽芽子、毎日その格好で寝てんの？」

「そ、そうだけど……？」

啓五に近付くと、全身をまじまじと眺められる。とはいえ陽芽子のルームウェアは上も下も三分丈の夏用パジャマだ。その辺の量販店に売っているものなので、デザインもありがちだし色だって白と桃色で特別に奇抜でもない。

「へん？　普通のパジャマじゃない？」

「まあ、そうだけど。急に可愛いのか……うん、ずるいな」

ぶつぶつ言いながら啓五もバスルームへ消えて行く。一体なんだろうと思っていると、ガシャン、ゴトンと何かにぶつかったか、何かを落としたような音が聞こえてきた。

（だ……大丈夫？　……酔ってる？）

やっぱり酔ってるのかもしれない。普段あんなに強いお酒を飲んでいるしお湯を使う音もかすかに聞こえているので、心配する必要はないと思うけれど。


グループメッセージでみんなの帰宅確認をしつつスキンケアをしていると、シャワーを済ませた啓五がリビングルームへ戻ってきた。近付いてきた姿を見上げてハッと驚く。そして先ほどの奇行の理由に、妙に納得してしまう。

シャワー上がりの啓五はTシャツとルームパンツというラフな格好だった。それは普段の高級そうなスーツ姿や、ホテルで見るバスローブ姿ではない。プライベートな空間へ入ることを許された者のみが目にできる、完全に無防備な普段の姿だ。

そっと差し出された啓五の手を取り、ゆっくりと立ち上がる。そのまま導かれた先は啓五のベッドルームだった。

「今夜は、優しくするから」

以前、無理矢理キスをしたときのことを反省しているのだろう。ベッドに座った啓五に腕を引っ張られ、胸の中に身体を引き込まれる。顔を上げて薄明るい中で見つめ合うと、そのまま唇を重ねられた。優しく、丁寧に、互いの温度を少しずつ確かめるように。

「いつも優しくしてくれないと困るよ？」

「じゃあ『今夜から』優しくする」

離れた唇の隙間でくすくす笑うと、啓五がすぐに自分の言葉を訂正してきた。

そのままパジャマのボタンを外され、晒された鎖骨に鼻を近付けてすんすんと匂いを確かめられる。まるで動物が自分の番《つがい》であることを確認しているみたいだ。

「陽芽子の匂いがする。でも石鹸《せっけん》は俺が使ってるやつだ」

「啓五くん、くすぐったいよ」

肌の上にかかる息がくすぐったくて、そっと文句を言う。するとふっと笑った啓五に再び唇を奪われた。

キスの合間に「ごめん」と笑われるが、手の動きは繊細な硝子細工に触れるように優しくて、服を剝ぎとっていく動作も丁寧だ。むしろじれったいと感じてしまうほどに。

「……可愛い」

肌に触れられるとまた全身が熱を持つ。身体を撫でる指の動きは、激しい行為よりもよほど情熱的に感じられる。繰り返されるキスも、重ねられる言葉も、甘すぎるほど優しい。

　ふと陽芽子をじっと見つめる啓五と目が合う。彼の目は黒目より白目の割合が大きく、相手に鋭い印象を与える三白眼――真珠のように綺麗な白と黒曜石のように深い黒の瞳だ。

「ん？　どうした？」

　人間らしい優しさと猛獣のような鋭さを兼ね備えた力強い目に微笑まれ、また心臓を射抜かれたような心地を味わう。

「ううん……啓五くんの目、好きだな、って」

　その濡れた黒の中に、今は陽芽子の姿だけが映っている。

　啓五の視界にいるのは自分だけ。その事実に気が付くと、独占欲ってこういうことなのかな、と思う。

「もう一回言って」

　熱っぽい声で顔を覗き込まれたので、何か言い方を間違えてしまったのか、と慌ててしまう。けれどその目を見つめても、首を傾げても、結局正解はわからない。だから難しいことを考えるのは止めにして、素直な感情をありのまま口にする。

「けいごくん、すき」

「……それは反則」

　ぼそりと呟いた言葉に、陽芽子もそっと笑みを零す。一瞬困ったような顔をする啓五だが、すぐにふっと微笑んで耳元で愛を囁かれた。

「俺も陽芽子が好き」

陽芽子を太腿の上に座らせて向かい合った啓五が、耳や頬に何度も口付けてくる。敏感な肌の上に唇が触れ、さらに陽芽子の身体を支えてくれる手が背中や腰をするっと撫でる。

「んっ……ん」

羽毛で撫でるような繊細な触れ方に、身体がぴくっと反応する。その指遣いがもどかしいからもっとちゃんと触って撫でるか、いっそ触らずに手を引っ込めてほしい。確かに優しくするとは言われたが、今夜の啓五のキスや愛撫はあまりにも優しすぎて、触れられるだけで鼻にかかったような甘え声が零れてしまう。そんな自分の反応が恥ずかしいのに。

「や……ん……っ」

股の間がむずむずと疼《うず》く。全身に広がるじれったさがたまらず腰を浮かせて膝立ちになる。すると啓五が下から顔を覗き込んできて意地悪く笑った。

「ちゃんと触ってほしい？」

感度を確認するような恥ずかしい問いかけに、顔がじわじわと熱くなる。どうにかこくんと頷くと、啓五が「そっか」と嬉しそうな笑みを浮かべた。

「この前は、無理させたもんな」

反省の素振りを見せる啓五に、陽芽子は「そうだよ」と頬を膨らませた。

「私、もう若くないんだからね」

「陽芽子は若いって。だから今夜も頑張れるはず」

「無理だってば！」

陽芽子のルームウェアと下着のすべてを剝ぎ取った啓五が、裸になった身体を抱き寄せてくすくすと笑う。胸の谷間に口付けながら陽芽子を揶揄う啓五の言動に、このままではまた限界まで啼かされてしまうのだろうと勘が働く。

「冗談だって、ちゃんと優しく……陽芽子？」

身の危険を感じた陽芽子は、啓五の瞳を見つめながら彼の下腹部にそろりと手を伸ばした。その行動が意外だったのか、啓五が驚きの声をあげて綺麗な三白眼をより一層大きく見開く。

「……私も、する」

「！」

まだそれほど反応していない雄の象徴を布越しにスリスリと撫でながら呟くと、手の内に存在するそれがわずかに蠢いた。

「……いや、いい。陽芽子に直接触られたら、暴走するかもしれない」

「この前も、十分してたよ？」

いつも余裕たっぷりの啓五には珍しく、声にも表情にも動揺が滲んでいる。陽芽子の申し出を拒否するようにひらひらと手を振られたが、陽芽子はそれでも引き下がらない。

「……だめ？」

もう一度懇願すると、啓五が一瞬だけ息を詰まらせる。しかしそのまましばらく見つめ合っているうちに根負けしたらしい。小さなため息が降参の合図だと知り、陽芽子はぱぁっと明るい気持ちになった。

「っていっても、したことないから上手くできるかどうかわかんないけど……」

「へえ、ないんだ？」

「う、うん」

提案はしてみたものの、実は陽芽子には手や口を使って男性に奉仕をした経験がない。だから興味深げな啓五の問いかけにも曖昧に頷くことしかできない。

あまり深く掘り下げないでほしいと思う陽芽子だが、多少恥ずかしくても今夜は試してみたいと思っている。その理由は啓五のためだけではなく、自分自身のためでもあった。

（この前みたいにされたら、身体がもたないもの……！）

実はプロポーズの後で啓五に抱かれた夜のことを、途中からちゃんと記憶していない。わけもわからなくなるぐらいに激しく乱されたことに加え、疲労で寝落ちしてしまったせいもあるだろう。陽芽子には運動習慣がなく体力にも自信がないので、あんな愛され方ばかりされていては身体がもたない。

だから啓五には陽芽子の身体を酷使しない方法も知ってほしい。もちろん本気で嫌だと言えば無茶はされないと思うが、陽芽子としても啓五に我慢をさせたいわけではない。お互いに満足できて、一緒に幸福になれる愛し合い方を見つけたいのだ。

（それに、嫌ってわけじゃないし……）

世の中には手や口を使って男性を慰める行為を厭《いと》う女性もいるが、陽芽子は今のところ嫌悪を感じていない。むしろ手の中に存在する熱の塊が陽芽子の指に反応してぴくっと動く気配を感じるだけで、なんだか愛おしく感じてしまう。

啓五に下着を脱いでベッドの中央に座り直してもらうと、露わになった逸物に直接触れてみる。さらに四つん這いになって顔を近付けてみると、入浴後のためか石鹸の香りが感じられた。

「ん……まだ柔らかい」

「……っ」

今はまだ硬さも太さも角度も不十分なそれを両手で包み、少しずつ指先に力を込める。やり方があっているのかどうかはわからないが、だんだんと膨らんでくる熱竿の先端を指の腹でくるくる撫でると、啓五の腰がびくっと強く反応した。

「少し、大きくなった……？」

「陽芽子の手が、気持ちいいからな」

口角を上げて微笑む啓五の表情に、密かにときめいてしまう。元々整った顔立ちではあるが、男性の色香を滲ませた笑顔はさらに魅力的で破壊力がある。これほど色気に溢れる啓五が自分より年下であることにも改めて驚くが、それ以上に近い将来彼が夫になるという事実に驚いてしまう。

陰茎を撫でながら見つめ合うのは恥ずかしいが、啓五の表情を確認しなければ快感を得られているのかどうかがわかりにくい。

「手だけ？」

時折視線を交わしながら硬さと太さが増してきた雄竿を擦り続けていると、額に汗を浮かべた啓五が短く訊ねてきた。もちろん陽芽子の奉仕は手だけじゃない。回復が早い啓五には、挿入の前に最低でも一度は出しておいてもらいたい。

「……口でも、する」

啓五の声音にはまだ余裕がある。だから勃ち上がってそそり立った熱棒に唇を近付けて、そこへキスを落としてみる。ついでに先端をぺろりと舐めると、啓五の腰が強く反応した。

「ッ……やばいな、これ」

いつの間にかスイッチが入っていたらしく、啓五の瞳の奥には鋭い光が宿っている。強烈な色香を放ちながら陽芽子を捉える熱視線に、陽芽子の身体も少しずつ反応していく。心臓がドキドキと高鳴って、秘部がきゅんと収縮して、下腹部の奥から欲に濡れた愛蜜が溢れ始める。

お互いの反応を感じながら猛った亀頭部を口に含む。匂いも味もほとんどないが、気持ちはじわじわと高揚する。五感では感じられない別の気配が陽芽子の身体を熱く蝕んでいく。

（お、大きい……）

膨らんだ先端を口に含み、舌で転がすように舐めてみると、唇の間からくちゅ、じゅる、と唾液を啜る音が零れた。それでもやはり嫌悪は感じないので、さらに深い場所まで陰茎を迎え入れる。

「陽芽子、無理……しなくていい」

「ん……んぅ……っ」

無理をしているつもりはないが、啓五は陽芽子が苦しさを感じているのでは、と心配してくれているようだ。啓五にも快感を得ている様子はあるが、陽芽子の舌技はお世辞にも上手だとは言えないはず。だが一度ちゃんと出してほしいので、懸命に口と舌を動かして彼の射精を促すように刺激する。

首を動かすと横髪がするっと流れて顔の横に滑り落ちる。それを自然な動作で耳にかけてくれた啓五が、露わになった陽芽子の頬をゆるりと撫でながら表情をじっと観察してきた。頑張って陰茎を頬張る姿を見た啓五が、ふ、と優しい笑みを零すので、またドキドキと緊張する。

「っ……ん……ぅ……ふ」

顎が疲れたので一度口から出して竿部の筋に口付ける。そこから雁部《かりくび》のくびれまで丁寧に舐めあげ、膨らんだ亀頭に舌を絡める。再度口に含んで懸命に舐めていると、先端の小さな穴からとろりとした精蜜が滲み出てきた。

先ほどまでとは比べものにならないほど濃い蜜を夢中で味わう。

しばらくそうしていると、それまでじっとしていた啓五の手が突然陽芽子の胸を包み込んだ。

「っひぁっ……!?」

びっくりして舐めていた陰茎から口を離すと、様子を見た啓五が楽しそうに笑い出す。

「少しは触ってやらないと、陽芽子の身体も寂しいと思って」

「そんなこと、な……ぁっ、あ」

邪魔された陽芽子は抗議しようとしたが、ピンと尖っていた胸の先端をくりゅくりゅと捏ね回されると、拒否の言葉が一気に吹き飛んでしまう。

「んんっ……は、ぁ……ぁん」

「ほんと、イイ声……かわい」

啓五は陽芽子に口淫の続きをさせないつもりなのか、一度甘い声が漏れ出てしまうと同じ場所ばかりを執拗に責められる。小さく首を振って触らないで、と訴えても、乳首を擦ったり撫でたり弾いたりする啓五の淫戯は止まらない。

「は……む、ぅ……っは……ふ」

啓五の指の動きを意識しないように努めて、どうにか彼の陰茎を口に含み直して刺激を与える。すると乳首を弄ぶ啓五の指先も負けじとスピードを速め、より一層激しい動きへ変化する。互いに刺激を与え合う行為に、溺れるように没頭していく。

「はぁ、っ……は、ぁ、あっ」

胸の突起をスリスリと転がされて身体が跳ねると、熱竿を咥《くわ》えられた啓五にもその反応が伝播《でんぱ》するらしい。ビクッと反応すると一瞬遅れて啓五の腰もピクリと動く。

それでも懸命に舌を転がし続けているうちに、だんだん啓五の呼吸が荒く乱れてきた。

「ッ……だめだ……陽芽子、もう……っ」

「んん、はぅ……ふ、ぁ……」

彼の限界が近いことを知ると、拙い自分の舌遣いでも感じてくれることが嬉しくなる。

その機を逃すまいとより一層丁寧に陰茎を舐めていると、陽芽子の肩を摑んだ啓五が、突然ぐいっと腰を引いてしまった。

「はぁ……危なかった」

大きく息をついた啓五の言葉に、ぼーっとしたまま問いかける。

「ごめんね……気持ちよく、なかった？」

「違う、その逆。このまま続けたら陽芽子の口に出しそうなんだ」

「え、別にいいのに」

というよりも、陽芽子はそれを望んでいたのだ。一度でもいいから精を吐いてもらえたら、この後が少しだけ楽になる。

否、最初はそのつもりだったのに、いつの間にか違う感情が芽生えている。急に身体を離されると寂しい。それに啓五の精の味を、自分の舌で知りたかったのに――

「ふぁっ……!?」

不埒《ふらち》な思考に囚われていると、シーツの上に座っていた陽芽子の身体が急に前へ倒れた。

もちろん転んだわけではなく、二の腕を摑んだ啓五が急にそこを引っ張ったのでバランスを崩して前のめりに転がったのだ。

啓五が素早く背後に回ったことで、彼にお尻を突き出す体勢になってしまう。羞恥を感じた陽芽子は抗議のためにシーツに両腕をついて後ろへ振り向こうとしたが、文句を言うよりも股の間に啓五の指が滑り込んでくる方が素早かった。

「濡れてるな」

「ちょ、啓五く……！　ひぁっ……あっ」

「俺の舐めて、感じてた？」

「ち、ちがっ……！」

蜜口の周囲を指先で撫でながら、楽しそうに問いかけられる。陽芽子は否定しようとしたが、開いた蜜壺に指先を挿し入れられると文句の台詞はまともな音にならない。

「ん、ぅ……あぁっ」

「中も、ちゃんと柔らかい」

陽芽子の背後で膝立ちになった啓五が、膣内に挿入した指をばらばらに動かしながら感嘆する。十分に濡れていたそこは、ほんの少しの愛撫で啓五の指を受け入れられるようになった。これなら指だけではなく、彼の雄も容易く招き入れられるだろう。

細長い指を引き抜かれると、蜜口が寂しいと言わんばかりにひくひくと収縮する。自分のはしたない反応に羞恥を感じる間もなく、じゅぷ、と肉竿の先端を挿入された。

「ふぁ、ぁっ……！」

「ん……すげー絡みついて、くる」

堪えるような声を漏らした啓五が、さらに深い場所へ腰を押し進める。最奥に届くとすぐに引いてくれるが、安堵する暇も与えられずまたすぐに深くまで貫かれる。

「ひぁ、あっ……あっ」

挿入の直後から激しく腰を揺らされる。陽芽子の喉の奥から溢れる嬌声が増えれば増えるほど、啓五の腰の動きがさらに加速していく。ぱん、ぱん、と肌がぶつかる音と、ぷちゅん、ぐちゅん、と愛液が泡立つ音が淫らに混ざり合う。

「やぁ、あん！　っぁ、あ……ん」

前回とはまた違う激しさだ。以前は結婚したいと言わせるために責め立てられて、陥落させられるような感覚があった。だが今日の啓五は、自分の欲望を刻み付けることに没頭しているように感じる。雄の本能を剝き出しにして、避妊具を着けていなければそのまま中に注ぎ込まれそうな勢いで背後からがつがつと腰を振りたくられる。

「ひめ……ひめこ……っ！」

「ひぁ、あ、あぁっ……ぁ、ふぁっ……！」

陽芽子の思惑は大きく外れた。むしろ中途半端に刺激して焦らしたせいで、啓五の興奮を最大まで高め、性の本能を焚《た》きつけてしまったようだ。これでは完全に逆効果である。

「やぁ、あっ……ぁあ、あっ……ん」

腰を摑まれて激しい抽挿を繰り返される。昂った熱竿に蜜壁を抉られると、じゅぷじゅぷ、ぐちゅぐちゅ、と激しい水音が部屋中に響く。

「や、けい、ご、く……っ」

「陽芽子……すげ……ここ、最高……っ」

「ぁあ、あぁぁあ――っ……！」

「……ッ」

さらに速まった腰遣いで一番奥を突かれると、陽芽子も弾かれたように達してしまう。胎の奥が小刻みに収縮して、背中を仰け反らせながら全身が痙攣する。それと同時に啓五が薄い膜の中へ精を吐き出す気配も感じる。

啓五の言うように、陽芽子も自らの奉仕行為に感じて己の性感を高めていたのかもしれない。内に秘めた熱を解放するように呆気なく果てた陽芽子は、激しい行為が止んだ途端に脱力して、そのままシーツの上に崩れ落ちた。

「はぁ……ぁ……は、ぁ」

啓五の陰茎がずるりと抜け出る。荒い呼吸を繰り返しながら、こんなに激しいなんて聞いてない、と項垂れる。こうならないために一度精を出してもらおうと思っていたのに、むしろ激しく抱かれたのでは意味がない。

うつ伏せになったまま考えごとをしていた陽芽子の上に、ふと啓五の気配が重なった。

「陽芽子……」

「えっ、ま、待って……！　私まだ、力入らな……！」

「ん、そのままでいい」

「ちょっと、まっ――っぁあんっ……！」

力が入らず脱力していた身体の上にのしかかられた瞬間、だめ、と焦った声が出た。たった今達したばかりでまだまったく休めていない。だから無理だと言いたかったのに、抗議の言葉を発する前に再度熱塊を挿入された。

「あっ、やぁ……ぁあッ」

体力が回復していない状態でこれ以上の激しい行為に耐えられる気がしない。どうにか身をよじって離れようとするのに、啓五の腕に包まれるように後ろから抱きしめられては上にも下にも横にも逃げることができない。力も上手く入らない。

「や……そこ、擦っちゃ……ぁん」

「ここ？　浅いとこ、突かれるの……気持ち、いーんだ？」

緩慢な動作のまま亀頭で浅い場所を何度も擦られる。奥の深い部分を重点的に突かれる激しさとは異なり、後ろから優しく抱きしめられて静かな動きでざらついた部分を撫でられる。そのゆるやかな動きが怖いぐらいに気持ちいい。

「だ……め、それ……ぁあ……ん」

「ああ、中すごいな……痙攣して、纏わりついて……くる」

快楽の坩堝《るつぼ》を丁寧に刺激する腰遣いとそこから生まれる深い快感が、陽芽子の思考と身体をだんだんと乱して蝕んでゆく。啓五もゆるやかな刺激が気持ちいいのか、低く掠れた声で恍惚《こうこつ》と呟く。

「俺の、美味い？」

「や……っん……へ、へんな、ききかた……っぁ」

「だって、吸い付かれて……締め付け、られる」

啓五の言葉を裏付けるように、彼が腰を引く度にじゅぷぷ、じゅるる、と卑猥な音が聞こえる。上からのしかかられている陽芽子にもこれほど激しい音が聞こえるのだから、啓五にはもっと明確に淫らな音が聞こえているだろう。それに抜けていく陰茎を引き留めるような蜜壺の収縮も、彼は自分の身体で直接感じ取っているはずだ。

「陽芽子は、俺が、いい？」

「……うんっ……ぅん……ッ」

愉悦の波に溺れかけているところで確認され、本能のままこくこくと頷く。

「けい、ごくん、が……いい……っ」

「……陽芽子」

「啓五、く……じゃなきゃ、やだ……！」

それは嘘偽りのない陽芽子の本心だ。いくら言葉で否定しても、頭では疲労を理解していても、身体が勝手に求めてしまう。

愛されて満たされていく喜びを知ってしまった陽芽子は、もう彼の手を離せない。

「うん……俺も、陽芽子がいい。……陽芽子はもう、俺のもの」

「ふぁ、ぁあ、あっ……！」

抱きしめられたままゆったりと抽挿を繰り返される。ゆっくり挿れて、ゆっくり引くだけの動きなのに、心にも身体にも所有の証を刻まれて教え込まれていく気がする。

「この声も、匂いも、表情も、身体も……心も。……全部」

「や、だめ……きもち、ぃ……っ」

「陽芽子は、全部――俺のもの」

身体を抱いたまま、うわごとのように何度も呟かれる。背中に密着した啓五の肌は熱く、混ざり合った互いの汗はどんな劇薬よりも強い媚薬《びやく》のようにさえ感じられる。

その効果にあてられたように、身体がまた反応する。浅い場所を擦っていた雄竿が深い場所まで到達し、最奥の突起をぐりぐりと刺激する。

「あっ……っゃあ、あん……そこ、だめ……だめぇっ……ゃあぁんっ」

「ははっ……可愛い声……」

陽芽子が甘く喘ぐ度に啓五も嬉しそうな笑みを零す。その吐息がうなじにかかるだけで今の陽芽子には鋭利な刺激になる。啓五もそれに気付いているはずなのに、わざと首や耳に熱を含んだ息を注いで、至近距離で恥ずかしい言葉ばかり囁く。

「やぁ、あッ……だめ、ぇっ……」

優しく抱きしめられたまま深い場所を責められ、全身がびく、びくっと歓喜に跳ねた。甘く激しい快楽の連続に、目尻にじわりと涙が滲む。

「あ、ぁっ……あっ……はぁっ」

「ほら、陽芽子……ッ、イけ――」

「あぁっ――ふぁ、っぁああッ……！」

啓五の導きに従い、すべての熱を解放するように激しく絶頂する。

押さえつけられて逃げられないように拘束される体勢はどこか支配的だが、その独占欲と執着こそが深い愛情の現れだ。自分の腕の中で果てる陽芽子が何よりも愛おしいと言わんばかりに、啓五も最奥を突いて腰を激しく震わせる。

「可愛い……俺の陽芽子」

「ん、んんっ……ぅ……」

長い時間をかけて精を吐いた啓五が、陽芽子の身体を抱きしめたまま耳の裏やうなじにキスを落としてくる。そんな可愛らしい戯れの時間は嬉しいが、ようやく息を整えた陽芽子が最初に発したのは不満の台詞だった。

「ぜんぜん優しくない……。ていうか、前より激しい……」

「そう？」

文句を言うと啓五が不思議そうな声で首を傾げる。陽芽子は前よりも激しい行為だと感じたが、啓五はそうは思わなかったらしい。

「潮吹かせなかっただけ前より優し……んぐっ」

「変なこと言わないで！」

とんでもないことを呟く啓五に焦り、彼の腕の中で後ろへ振り向くと慌ててその口を手で覆う。

「……もう」

けれど見つめ合うとすぐに表情をゆるめて笑う啓五に絆されて、結局は彼の戯れを受け入れてしまう。

そして陽芽子が受け入れるのは、ベッドの中の蜜戯に限った話ではない。

本当は鳴海が啓五の傍に居続けることを面白くないと思っている。啓五の花嫁の座を欲して嫌がらせ行為を繰り返していた人が傍に居続ける状況など、喜ばしいはずがない。けれど陽芽子に啓五の仕事を助けることはできない。それに鳴海にも正当な処分が下され、いずれはちゃんと決着することが決まっている。だから今は受け入れるしかない。

その代わり、プライベートの時間はぜんぶ陽芽子に譲ってもらうから。

「啓五くんは、私のものになってくれる？」

確認するように訊ねると、笑顔になった啓五にそっと頭を撫でられた。まるで『当然のことを聞かなくてもいい』とでも言うように。

「陽芽子は？」

その心地よさに身を委ねていると、同じ質問を返された。わざわざ聞くまでもない、今さらすぎる確認を陽芽子の耳元で問う。

「俺の白雪姫は、恋に落ちてくれた？」

返事もしていないうちに、また唇を奪われる。だから明確な回答はできていないが、答えなどなくても啓五はちゃんと気付いているだろう。

白木陽芽子が『落ちた』恋は、おとぎ話のように可愛いものではない。他でもない啓五が『堕とした』執着の恋は、チョコレートや蜂蜜のようにどろどろに甘ったるい、沼のような恋なのだから。

終幕――啓五視点　四

　啓五の睡眠は深い方でも浅い方でもなく、一度眠れば朝までほぼ起きることがない。しかも目覚まし時計が鳴ればすぐに完全に覚醒できるし、仮にアラームをかけ忘れても大体同じ時間に目が覚める。自分でも都合がよくて便利な身体だと思っていたが、今日は珍しく目覚まし時計が鳴る前に目が覚めた。

　時刻を確かめるために身体を動かそうとして、ふと左腕の重さに気が付く。そろりと視線を下げると、啓五の腕の中で愛しい恋人がすうすうと寝息を立てていた。

「……陽芽子」

　長い髪を指先でそっと払いのけて、隠れていた寝顔を確かめる。未だ夢の中にいるらしいお姫様は、啓五の腕の上にこてんと頭を乗せたまま安心しきった顔で眠っている。

　空いている右手を動かしてスマートフォンを掴まえる。画面の時刻を確認すれば現在六時四十八分。寝る前の陽芽子は七時に起きると言っていたので、彼女のスマートフォンもあと十二分で活動を開始するだろう。

　啓五も同じ時間に起きようと思っていたので、ここから再度眠りはしない。けれど動いて起こすのも可哀想なので、あと少しだけこの寝顔を堪能させてもらうことにする。

「……可愛いな」

陽芽子の顔や身体、声に表情、性格や価値観、仕事や仲間に対する考え方は、好ましいものばかりだ。

その中でも特に、啓五は陽芽子の声に惹かれている。仕事をしているときの凛とした声も、お酒を飲んでいるときの楽しそうな笑い声も、啓五と話すときの嬉しそうな声も、首を傾げて発する不思議そうな声も、セックスのときの甘えたような声も、どれももっと聞いていたくてつい揶揄いすぎたり無理をさせすぎたりしてしまう。

陽芽子の可愛らしい唇を親指の腹でそっと押す。眠っている間に表面は乾いてしまっていたが、押してみるとふわふわしていて柔らかい。

「ん……ぅ」

指の動きを感じたのか、喉からと言うよりも鼻にかかったような声が零れた。その声は快感に啼く甘え声に似ていて、瞬間的にまずい、と思ってしまう。特に、下半身が。

慌てて手を離すと、陽芽子はまた眠りの世界に戻っていく。今度は寝息も聞こえなくなり、本当に静かになってしまう。その表情は安らかで、彼女がまだ現実世界に戻ってくるつもりがないとわかる。

ふいに悪戯心が芽生える。というより、早く構ってほしい気持ちだろうか。早くその目を開けて、微笑んでほしい。名前を呼んでほしい。

腕は動かさず顔だけ近付けてそっと口付ける。ほんの少し唇が触れ合うだけの、乾いたキス。

陽芽子の香りが鼻先を掠める。洗練された瑞々《みずみず》しい花とふんわり甘いバニラが混ざったような香りは、寝る前に香水をつけたのだろうかと思うほど。陽芽子はいつも、いい匂いがする。その香りを知るためにもっと強く抱きしめたいから、やっぱり早く起きてほしいような。それとももう少しゆっくり眠っていてほしいような。

「ひーめこ？」

寝ている彼女には聞こえないぐらいに小さな声で名前を呼ぶ。そして二度目のキスをする。けれどやっぱり、陽芽子は起きない。まだ眠りの世界に沈んだまま。

未だ目覚めないお姫様の寝顔を眺めて、その理由を考える。

もしかして、唇が濡れていないとキスをした感覚がないのかもしれない。唇に触れられていることに気が付けば、陽芽子も起きてくれる？　なんて。

ぺろりと自分の唇を舐めて、三度目のキス。濡れているのは啓五の唇だけだが、これで少しは感覚があるはず。今度はふに、と明確に触れる。それだけで自分の身体の方が反応してしまう。

勝手にキスして勝手に反応するなんて、陽芽子に知られたら引かれてしまう気がするから、一刻も早く起きてほしいのに。わずかな刺激で起きてしまうかと思ったが、啓五が身体を起こしても陽芽子はまだ目覚めない。だから四度目のキスは、もう少し長めに。触れ合いのついでに閉じられた唇を少し舐めて、ちょっとだけ噛む。

このぐらい大胆に口付けているのだから、そろそろ本当に起きてくれてもいいと思う。なのにやっぱり、閉じられた瞼は開いてくれない。

これでは啓五がいくらキスをしても、陽芽子は永遠に起きないみたいだ。白雪姫は王子様のキスで目を覚ますはずなのに、陽芽子にとっての運命の相手が自分じゃない気がして。それは悔しいから、何としてでも自分の口付けで起きてほしいのに。

五度目のキス――よりも一瞬早く、陽芽子のスマートフォンが震えて目覚ましのアラーム音が響いた。

「ん……？」

音が聞こえて数秒経過すると、啓五の腕の中の陽芽子がモゾモゾと動き出した。しかし完全覚醒するまでは時間がかかるらしく、眠気と戦いながら少しずつ活動を始めている。

「おはよ」

「……おはよぉ」

掛け布団をめくって朝の挨拶をすると、眠そうな声が返ってきた。

一応、起きたらしい。啓五のキスではなく、スマートフォンのアラームで。

その事実に気が付くと、無性に悔しくなった。だからまだ目が完全に開いていない陽芽子の顎を持ち上げ、そっと唇を重ねる。嫌がられたら困るので、また触れるだけの小さなキスに逆戻りして。

「……ん、ぅ……なに？」

「別に、何でもない。ただの朝の挨拶」

突然のキスに混乱している陽芽子に、つい不機嫌な返事をしてしまう。

陽芽子はきっと、起きるまでの間に何があったのか知らないだろう。自分のキスで目覚めさせたくて奮闘していた啓五の子どもっぽい行動も、それが達成できずにいつものアラームであっさり起床してしまった陽芽子に小さな不満を抱いていることも。

想いを伝え合って気持ちを確認し合っても、その重さはまったく異なるように思う。啓五ばかりが陽芽子のことを必死になって追いかけているという大前提は、きっと最初から何も変わっていない。

「ふふっ」

勝手に悔しい気分を味わっていると、腕の中で陽芽子が小さな笑い声を零した。啓五の好きな癒しの声は、今日も鈴を転がすような音色だ。

朝からご機嫌な陽芽子の心を知りたくて顔を覗き込むと、すぐにしあわせいっぱいの笑顔を見せてくれる。

「ううん。目が覚めて最初に会うのが好きな人って、すごく贅沢だなぁって思ったの」

そして添えられた言葉に、思わず言葉を失ってしまう。

陽芽子の声と表情はしあわせそのもので、喜びに満ちていて、何よりも嬉しそうで。

自分が傍にいるだけでこんな風に笑ってくれるのだと気付き、静かに衝撃を受ける。それと同時に、先ほどのささやかな感情がとてもちっぽけに思えてくる。笑顔ひとつで啓五をしあわせにしてくれる陽芽子に、自分は絶対に勝てないと思ってしまう。

「あ、もう起きないと」

そう言って起き上がろうとした陽芽子の身体をベッドの中に引きずり戻して、そのまま強く抱きしめる。

「ひめこぉ」

「え、えっ……なに？」

結局、いつもこうなのだ。惹かれるのも、恋をするのも、想いを伝えるのも、いつも啓五が先。こんなに深く惚れてしまうのも自分ばかり。陽芽子の気持ちがこちらに向くように一生懸命に誘導して、アプローチして、ようやく少し近付くのに。

また彼女の笑顔に惚れている。自分ばかりが恋に落ちている。

だから王子《啓五》様がお姫様《陽芽子》にかしずくのは、仕方がないことなのだ。

「まぁ、それでもいいか」

陽芽子が他の誰かではなく啓五を選んでくれるなら。

たくさん口付けて、いっぱい撫でて、愛の言葉を囁いた分、傍にいてくれるなら。

スノーホワイトが笑いかけてくれるなら、啓五は今日もしあわせでいられるのだから。

――Fin*

番外編　スノーホワイトは甘やかされる

「ただいまぁ……」

とある金曜の夜、二十二時を少し回った頃。

年に数度訪れる地獄のような残業の日々を終え疲労困憊《こんぱい》で帰宅すると、先に帰っていた啓五が玄関先で陽芽子を出迎えてくれた。

「おかえり、陽芽子」

「啓五くん……」

「疲れただろ？　飯ももうすぐできるし、風呂も沸いてるけど、どっち先にする？」

二か月ほど前に籍を入れ夫となった年下の上司が、穏やかな笑顔と労いの言葉を向けてくれる。そんな啓五の姿を見上げて、思わずほうっとため息を零す。

扉を開けた瞬間に魚介と香辛料の匂いを感じたので、啓五が夕食を用意してくれていることは予想できた。とはいえ彼も仕事の後で疲れているのだから、てっきりデリバリーやテイクアウトの総菜を温めただけだと考えていた。

しかし陽芽子を出迎えてくれた啓五の姿を確認すると、今朝と同じワイシャツとスラックスに膝丈のギャルソンエプロンを重ねている。つまり今夜の夕食は手作りということ。しかも食事だけではなく、お風呂の準備まで済ませてくれているらしい。これには陽芽子も言葉を失ってしまう。

「？　どうした？」

「ううん、ちょっと……感動しちゃって」

「感動？」

啓五の問いかけに「うん」と頷く。

コールセンターに勤務する陽芽子は、普段はそれほど長時間残業をすることがない。主な業務であるお客様相談室の電話応対可能時間が十八時までと決まっているからだ。そんな陽芽子が今日に限ってこれほど遅い帰宅となった理由は、今週、自社の新商品が立て続けに発売されたことにある。

クラルス・ルーナ社では年に数回、新商品を一斉に発売したり、商品の味や見た目を大幅にリニューアルするタイミングが訪れる。この時期になるとお客様相談室への問い合わせ数が増加し、必然的に責任者である陽芽子の指示や対処が必要となる案件も増える。結果として通常の業務が増え、さらに普段は日中こなしている書類仕事や雑務も定時後に後回しとなるため、年に数度だけ長時間残業が続く期間があるのだ。

お陰様で心身ともに疲労困憊の極みにある。この状態で帰宅後に家事をする元気はない。——と考えていた陽芽子を待っていたのは、籍を入れたばかりの夫による労いだった。

玄関先で陽芽子を出迎えてくれる優しさも、何も言わなくても家事をしてくれる気遣いも嬉しい。爽やかな膝丈のエプロン姿を見るだけで、歓喜と安堵が込み上げる。

その感情を不思議そうな表情を見せる啓五に説明しようとして、ふと新婚夫婦や同棲《どうせい》したばかりのカップルがいちゃつくやりとりを思い浮かべた。

「ほら、よく漫画とかドラマで『ご飯にする？　お風呂にする？　それとも私？』っていうの見ない？　あれ、三つ目は絶対選ばないでしょ、って思ってたけど、今はすごく気持ちがわかるなぁ〜って」

これまでの陽芽子は、その台詞を言ったことも言われたこともなかった。だから実体験としては知らなかったが、啓五に選択肢を提示されたことでハッと気がついたのだ。

「疲れて帰ってきたときにご飯とお風呂を準備して出迎えてくれる人がいると『あ〜〜！好き〜〜！　癒される〜〜！』ってなるよね。そしたら自然と、たくさん触れ合う方を選びたくなるんだなぁって思ったの」

新商品の発売時期で忙しく疲れているのは副社長の啓五だって同じはずだ。それでも陽芽子の負担を減らすために食事の支度や入浴の用意を請け負ってくれる。その上で、疲れて帰ってきた陽芽子を笑顔で出迎えてくれるのだ。

その気持ちが嬉しい。心遣いがありがたい。

だからこそ世の男性は、ご飯やお風呂よりも先にパートナーと触れ合いたいと思うのだろう。帰宅して真っ先に妻や彼女を抱きしめたがる男性の気持ちが、少し理解できた気がする。

陽芽子の説明を聞いて驚いたように目を丸くしていた啓五が、ふ、と表情を綻ばせた。

「じゃあ今の陽芽子の答えは三つ目だな？」

彼にも陽芽子の意図が伝わったらしい。両手を広げて「おいで」と示してくれたので、啓五の声と視線に誘われるようヒールを脱いで彼の胸の中に飛び込む。陽芽子が腕の中に収まると、啓五も腕を回して陽芽子を抱きしめ、背中をぽんぽんと撫でてくれた。

「おかえり、陽芽子。今日もお疲れさま」

「ただいま。啓五くんも、お疲れさま」

ぎゅっと抱きしめ合ったままお互いを労い合う。

(啓五くん、温かいなぁ)

体温が心地いい。抱きしめてくれる弱すぎず強すぎない力に安心する。とくとくと聞こえる鼓動に気持ちが落ち着く。一日の疲れがじわりと溶けて薄れていく気がする。

啓五の温もりを感じたことで、彼こそが陽芽子がずっと探し求めていた存在なのだと改めて実感する。仕事が忙しくへとへとに疲れたときや、嫌なことがあってヘコんだときに、大好きな人が心と身体を癒してくれる。愚痴を聞いてくれて、ぎゅっと抱きしめてくれて、頭を撫でてくれる。

疲れをほぐすように癒して癒されて、互いを高め合っていける相手。結婚を後押ししてくれた啓五の祖父に誓った、二人で支え合って、少しずつでもお互いに成長できる関係。

陽芽子の望む癒しと安らぎがここに存在するように感じる。

顔を上げて啓五と視線を合わせて微笑み合う。

やはり彼が、陽芽子だけの『運命の王子様』なのだ。


——と、思ったのが二時間ほど前のこと。

「……私、ダメ人間になるかもしれない」

「ん?」

「というか、すでに手遅れな気がする……」

ベッドに足を伸ばして大きなクッションに背中を預けた陽芽子は、両手で顔を覆いながら幸福に溺れかけている現状を嘆いた。

陽芽子の呟きを聞いた啓五が顔を上げて「なんで?」と首を傾げる。

「副社長に足のマッサージさせちゃだめでしょ、さすがに」

そう、陽芽子は現在、啓五にふくらはぎのマッサージをしてもらっている真っ最中である。

確かに今日は立って動き回る時間も長かった。おかげで足がむくんでしまったのも事実だ。けれど啓五からの「マッサージしてやろうか?」との申し出は丁重に断るべきだった。

膝から下の動かしにくさと皮膚が突っ張る感覚から逃れたくて安易に飛びついてしまったが、いざ啓五に触れられてみると絵面があまりにも不遜すぎる。食事とお風呂の用意に加え、結局は食器の片付けとお風呂の掃除までしてもらったのに、さらに疲労のケアまでさせるなんて図々しいにもほどがある。

「俺が好きでやってるんだからいいんだよ」

しかし啓五にはさほど気にした様子がない。それどころか、陽芽子のふくらはぎを下から上へ向かってぐいぐいと押す表情は嬉しそうにも見える。

「それに明日は、サロンでドレスの確認をする日だろ？」

「はっ……そうだった……！」

啓五に告げられ、忙しさのあまりすっかりと忘れていた週末の予定を思い出す。

以前住んでいたマンションの契約を更新せず、啓五のマンションで一緒に住み始めたのが三か月ほど前。籍を入れると同時に会社で結婚を正式公表したのが二か月ほど前。

しかし来月執り行われる結婚式の準備はもっと前から進めていて、明日はいよいよブライダルサロンでウェディングドレスの最終フィッティングをする日だ。ならば啓五の言う通り、少しでもむくみは解消しておきたい。逡巡《しゅんじゅん》の末、やはりここは夫の提案に大人しく従うべきだと考えて、大人しくマッサージを受けることにする。

「痛い？」

「ううん、平気だよ」

痛みの有無を確認しつつ強めの指圧を与えられると、啓五も男の人なんだなぁ、と当たり前のことに改めて気付く。

線が細く爽やかな印象があり、一ノ宮の御曹司なだけあって料理上手で、その片付けもスマートにこなす。浴室にアロマオイルとフェイスマスクを用意してくれるところなんて、自分よりもよほど女子力が高いと思うほどだ。

けれどこうして強い力でマッサージを受けると男性らしさも感じられる。細く長い指先にも、しなやかに引き締まった身体にも——獲物に狙いを定めるような鋭い瞳にも。時折目が合うだけで、どきどきと緊張してしまうぐらいに。

「スッキリした？」

「う、うん……ありがとう、気持ちよかった」

両足にマッサージを施し終えた啓五が、陽芽子の顔を覗き込んでそっと訊ねてくる。夫の顔や身体を密かに観察して緊張していることを知られないよう、早口でお礼を言う。

陽芽子のお礼に笑顔を浮かべる姿に見惚《みと》れていると、啓五が指先で触れていた陽芽子の右足首をぐっと摑んで、突然そこに力を込めた。

「⁉　ちょ……」

唐突に足を引っ張られたせいで上半身がクッションからずり下がり、半起き体勢から完全な仰向け状態になる。啓五の突然の行動に驚くが、陽芽子の足首は彼の手に摑まれたままま。

「本当はもっと気持ちイイこともしたいんだけどな？」

「……っ」

陽芽子の目の前で啓五が足の甲に、ちゅ、と唇を寄せる。突然の足へのキスに思いきり照れてしまうが、啓五の視線は陽芽子の顔から外れない。一見可愛らしいアピールのようでいて、本心では陽芽子を官能の沼へ引きずり込もうと誘惑しているように思う。

何も言えなくなって固まった陽芽子の右足をシーツへ戻すと、身体の上へ覆い被さってきた啓五がくすりと笑う。

「でも今日は疲れてるだろうから、やめとく」

啓五は陽芽子の今日の激務を把握している。だからこうして労わるように優しく髪を撫でて軽く唇を重ねると、残念そうな表情を見せつつもすぐに離れようとするのだ。

「けいご、くん」

啓五の温度が遠退く。大好きな温もりが離れていく。

距離が開いたことで言葉にできない物足りなさと寂しさを感じてしまう。

そのせいだろうか、陽芽子は無意識のうちに啓五のシャツの裾を摑まえていた。

「……する」

「？　陽芽子……？」

「したい……だめ？」

そっと訊ねると驚いたような表情をされる。

それでも陽芽子は、今この瞬間に抱いている自身の欲望を引っ込めなかった。

「疲れてるんじゃないのか？」

「うん……でも啓五くんと、もっと触れ合いたいな、って……」

全身が火照っている。頭も少しふわふわする。きっと啓五にマッサージされたことで血行が良くなったのだろう。だがそれだけではない。

まだ足りない。めいっぱい甘やかしてくれることも陽芽子を気遣ってくれる優しさも嬉しいけれど、触れられるだけでは満足できない。

自分からも触れたい——陽芽子のもっと深い場所が、彼の温度を欲している。

「ん……」

陽芽子の体調を確認しようと近付いてきた手に、すりっと頬を寄せる。さらに啓五の太腿に脚を絡めると、彼の膝を引き寄せて自身の股へ押しつける。

「んっ……あ……ぅ」

「っ……陽芽子……?」

陽芽子の無意識の行動に気付いた啓五が、少し焦ったような声を出した。だが見つめ合ってすぐに秘めた欲望と身体の状態に気付いたらしく、表情を緩めた啓五に再び覆い被され、額をこつん、とくっつけられた。

「男でいう、疲れマラみたいなもんか」

「うん……？」

「いや、陽芽子が頑張り屋な証拠だなって。でも疲れるとエロくなるのは、ずるいな」

啓五の一言にぼんやりとしながら首を傾げる。後から調べたところによると、疲れマラとは、過度の疲労により脳の制御機能が鈍ることで性欲のコントロールが効かなくなる状態を指す言葉らしい。男性の場合、強い疲労を感じると『子孫を残そう』という本能が働いて性欲が活性化され、意思とは関係なく勃起状態となる場合が多いようだ。

だから啓五は『頑張り屋』だと表現したのだろう。そして性欲が高まった陽芽子の身体は、彼の言う通り自分では想像もしていなかった状態に変化していた。

「ほら、やっぱり……濡れてる」

「あっ……ん、んん……っ」

ルームウェアの下衣と下着を脱がされ、股の中央に触れられる。啓五の指の腹が敏感な蜜芽に触れると、濡れた秘部からヌトリと水の糸が引く。その蜜液を塗り込むように陰核を擦られると、自然と腰が浮いて股が開いた。

「ひぁ……あ、あっ……」

鋭い三白眼に見つめられながら、中指と人差し指で濡れた蜜芽を丁寧に揺さぶられる。マッサージの効果なのか、それとも啓五に触れられているだけで全身が悦んでいるのか、今にも弾けそうな蜜芽がさらに熱を帯びて膨らんでいく。

「あっ……ふぁ、あ……っ」

啓五の中指が陰核から離れて下へ降り、ひくひくと収縮している蜜口に挿入される。中はさらに濡れていたようで、少し指を動かされるだけで激しい水音が鼓膜に響いた。

「やぁ、あっ……ん……！」

音を増幅させるように中を掻き混ぜられると、快感に悶える声を止められなくなる。隘路を広げるように指の抜き差しを繰り返され、無意識のうちにさらに腰が揺れ動く。

「だめ、啓五く……それ、きもち……！」

「っ……」

だめ、と言いつつ指の動きに合わせて腰が上下すると、陽芽子の姿を見下ろしていた啓五が動きを止めてごく、と喉を鳴らした。

「啓五、くん……？」

すぐに指を抜かれたので、先ほど以上の物足りなさと寂しさを感じる。だめと言ってしまったから手を引っ込めてしまったのだろうか、と不安に思う。

激しい愛撫でぼんやりする頭を働かせて視線を巡らせると、陽芽子の上衣の前ボタンを外しながら自身のルームパンツに手をかける啓五の姿が目に入った。ひらりと前を開かれて胸を露わにされると同時に、足を持ち上げられて太腿を抱えられる。

「マッサージのときから陽芽子の耐える声聞いてて……俺も、もう限界」

「！　ひあ、ぁ……っ！」

先ほどまでの優しさや丁寧さが少しだけ乱れている――そう気付いた直後、濡れて柔らかくなった秘部に昂った陰茎を挿入された。

一気に貫かれた衝撃で喘ぐ陽芽子を見下ろした啓五が、口角を上げて微笑む。

「ああ……いつもより、簡単に入った……な」

「あっ……あ……ぅ」

自分で呟いた言葉に頷いた啓五が、ゆったりと腰を揺らし始める。彼の言うようにあっさりと熱い塊を受け入れた蜜孔は、ゆるやかな抽挿を拒まない。

「ふぁ、あっ……あ……ん」

抜き挿しに合わせて次々と溢れ出る愛蜜が、二人の境界を曖昧にする。

重ね合った唇も、触れ合った胸も、指を絡めて握り合った手のひらも、肌と肌がぶつかる音の大きさに比例して少しずつ溶け合っていく。

「ン……んぅ……っふぁ……あぁ」

膨張した先端が最奥を突く度に秘部がきゅう、と収縮する。抱き合うことで疲れがさらに蓄積しているのか、それとも少しずつ発散されているのかもわからないまま、啓五の背中に手を回して縋りつく。

「啓五く……すき……すき……っ」

「っ……俺もだ……陽芽子……！」

「ひぁ、ああ、ぁっ……ん」

名前を呼びながらキスを強請ると、すぐに深く口付けられる。

互いの愛情を確かめるように舌を絡め合ったせいか、啓五の腰遣いが突然激しさを増した。その荒々しい動きに陽芽子の身体もあっさりと限界を超える。

「ふぁ、あっ……けいご、く……っもう……いく……！」

「陽芽子……ッ」

「ああ、あぁ――っ……！」

子宮の奥から襲ってきた絶頂感に抗えず、身を震わせて激しく果てる。

全身がふるふると痙攣して快楽の頂点を乗り越えると、全身から急速に熱が引けていく。疲労のせいかその反動がいつも以上に激しく、身体に一切の力が入らなくなってしまった。

「啓五くん……」

強い虚脱感と疲労感を覚えながら名前を呼ぶと、陽芽子の中に精を注ぎ終わった啓五がゆっくりと顔を上げた。見つめ合って軽いキスを交わすと、啓五がほっと笑みを零す。

「幸せそうだな」

「……うん」

陽芽子の表情から今の気持ちを予想したらしい。傍らに頬杖をつく夫に笑顔を返すと、優しい指に頭を撫でられた。

「俺もだよ。朝起きたら最初に顔が見れて、同じ家から一緒に出勤して。帰ったら玄関で出迎えてくれて、夜も隣で眠れる。今、毎日が幸せなんだ」

「……啓五くん」

啓五の告白に小さく瞬きしてしまう。

彼が語る幸福は、陽芽子が感じているものとまったく同じだ。隣で過ごす日々に幸せを感じて、彼も同じように感じてくれて、しかもこうして言葉にして伝えてくれる。

いつだって陽芽子を大切にしてくれる。その愛情深さと素直さがくすぐったくて嬉しい。

「今日は俺の帰りが早かっただけで、いつもは陽芽子に任せてばかりだろ？　だからおあいこ。俺も陽芽子に甘えるから、陽芽子も俺に甘えてほしい」

どうやら啓五は、陽芽子が先ほど口にした「ダメ人間になるかもしれない」という呟きについて考えていたらしい。すっかり家事を任せきりにした上にマッサージまでさせてしまったと嘆く陽芽子だが、いつもは自分がその立場であること、夫婦として家事を分担するのが当然であること、一方の都合が悪い時はもう一方がサポートすればいいことを教えてくれる。

啓五の考え方と気遣いにほっと息をつく。まだまだ大企業の副社長夫人としては頼りない陽芽子だけれど、『二人で支え合って、少しずつでもお互いに成長できる関係』になろうとしてくれる啓五に、じん、と胸があたたかくなる。

夫に対する尊敬と感謝と愛情を感じていると、目が合った啓五がにこりと微笑んだ。

「だから陽芽子からも『ご飯にする？　お風呂にする？　それとも私？』って聞いてほしいな」

「え……でもそれ、三番目を選ぶんだよね？　食器の片付け終わらないよ？」

「大丈夫。陽芽子が疲れて動けなくなっても、俺が責任もって洗うから」

「……。……食器の話、だよね？」

「どっちも」

帰宅直後の振る舞いの話題に戻ったので一応確認してみるが、啓五には『食器も疲れた陽芽子もどっちも洗う』と笑顔を向けられてしまう。

疲労困憊で帰ってきた啓五に選択肢を示すと『それとも私』を選ばれ、自分でお風呂にも入れなくなるぐらい激しい悪戯を受けるのかもしれない。そう思うと最初から選択肢に入れない方がいいのでは、と考えてしまうが、おそらく入れても入れなくても同じ結果に辿り着くのだろう。その予想が間違っていないことを、彼の微笑みから悟ってしまう。

「……もう」

それでも嫌だとは言えない。嫌だなんて思わない。

一ノ宮陽芽子《スノーホワイト》はきっと、明日も明後日もその次の日も、愛しの旦那様《王子様》に甘やかされてしまうのだから。

あとがき

はじめまして、こんにちは。紺乃藍《こんのあい》と申します。このたびは『スノーホワイトは恋に落ちない　一夜の過ちのはずが年下御曹司に迫られています』をお手に取って頂き、本当にありがとうございます。

本作は『素直になれない大人女子が、偶然出会った年下御曹司にぐいぐい迫られて本物の恋を知る』がテーマの恋愛小説です。甘え上手で甘やかし上手な年下ヒーローと、恋もお仕事も一生懸命な年上ヒロインの恋物語をお楽しみ頂けておりますと嬉しいです。

蜜夢文庫さん二作目となる本作は、『第十四回らぶドロップス恋愛小説コンテスト』で受賞させて頂き、電子書籍化を経て、このたび文庫となったお話です。と聞くと、一作目の『社長、それは忘れてください　生真面目秘書は秘密を抱く』をあとがきまでお読みくださった方は「?-」となるかもしれません。そう、実は本作は前作と同じコンテストで二作同時に受賞させて頂きました。自分でも未だに「?-」となっています。本当にありがたい限りです。

しかもこの二作品、テイストは違いますが作品の舞台が同じで、前作のヒーロー・龍悟と今作のヒーロー・啓五は「いとこ同士」になります。読み比べてみるとところどころに「これはもしや」となるポイントがあると思うので、探してみると楽しいかもしれません。

探して楽しいといえば、本作には色んな種類の「カクテル」が登場します。ヒロインの陽芽子は度数が低めの甘いお酒、ヒーローの啓五は度数が高めの濃いお酒を好んで飲んでいますが、数えてみると全部で十八種類あります。すべてを発見できた方は……きっと明日、とっても良いことが起こります（笑）。

本作の表紙と挿絵イラストは、小島ちな先生にご担当頂きました。年下ヒーロー啓五を爽やかに格好よく色っぽく、年上ヒロインの陽芽子を乙女可愛くも凛々しい大人女子に描いて頂き、データを見せて頂くたびに萌え悶えて床を転がり回っておりました……！　可愛らしい二人をとっても素敵に描いてくださった小島先生には感謝でいっぱいです。本当にありがとうございました！

そして至らぬ点ばかりの私を刊行まで導いてくださった編集担当さまや編集部さま、いつも支えてくださる家族や作家仲間の皆さま、お話を読んで応援してくださる読者の皆さまにも感謝が尽きません。このたびは本作をお読み頂き本当にありがとうございました。

紺乃藍

本書は電子書籍レーベル「らぶドロップス」より発売された『スノーホワイトは年下御曹司と恋に落ちない』を元に、加筆・修正したものです。

★著者・イラストレーターへのファンレターやプレゼントにつきまして★
著者・イラストレーターへのファンレターやプレゼントは、下記の住所にお送りください。いただいたお手紙やプレゼントは、できるだけ早く著作者にお送りしておりますが、状況によって時間が掛かる場合があります。生ものや賞味期限の短い食べ物をご送付いただきますと著者様にお届けできない場合がございますので、何卒ご理解ください。
送り先
〒160-0022 東京都新宿区新宿 1-36-2 新宿第七葉山ビル 3F
(株) パブリッシングリンク 蜜夢文庫 編集部
○○ (著者・イラストレーターのお名前) 様

スノーホワイトは恋に落ちない
一夜の過ちのはずが年下御曹司に迫られています

２０２４年１１月１８日 初版第一刷発行

著…………紺乃藍
画…………小島ちな
編集…………株式会社パブリッシングリンク
ブックデザイン…………おおの蛍
（ムシカゴグラフィクス）
本文ＤＴＰ…………ＩＤＲ

発行…………株式会社竹書房
〒102-0075 東京都千代田区三番町８－１
三番町東急ビル６Ｆ
email：info@takeshobo.co.jp
https://www.takeshobo.co.jp
印刷・製本…………中央精版印刷株式会社